NOTRE CŒUR

ŒUVRES DE GUY DE MAUPASSANT

Dans Le Livre de Poche :

UNE VIE.
MADEMOISELLE FIFI.
BEL-AMI.
BOULE DE SUIF.
LA MAISON TELLIER.
LE HORLA.
LE ROSIER DE MADAME HUSSON.
LA PETITE ROQUE.
CONTES DE LA BÉCASSE.
MISS HARRIET.
PIERRE ET JEAN.
LES SŒURS RONDOLI.
MONT-ORIOL.
CONTES DU JOUR ET DE LA NUIT.
FORT COMME LA MORT.

Collection dirigée par Michel Simonin

GUY DE MAUPASSANT

Notre cœur

INTRODUCTION, COMMENTAIRES ET NOTES
DE FRANCIS MARCOIN

LE LIVRE DE POCHE
classique

Introduction

Depuis *Un cœur simple* de Flaubert, la question semblait réglée : le cœur était l'affaire du pauvre, et plus encore de la pauvresse. Le luxe, le raffinement, la complication ne peuvent qu'endurcir ou dessécher, et Maupassant, dans une chronique de 1886, *L'Amour dans les livres et dans la vie*, réserve encore la capacité d'aimer à l'« âme naïve », au « cœur simple ». Le cœur, ce qui reste quand on n'a rien, ni argent ni finesse, et dont est privé celui qui a tout, ou croyait tout avoir, l'homme, le chasseur, le hobereau, c'est-à-dire l'oiseau de proie. Ce mâle, lui, a de l'esprit, se protège par le rire de l'invasion possible du sentiment. De l'incapacité d'aimer il se fait comme une gloire. On ne la fait pas à celui qui les a toutes. Ainsi, M. de Varnetot a échangé sa jument noire Cocote contre Rose, une jeunesse enjôleuse qui s'est passionnément attachée à lui. Il a coupé le fil, la cédant au fils de la mère Paumelle, et elle s'est laissée mourir, comme la chienne Mirza qu'il avait abandonnée de la même façon. « Tout ce que vous voudrez, mais des femmes comme ça, il n'en faut pas[1]. »

Les « femmes comme ça », en quelque sorte coupables de s'offrir en victimes, peuplent les contes et nouvelles de Maupassant pour qui le mot « histoire » en arrive à désigner d'abord la déroute du cœur : l'*Histoire d'une fille de ferme*[2] est la plus connue de ces véritables auscultations, attentives aux mouvements d'un cœur « si longtemps meurtri » et paradoxalement logé dans une « nature simple », celle de « ces races inertes et molles ». Ailleurs, c'est une rempailleuse absurdement amoureuse du pharmacien Chouquet, un nouvel Homais, et qui veut se noyer « dans ce village où son cœur était resté[3] ».

Tout cela peut prêter à rire : dans *Une vie* la mère de Jeanne, la baronne Le Pertuis des Vauds, est « devenue énorme depuis quelques années par suite d'une hypertrophie du cœur ». La sentimentalité se donne à voir, le corps est gonflé par cette nouvelle « boule de suif » qui traduit physiquement l'effet d'une lecture : la baronne n'a-t-elle pas pleuré en lisant *Corinne*, de Mme de Staël ? Moins grotesque mais très comique, l'employé Lesable, peu suspect d'attendrissement, se voit déjà mort pour « un léger trouble au premier temps du cœur », compte les pulsations de l'artère du poignet, et pose à tout moment la main sur son cœur pour en étudier les secousses[4] !

1. *Histoire vraie*, recueillie dans les *Contes du jour et de la nuit*, Livre de Poche n° 6490.
2. Recueillie dans *La Maison Tellier*, Livre de Poche n° 760.
3. *La Rempailleuse*, recueillie dans *Contes de la bécasse*, Livre de Poche n° 1539.
4. *L'Héritage*, dans *Miss Harriet*, Livre de Poche n° 1962.

Il y a dans le corps quelque chose qui bat et remue comme en dehors de leur volonté, en dehors d'elles... et de nous, les mâles ? quelque chose à quoi on accorde la souffrance et qui à d'autres moments végète, assure faussement la vie : « Un transfert suggestif lui a valu d'être paré des qualités de l'âme, pour laquelle la molle cervelle paraissait un indigne habitacle. [...] Et pourtant, ce n'est qu'un muscle creux, dont les contractions rythmées assurent la circulation du sang. A cet effet le cœur est doté de propriétés spécifiques, dont la plus remarquable est sa relative autonomie fonctionnelle[1]... » « Les mouvements de son cœur se ralentirent un à un, plus vagues chaque fois, plus doux, comme une fontaine s'épuise, comme un écho disparaît[2]... »

Par cette contradiction, la matière du cœur, romanesque par essence, devient la substance même du texte maupassantien, où le mot apparaît avec une fréquence remarquable. Dans *Une vie*, parce que Jeanne est naïve mais moins simple que les femmes du peuple, le cœur la sépare de sa classe d'origine, l'aristocratie. Il lui donne la première des qualités, la pitié, à laquelle l'auteur tour à tour se refuse et s'abandonne jusqu'à la mièvrerie, voulue et assumée. La pitié constitue pour Jeanne un fonds où elle puise toutes les ressources du malheur, mais on peut parler d'une intelligence du cœur, car elle place le monde sous le signe du cœur, y revient sans cesse comme principe d'interprétation : « il semblait à Jeanne que son cœur s'élargissait »,

1. Didier Lavergne, article « CŒUR », *Encyclopædia Universalis.*

2. Flaubert, *Un cœur simple.*

« chaque cœur s'imagine », « la petite abeille battait à la façon d'un cœur, d'un cœur ami », « sa présence lui remuait le cœur », « le cœur précipité »...

Le peuple, la femme, le chien même, ont toute aptitude au martyre, à une Passion dont les étapes jalonnent l'œuvre, jusqu'à la fin, *Le Mont des Oliviers* et *L'Angélus*, deux romans inachevés. Quant à l'être maupassantien, qui peut espérer « mourir dans une bonne chambre » mais qui entend se défendre contre tout endurcissement, le cœur lui permet la compassion, la souffrance par procuration. Dans une nouvelle non recueillie, *Misère humaine*[1], « un être innommable », le débris de corps d'une vieille en haillons, fait, avenue de l'Opéra, un « chemin de la croix plus effroyable que celui du Christ ». Le même narrateur n'aura plus assez de force pour supporter le souffle rauque d'une autre misérable : « il me déchirait comme une lime dont chaque coup mordait mon cœur ». Oui, l'homme peut sentir son cœur, mais en partageant la souffrance de l'autre, dans son « cœur d'enfant », « remué », « crispé[2] ». Quelquefois lui revient un étrange souvenir de chasse où apparaît l'Amour « comme apparaissaient aux premiers chrétiens des croix au milieu du ciel » : une sarcelle dont les chasseurs ont abattu la femelle et qui pleure au-dessus d'eux. « Jamais gémissement de souffrance ne me déchira le cœur comme l'appel désolé, comme le reproche lamentable de ce pauvre animal[3]. »

1. *Contes et Nouvelles*, Texte établi et annoté par Louis Forestier, Bibliothèque de La Pléiade, Gallimard, Tome II, p. 752.

2. *Clochette*, recueillie dans *Le Horla*, Livre de Poche n° 840.

3. *Amour (Trois pages du « Livre d'un chasseur »*, dans *Le Horla*). Ce souvenir est aussi un souvenir de lecture, comme l'a noté Louis Forestier : « Les époux martyrs avaient à peine reçu

Ces *Trois Pages du « Livre d'un chasseur »* font écho à l'un des maîtres de Maupassant, Tourgueniev, dont *Les Mémoires d'un chasseur* avaient été censurés en Russie : la révélation de la misère paysanne ne pouvait qu'être une atteinte à l'ordre public ! Avec moins d'amour pour les hommes, on trouve chez Maupassant le même cheminement au bout duquel un chasseur sans état d'âme découvre le monde, la souffrance et la pauvreté et se convertit en quelque sorte, devenant pour un instant un pêcheur d'âmes. C'est une litanie qu'on pourrait dévider, une complainte : « Et je pensais au cœur de celle qui était morte. Oh ! pauvre cœur ! pauvre cœur[1] ! »

Et voici que Maupassant écrit *Notre cœur*. « Notre cœur », non pas celui de l'humanité tout entière, dont les composantes trouveraient l'occasion de se rejoindre, mais celui des hommes, des mâles. Celui d'une certaine race, la race du hobereau devenu gibier. A l'envers des récits d'un chasseur, Mariolle veut se sauver « comme une bête que des chasseurs ont presque tuée ». Pourtant, la femme est plus oiseau que jamais, dans sa robe garnie de très fines plumes blanches, s'étendant un peu sur les épaules et « passant au gris léger comme sur une aile ». Sa taille « enlacée par une bordure de ce duvet » lui donne « un air bizarre d'oiseau sauvage ». « Parée ainsi pour s'envoler avec les sarcelles », « emprisonnée et charmante en cette robe emplumée », c'est elle qui plonge dans le cœur de l'homme un « couteau de mortelle indifférence ». Ainsi sont vengées

la palme, que l'on aperçut au milieu des airs une croix de lumière [...] » (Chateaubriand, *Les Martyrs*, livre XXIV).

1. *Le Fermier*, recueilli dans *Le Colporteur*. Voir *Contes et Nouvelles*, Bibliothèque de la Pléiade, Tome 2, p. 814.

Boule de suif, cette bécasse, et Jeanne, cette colombe, et toutes ces oiselles sur lesquelles nous pouvions encore nous apitoyer...

Notre cœur : ce titre, le roman précédent, *Fort comme la mort*, nous l'annonçait déjà, au féminin d'abord, avec Mme de Guilleroy (« les douces premières émotions de notre cœur », « ce pauvre cœur »). Celle-ci proposait à Bertin, son vieil amant, de communier dans le même attendrissement : « C'est la faute de nos cœurs qui n'ont pas vieilli. Je sens le mien si vivant... » Partage refusé : l'homme souffrira seul, et dans *Notre cœur* il revendiquera le privilège du cœur, la séduction féminine ne s'offrant qu'à torturer « le cœur des mâles », une véritable antinomie en régime maupassantien !

Naguère, Maupassant prêtait attention à son propre cœur sur un plan médical et se réjouissait quand il ne sentait rien. En mai 1885, dans une lettre où il se plaint de son estomac qui ne va guère et des yeux qui ne vont pas du tout, n'ajoute-t-il pas : « Quant à mon cœur, il marche avec une régularité d'horloge, et je grimpe les montagnes sans le sentir une seconde... » Le cœur va bien s'il se fait oublier. Surgit alors une autre inquiétude : est-il encore là, ne manque-t-il pas quelque chose ? La femme du monde n'est-elle pas malade de cette bonne santé, de ce cœur qui va très bien et n'autorise à Michèle de Burne que des relations *cordiales* ?

C'est maintenant Maupassant qui corrige le cynisme des autres. Lettre à une inconnue, sans doute en 1890 : « Dumas dirait que j'ai un mauvais estomac. Je crois plutôt que j'ai un pauvre cœur orgueilleux et honteux, un cœur humain, ce vieux cœur humain dont on rit, mais qui s'émeut et fait mal [...] et mes yeux disent à mon cœur : cache-toi, vieux, tu es grotesque, et il se cache » [...].

Autrefois il jouait au bourreau. Autrefois il ne manquait pas l'occasion de « crucifier un pharmacien[1] », et c'était l'autre qui souffrait le martyre. Henriette *(Une partie de campagne)*, Mme Loisel *(La Parure)* habitaient rue des Martyrs. Au début de *Fort comme la mort*, Annette demandait à Bertin de peindre un Christ, mais c'est lui qui va s'enfoncer dans la souffrance, comme Mariolle promis à devenir « un halluciné pareil aux fumeurs d'opium ou un martyr ».

La métamorphose s'annonçait depuis longtemps, Maupassant en reconnaît l'approche alors qu'il écrit *Mont-Oriol* : « Je fais une histoire de passion très exaltée, très alerte et très poétique. Ça me change — et m'embarrasse. Les chapitres de sentiments sont beaucoup plus raturés que les autres. Enfin ça vient tout de même [...] j'ai peur que ça me convertisse au genre amoureux, pas seulement dans les livres, mais aussi dans la vie » (lettre à Hermine Lecomte du Noüy, 2 mars 1886).

Il en arrive à imaginer « que ces aventures-là ne sont pas si bêtes qu'on le croirait ». La bêtise, là est peut-être le mot clef : ce que Maupassant a retenu de Flaubert, c'est bien cette peur d'être bête, préférant à cela la folie, ou du moins sa mise en scène comme dans *Le Horla*. Pour accepter le sentiment, il faut que tout soupçon de bêtise soit écarté, que la passion devienne une hallucination ou une Passion, qu'elle rejoigne les thèmes du *Horla*. Un amour plus fort que la mort, comme dit Bertin, un amour à qui on est « comme une maison qui brûle est au feu ».

Maupassant, qui n'arrête pas de s'ausculter et qui

1. Mot de Flaubert cité par Louis Forestier, *Contes et Nouvelles*, « Introduction », Tome 1, p. LXXI.

a mal partout, l'a décidé : dans l'œuvre du moins la maladie sera au cœur et non au corps. Ce que nous montre *Le Fermier*, une nouvelle peu connue qui brode sur les thèmes du *Horla*, avec le même initial, « j'aime ce pays, j'y ai mes racines », et qui nous semble écrite sous le signe de la dénégation, comme si l'auteur refusait implicitement le jugement clinique porté sur lui. En effet, ce fermier semble atteint d'un mal nerveux à un point tel que le médecin croit remarquer les symptômes d'une affection de la moelle épinière. « Alors, mon père, plein de sollicitude pour son serviteur, se décida à l'envoyer dans une maison de santé. »

Il serait facile de remonter du fermier au maître et du maître à Maupassant, atteint jusqu'à la moelle, atteint dans sa moelle. Le narrateur du *Horla* ne se voit-il pas déjà dans la clinique du Dr Blanche ? Mais l'« imbécile de valet était tout *bêtement* malade d'amour ». Ce n'est qu'une histoire de cœur. Il faudra bientôt effacer la restriction, car le cœur c'est toute une histoire, et nous en aurons la certitude avec la femme qu'il épouse, amoureuse, elle, du baron du Treilles. Éloignée de ce dernier, elle se laissera mourir comme la Rose d'*Histoire vraie*.

Rayons « bêtement », écrivons « follement », tout un glissement se révèle. L'amour, c'est la folie, qui donc n'aurait rien à voir avec la grande vérole, avec cette syphilis qui est le vrai mal du siècle, comme on l'a souvent dit. L'amour, dans *Notre cœur*, pourra donc être traité en terme de « crise ». Cette folie-là, on peut l'assumer, la reconnaître, tandis que les dérèglements du corps sont à débiter sur un autre compte. La correspondance de Maupassant, — une œuvre à part entière —, s'en prend au « grand sympathique », au système nerveux. C'est la maladie qui est folle, d'une folie qui concerne le corps. Et puis, ne veut-on pas s'écarter du naturalisme, et de ce dont il est supposé faire exclusivement son miel, l'anatomie, la physiologie ?

L'obscénité du cœur

Apparemment opposé au corps, le cœur est bien plutôt dans l'entre-deux, entre le corps et l'âme. Noble, il conserve cependant une matérialité, autre être vivant en nous. Enfermé, dépendant mais libre, nous échappant, il est aussi l'Autre, ce « noir locataire » dont parle Alberto Savinio[1], il est la métaphore de l'être maupassantien, comme une poupée gigogne : le cœur battant à l'intérieur du fou battant lui aussi aux portes de l'asile. Presque toujours juxtaposés dans la même phrase, le cœur et l'âme se complètent et se concurrencent. Par un souci de spiritualisation toujours plus poussé, de volatilisation[2], Maupassant, qui avait projeté des *Cœurs étrangers*, en viendra à *L'Ame étrangère*.

Comme l'atteste la somme des images convoquées, le cœur, exposé aux supplices les plus tangibles, peut être à la fois observé et disséqué. On le traite en objet physiologique susceptible de naturalisation, y compris dans son sens « pratique », comme le perroquet de la Félicité de Flaubert, doublet de son cœur simple, empaillé. Il traduit l'élévation du sentiment, mais encore de la façon la plus terriblement physique. « Cloué sur une croix », Mariolle saigne de tous ses membres, « laissant des morceaux

1. *Maupassant et l'« Autre »*, Gallimard, 1977.
2. Bien étudiée par Thérèse et Fabrice Thumerel dans leur *Maupassant*, Armand Colin, 1992.

de son corps, des lambeaux de sa chair et tout son cœur déchiqueté ». Le cœur, « ce muscle violent », « ce muscle qui palpite », est en proie à toutes les tourmentes, troublé, oppressé et opprimé, meurtri, rongé par l'impatience, garrotté, troublé, en effervescence, crevé, brûlé...

Mis à nu, mis en scène, obscène. Mariolle perd toute pudeur et son emphase trahit un projet autobiographique : « *Sur l'eau*, *Notre cœur*, de Maupassant, voilà encore des œuvres vécues. Elles nous intéresseront toujours, parce que les auteurs ont beau nier, on sent, on touche le lambeau de cœur saignant encore qu'ils ont mis là », écrira Hermine Lecomte du Noüy, ajoutant : « C'est de la vraie dissection, c'est l'anatomie de l'écrivain s'interprétant[1]. » Il reste donc quelque chose de définitivement anatomique qui suscitera l'ironie d'un Henry James : « Je viens de lire *Notre cœur*, mais je n'ai pas regardé Bourget dans *Le Figaro*. J'attends le volume. Est-ce que son "cœur" est identique ? Quel drôle de nom pour l'organe qui est en cause ! Quel drôle de sujet que celui de Maupassant, et d'autant plus drôle, je pense, si l'on considère ce qu'il est en réalité[2]. » On sait ce que c'est, le cœur, pour Maupassant ! Et qui ne serait tenté de donner raison à Henry James à la vue de ce lambeau de chair coupé, limé, arraché, exposé comme cet autre « lambeau sanglant », la « virilité morte » de Maigrat

1. Hermine Lecomte du Noüy, *Amitié amoureuse*, Calmann-Lévy, 1896. Ce livre fut publié sans nom d'auteur, sous les seules initiales H.L.N., avec une dédicace à la mère de Guy, Laure de Maupassant.

2. Lettre à Henrietta Reubel, 7 juillet 1890, traduite par J. Perrot dans « Le Tour d'écrou du cœur », *Maupassant miroir de la nouvelle*.

plantée au bout d'un bâton et promenée dans les rues par les femmes[1] ?

Ce reste « naturaliste », cette matérialité, sont à la fois rappelés et occultés par un mot particulier, faisant retour chez Daudet, Huysmans, Céard, Maupassant : « navré ». Le cœur navré, c'est d'abord le cœur réellement blessé, supplicié, crucifié, la figure christique par excellence. Le cœur du Christ vaut pour le Christ. L'époque veut cela plus que jamais. C'est en 1875 que commence la construction de la basilique du Sacré-Cœur, dite du Vœu national, sur la butte Montmartre, à la suite des événements de 1870-1871. Un nouveau monument érigé au-dessus de ce qui fut longtemps le quartier de Maupassant, mais aussi au-dessus de tout Paris, comme la tour Eiffel qu'il a tellement insultée. Depuis Pie IX, le Sacré-Cœur est un culte de latrie, c'est-à-dire un culte qui n'est dû qu'à Dieu seul, par opposition au culte de dulie, rendu aux anges et aux saints. Le cœur couronné d'épines donne une image à la dévotion et Maupassant, « l'homme sans Dieu[2] », apostrophe « le Dieux faux, le bourreau, le voleur, le meurtrier qui gouverne la terre[3] », brandit la figure du Christ contre le Créateur fou, choisit la compassion contre la punition et la vengeance. Roman mondain, *Notre cœur* est coloré de religiosité, entre *Fort comme la mort*, titre emprunté au Cantique des cantiques, et *L'Angelus*, emblème populaire de cette religiosité. Dans sa lettre de rupture, octroyant à l'amour les bienfaits de l'« allégresse divine » et les traits de la charité,

1. Émile Zola, *Germinal*, 1885.
2. Selon l'expression de Pierre Cogny, *Maupassant l'homme sans Dieu*, La Renaissance du Livre, Bruxelles, 1968.
3. *Moiron*, recueilli dans *Clair de lune*.

Mariolle use de la parabole : « Mon cœur est vide comme le ventre d'un mendiant qui courut longtemps, la main tendue, derrière vous. Vous lui avez jeté de belles choses, mais pas de pain. C'est du pain, c'est de l'amour qu'il me fallait. »

Mariolle parle comme le Christ. Alors qu'il penche vers la sentimentalité abstraite, Maupassant accorde au cœur des stigmates que l'on peut presque toucher, rejoïgnant la piété sulpicienne dans ce qu'elle a de plus « exhibitionniste » : après sa mort, le cœur de la comtesse de Ségur fut déposé au monastère de la Visitation, « mis avec des objets pieux dans un petit sarcophage d'ébène ». M. Roussel, pharmacien, « souffrant depuis trois jours d'une fièvre violente, se sentit subitement guéri au moment où le cœur de Mme de Ségur fut déposé dans ses mains ». Avec son fils, Mgr de Ségur, la scène sera encore plus édifiante : s'il demande, « par un dernier acte d'humilité », à être placé directement en terre (comme Maupassant), il n'en désire pas moins que son cœur soit embaumé, puis porté et déposé devant le Très Saint-Sacrement, au monastère de la Visitation : « Je demande à nos bonnes et chères Sœurs de la Visitation que mon pauvre cœur soit déposé au milieu d'elles, pour y faire l'adoration perpétuelle devant le Très Saint-Sacrement et participer à toutes les prières de la Communauté[1]. » Recopié par son frère Anatole de Ségur, le « Rapport adressé à Monsieur le Directeur du Cercle Montparnasse sur l'autopsie et l'inhumation de Mgr de Ségur » nous apprend que le cœur de ce dernier, « gracieusement » séparé d'avec le corps, « présentait un volume considérable », « il n'avait rien perdu de sa forme

1. Anatole de Ségur, *Monseigneur de Ségur, souvenirs et récits d'un frère*, Bray et Retaux, Paris, 1882.

naturelle, et il a, pour ainsi dire, été l'objet de l'admiration des assistants ». Décollement des chairs, section des côtes, rien n'est oublié de cette opération visant rien moins qu'à extraire Jésus-Christ lui-même, puisque Mgr de Ségur était l'auteur de *Jésus-Christ en nous*[1].

Décidément loin de Flaubert et du perroquet de Félicité, va se développer toute une littérature qui mérite bien d'être appelée « cardiologue », comme le montrera en 1929 un roman de Léon Daudet, *Le Cœur brûlé*, où l'auteur, qui avait entrepris dans sa jeunesse des études de médecine, fait la somme de tous les propos sentimentaux, religieux, cliniques, tenus au sujet de « cet organe de chair fragile » : « Il n'est pas uniquement un vase creux et mobile, destiné à recevoir et propulser le sang — se disait le savant en songe — il est aussi une partie de l'esprit général répandu à travers tout notre organisme et non pas localisé au cerveau : une partie ardente et impressionnable[2]. »

Si l'on s'en tient à l'environnement assez proche de Maupassant — notamment la Sélect-Collection de chez Flammarion, où il sera republié —, cette littérature explore sans relâche le cœur, sur un mode qui nous frappe d'abord par son caractère monotone :

Paul Acker, *Un amant de cœur* ;

Paul Adam, *Les Cœurs utiles* (1892), *Les Cœurs nouveaux* (1896) ;

1. Ce traité, mis à l'index, avait été remplacé par un autre, *La Grâce et l'amour de Jésus* : « Oui, il est là en nous, présent et caché ; il est là, au centre de notre âme, comme notre vie, comme notre cœur, [...] Jésus est en nous comme la moelle dans l'arbre. »

2. Léon Daudet, *Le Cœur brûlé*, Flammarion, 1929.

Paul Bourget, *Un cœur de femme, Le Cœur et le métier* ;
Michel Corday, *La Mémoire du cœur, Les Cœurs dévastés, Cœurs de soldats* (1897) ;
Léon Daudet, *Le Cœur et l'absence* (1917), *Le Cœur brûlé* (1929) ;
Gustave Guiches, *Un cœur discret* (1892) ;
Paul Lacour, *Cœurs d'amants* ;
Abel Hermant, *Cœurs à part* (1890), *Cœurs privilégiés* (1903) ;
Henri Lavedan, *Leur cœur* (14e édition en 1892) ;
Paul et Victor Margueritte, *Le Cœur et la loi* (1905) ;
Victor Margueritte, *Les Frontières du cœur* (1912), *Un cœur farouche* (1921) ;
Joséphin Péladan, *A cœur perdu* (1887), *Cœur en peine* (1890) ;
Louis de Robert, *Le Partage du Cœur* (1901) ;
Edouard Rod, *Les Trois Cœurs* (1890) ;
J.H. Rosny, *Les Retours du cœur* (1898) ;
J.H. Rosny aîné, *Dans la nuit des cœurs, Le Cœur tendre et cruel* (1926) ;
Léon Séché, *Le Printemps du cœur* ;
André Theuriet, *Cœurs meurtris* (1896).

Mêlé à cette compagnie, *Notre cœur* viendra longtemps accréditer l'idée d'un Maupassant mondain, soumis à la psychologie selon Bourget, et illustrant en quelque sorte « le bain-marie dans lequel nous devons tenir nos cœurs », comme l'écrira Denise Trémors à Philippe de Luzy, dans *Amitié amoureuse*, d'Hermine Lecomte du Noüy. *Amitié amoureuse*, ce « roman » par lettres où Maupassant apparaît à la fois sous son vrai nom et sous celui de Philippe de Luzy, à qui Denise Trémors (Hermine) écrit : « Vous habitez mon cœur », et qui lui répond : « J'ai baisé ce "vous habitez mon cœur". Ah ! qu'il me soit un cher asile, ce cœur adorable. » « *Amitié amoureuse*, le roman qu'elle fera paraître anonymement en 1899, [...] réponse post-mortem à *Notre cœur* où elle s'était reconnue[1]. »

Un Maupassant qui est donc déjà ailleurs dans le monde, cultivant cette amitié secrète, et par ses lettres coauteur de cette *Amitié amoureuse*[2]. Ailleurs aussi de la façon la plus naïve, avec ce penchant pour l'imagerie et la rhétorique suaves de la littérature dévote — Jésus est en mon cœur et je suis accueilli tout entier dans le cœur de Jésus. Ailleurs encore, d'une façon plus savante. Car avec l'être maupassantien, il y a plus, comme s'il soupçonnait le besoin d'un divan, l'évidence à venir de la psychanalyse, signalée par l'assistance aux séances de Charcot, le fondateur de la neurologie moderne. Rendu célèbre par ses travaux sur la pathologie du système nerveux, par l'étude clinique des névroses et par l'emploi de l'hypnose dans le traitement de l'hystérie, Charcot donnait à La Salpêtrière des leçons qui attirèrent Freud en 1885 et qui trouvent leur écho dans *Le Horla*, où le narrateur préfère cependant se placer sous l'autorité des médecins concurrents de l'école de Nancy. Par sa maladie, Maupassant était aux avant-postes pour savoir ou pressentir que l'homme, le « sujet », est divisé. Car c'est de la moelle épinière qu'était partie vers 1830 la construction de l'inconscient, avec la découverte de son activité réflexe, étendue ensuite à l'ensemble du cerveau. Lui-même sujet d'étude privilégié de la neurophysiologie, Maupassant n'aura pas été inattentif à ce qu'elle pouvait dire du système nerveux. Et le monde, « le grand monde », n'est-il pas, en

1. Armand Lanoux, *Maupassant le Bel-Ami*.
2. Voir la note 1 (p. 90).

raison de sa fermeture, un « asile de déments » ? N'est-il pas, comme la maison de la petite Frémine, cette « gamine névrosée », le lieu de dérèglement des nerfs ?

Il faudrait parler de « psychéanalyse », tant importe l'observation dans le miroir, ou dans le tableau. Dans *Fort comme la mort*, la séance de pose devient une séance d'analyse, mais une inversion de rôles conduit le peintre Bertin à se livrer, « il laissait couler ses pensées familières tout en cherchant le reflet de quelque chose qu'on ne sait pas », « maintenant il descendait en son propre cœur pour voir et comprendre », « il s'analysait minutieusement devant elle, heure par heure ».

Par cette plongée en eux-mêmes, Bertin puis Mariolle découvrent moins leur profondeur qu'ils ne l'inventent. La souffrance amoureuse, parce qu'elle paraît atteindre « cette espèce de caverne obscure du fond de l'âme », les sauve du vide mais ne les guérit pas. De même que ne guérissent pas les soins de la cure, mot promis à la postérité mais qui est encore réservé aux traitements des villes thermales, toutes essayées par Maupassant. De Châtelguyon, Guy repart comme il était venu.

Mannequins

Maupassant, *Notre cœur*, sont dans un intervalle, dans l'attente d'autre chose, et continuent cent ans après de résister à notre jugement. En cette période de crise du roman et de l'esthétique naturaliste, Maupassant participe à la recherche d'un roman nouveau, mais ses pressentiments ne suffisent pas à le ranger du côté de la modernité, qu'on l'entende comme entreprise de déconstruction du sujet, avec Freud, ou du roman, avec Proust, dont le projet artistique prend naissance dans le même milieu mondain. Il se met à bonne distance du naturalisme auquel il n'a jamais cru tout en ayant beaucoup gagné au « coup » publicitaire des *Soirées de Médan*, ce recueil collectif qui regroupa quelques jeunes écrivains autour de Zola et révéla Maupassant avec *Boule de suif*.

Lorsqu'il se rapproche de Bourget, « omphalisé par les petites et les grandes comtesses[1] », il trahit et se trahit moins qu'il ne s'affranchit, à distance du « vrai » Maupassant qui est sans doute le faux à ses propres yeux. Il se veut nouveau, et il l'est quoi qu'on en dise. Les contemporains célèbrent son originalité, malgré des rapprochements avec *Un cœur de femme* de Paul Bourget et *Flirt* de Paul Hervieu, publiés la même année. Originalité perçue moins au travers d'une transformation que dans l'aboutissement d'un travail d'écrivain, dans une précision anatomique affinée, mise au service de l'esprit et non plus du corps — ce qui était fort mal lire.

Se frayer de nouvelles voies et rester fidèle à soi-même, c'est bien cette tension qui donne un caractère singulier à l'œuvre, marquée en même temps par une stratégie littéraire sur laquelle nous ne manquons pas d'informations. La correspondance de Maupassant avec Brunetière, qui joue le rôle de secrétaire de rédaction à *La Revue des Deux Mondes*, montre que tout a été fait pour permettre la prépublication de *Notre cœur* dans un organe qui faisait figure d'institution. Maupassant bride sa nature,

1. Armand Lanoux, « Préface » aux *Contes et Nouvelles*, Bibliothèque de La Pléiade.

renonce à quelques provocations, pour fuir la littérature industrielle (comme si celle du cœur l'était moins !), la chaîne du feuilleton, « le public bariolé et divers du *Figaro*, de *L'Illustration*, ou de *La Revue illustrée* et de tous les autres organes de publicité dite littéraire[1] ».

Sur le manuscrit du roman, on trouve encore la marque de l'irrespect avec lequel il considérait l'Académie française (mise autrefois par lui dans le même sac que la Légion d'honneur et *La Revue des Deux Mondes*) : « Après avoir affirmé pendant des années qu'il ne ferait jamais partie de l'Académie française, il s'était présenté et avait été élu. Depuis lors, il ne pardonnait cette défaillance de principe ni à lui-même, ni à ses collègues de l'Institut. Il avait baptisé cet endroit sa ratière, parce que c'était, disait-il, une cage de Ratés, où on se laissait prendre au trébuchet comme un rat. » En supprimant ce passage, Maupassant se contente-t-il d'atténuer l'exagération de son propos, « non pour la *Revue* mais par conscience littéraire », comme il l'écrivait auparavant à Brunetière au sujet d'un de ses articles ?

Ces compromis n'ôtent pas toute liberté à un auteur qui passe pour subir l'ascendant d'un Paul Bourget mais ne manque pas une occasion de le railler, comme dans cette autre lettre, adressée à la comtesse Potocka, en 1889 : « ... cette phrase a l'air écrite par Bourget. Rassurez-vous il n'est pas à Lyon, je l'ai imité sans le vouloir et mon manque de clarté n'est imputable qu'à moi ».

Bien plus, pour André Vial, « selon le rapport inverse de celui qu'on établit d'ordinaire, c'est Bourget qui apparaît redevable à Maupassant », certains tempéraments masculins d'*Un cœur de*

1. Lettre à Ferdinand Brunetière, 17 août 1889.

femme étant plus proches de *Pierre et Jean*, que de *Notre cœur*. De même, *Le Fantôme*, de Bourget, « plus qu'une variation sur le thème de *Fort comme la mort*, constitue la suite de ce roman et une riposte à ce roman[1] ».

On est tenté de ranger *Notre cœur* parmi les simples avatars de la vie éditoriale et de compter pour rien cette souffrance mise en avant avec tant de force, parce que l'on projette sur le roman, comme on l'a fait avec Proust, la futilité du milieu observé et de ses femmes « légères ». Les souffrances d'une Rose, d'une Jeanne, donnaient du poids au récit. Ces femmes sans artifice avaient quelque chose de pesant qui les retenait à la terre et à l'eau, quand Michèle de Burne, être éthéré, n'est que parfum volatile, échappant à l'étreinte, ignorant la « débâcle » des sens. Débâcle, un mot fort chez Maupassant, lié à la défaite, mais générateur d'énergie et de force fictionnelles. La littérature, l'histoire même de la France, son institution scolaire et sa politique économique, ne procèdent-elles pas de cette débâcle de 1870 fondatrice du mouvement naturaliste ?

Parce qu'en homme plus « archaïque » il s'abandonne au courant des passions et se laisse pénétrer comme Maupassant par les impressions venues des éléments naturels[2], Mariolle pourrait donner au roman son point de gravité. Loin de se complaire dans la « décadence », il est encore habité par les forces primitives qui, chez Maupassant, ont toujours

1. *Maupassant et l'art du roman*, pp. 431-432.

2. On en trouve l'expression à chaque page dans des œuvres qui se présentent fallacieusement comme des « journaux », mais qui semblent nous rendre fidèlement le tempérament de Maupassant : *Sur l'eau*, *La Vie errante* (*Œuvres complètes* dirigées par Pascal Pia, Édito-Service, 1973).

hanté le paysage, comme si de chaque arbre surgissait un faune et de chaque rivière une naïade. Amateur distingué, à la fois doué de tous les talents et victime d'une aisance qui en fait un être « hors de lutte », c'est pourtant un personnage qui pèse peu, qui semble avoir perdu de sa consistance. Tout se passe comme s'il fallait à tout prix le faire souffrir pour qu'il puisse exister. Les images du cœur, répétées, de plus en plus emphatiques, servent à autant de réanimations du personnage, menacé d'effacement. Le vrai malheur se dérobe devant Mariolle, la femme qu'il aime se donne à lui et le traite mieux qu'elle n'a jamais traité un homme. Elle n'est que trop raisonnable, pas assez passionnée, sans doute très peu sensuelle. Rien qui justifie un drame, sinon pour un être dont l'existence est prouvée par le seul mouvement, comme une marionnette.

« Car Mariolle ou marionnette, c'est la même chose[1]. » « Marionnette » vient effectivement de « mariolette, diminutif de mariole, nom qu'on donnait anciennement à de petites figures de la Vierge Marie » (Littré). Ce nom, tous les hommes « de cercle » pourraient le porter, tant le grand monde semble redevable d'une représentation exclusivement caricaturale, selon une règle dont Maupassant n'a pas le privilège. En même temps, on ne peut s'empêcher d'avoir en tête l'expression argotique « faire le mariol », attestée par les dictionnaires de l'époque et qui, sans imposer un sens précis, dégrade le personnage.

Si Mariolle apparaît tout au plus comme une des faces de Maupassant, celle qui de façon étonnante est hantée par l'incapacité de produire, il n'en reste

1. Thérèse et Fabrice Thumerel, *Maupassant*, p. 37.

pas moins que son nom semble à lui seul tout un programme : c'est Maupassant qui fait le malin, qui doute de sa consistance, qui continue de faire bonne figure en public. Ce nom, parce qu'il évoque aussi le culte marial progressant au même rythme que celui du Cœur sacré de Jésus, nous ramène étrangement au thème christique, si présent dans les divagations du dernier Maupassant : « Jésus-Christ a couché avec ma mère. Je suis le fils de Dieu ! », cette folie si souvent rapportée redonne une épaisseur pathétique au mannequin.

Mariolle est et n'est pas Maupassant, Bertin ou Bel-Ami. Un autre Mariolle, sans lien avec celui-ci, devait reparaître dans *L'Ame étrangère*. Un nom qui dit autant le trop vide que le trop plein, un nom pour Maupassant, et cela d'autant qu'on en retrouve la variante dans *Amitié amoureuse* : dans la lettre V, Philippe use deux fois du mot « marionnette » pour se désigner, et plus clairement encore dans la lettre VI, Denise Trémors l'appelle « cher Marionnet »...

Devant ce pantin vit une femme sans inquiétude, plus que moderne, nouvelle, émancipée. Avec elle, le temps des variations sur le bovarysme est terminé. *Une vie, La Parure*, reprenaient la figure convenue d'une femme à qui se refuse le monde. Michèle de Burne profite d'une entière indépendance matérielle et morale, et défie par là même les lois du roman quand ses pareilles connaissent encore la peur et les délices du péché. Dans *Flirt*, lorsque Mme de Mésigny lit un roman « spécialement à l'usage des gens du monde », elle éprouve des émotions désormais inconnues de celle pour qui l'enfer n'existe plus : « Clotilde s'était donc tellement identifiée avec l'âme de son héroïne, que ce fut un vrai déchirement, lorsque cette dernière se précipita dans ce que le paragraphe afférent nommait hypocritement "l'abîme". Et cependant, cette chute, Mme Mésigny la prévoyait depuis bien des pages préparatoires. [...] A vrai dire, Mme Mésigny se révolta devant la brutalité de la catastrophe ; mais d'autre part, elle ne put s'empêcher de remarquer combien ce dont elle se faisait une insurmontable horreur pouvait s'accomplir simplement, logiquement, sans bruit, sans que rien de visible en parût changé. » Comme si Mme de Mésigny lisait *Notre cœur.*

Tous ces frissons et ces scrupules manquent à Michèle de Burne. A l'écart de toute catastrophe, elle se retrouve privée du romanesque auquel pouvaient encore s'abandonner, ne fût-ce que provisoirement, Jeanne ou Mme Loisel. Ici vient vraiment le roman du rien, en regard duquel *Madame Bovary* ou *Une vie* apparaissent chargés d'événements et de projets. Un commentaire de Denise Trémors sur sa correspondance avec Philippe de Luzy semble fait pour caractériser le propos de ce roman sans romanesque : « C'est vraiment sur cette question que le psychologue délicat qu'est Bourget devrait faire marcher son prochain roman. [...] Encore cela n'amuserait peut-être pas le public, les joies pures du cœur étant l'idéal de ceux qui les savourent, mais non de ceux qui les lisent. [...] Elles [nos lettres] ne se plient pas aux exigences d'un caractère de héros, héros du commencement à la fin du livre ; nous ne finirons probablement pas nos vies, moi dans un couvent, vous dans la Seine ; nous ne serons tués par personne, pas même par mon diplomate de mari ; ce n'est donc pas un roman (je m'en vante !) et cela n'intéresserait personne, car chacun veut voir, dans un roman, ou une espèce d'idéal de la vie, ou des souffrances... »

Cette ligne qu'Hermine Lecomte du Noüy maintient tout au long d'*Amitié amoureuse*, Maupassant la fait quelque peu dévier en donnant à Mariolle un cœur de grisette, le cœur d'Emma. Alors qu'il s'écarte du modèle flaubertien, il démontre la supériorité d'Emma Bovary, de son image « héroïque » fort bien dessinée par Baudelaire : celui-ci, dans un article du 18 octobre 1857, en faisait un « poète hystérique » et reconnaissait en elle le « double caractère du calcul et de la rêverie qui constitue l'être parfait[1] ». Quant à Michèle de Burne, « fille des doutes modernes, captive indélivrable des ironies songeuses », elle ne sait plus ni aimer ni rêver. Par un déplacement également ironique, la voici à son tour victime de ses lectures, d'un nouveau mauvais genre à rebours, qui n'est plus celui des romans d'amour et de chevalerie. Mariolle observe cette mort de l'imagination : « Au temps où les romanciers et les poètes les exaltaient et les faisaient rêver, disait-il, elles cherchaient et croyaient trouver dans la vie l'équivalent de ce que leur cœur avait pressenti dans leurs lectures. Aujourd'hui, vous vous obstinez à supprimer toutes les apparences poétiques et séduisantes, pour ne montrer que les réalités désillusionnantes. Or, mon cher, plus d'amour dans les livres, plus d'amour dans la vie... »

Michèle de Burne, ou la lectrice de *Madame Bovary*, d'*Une belle journée* (d'Henry Céard), d'*Une vie* et de *La Parure*. Selon une mécanique sans doute trop parfaite pour être vraie, Maupassant retourne en quelque sorte le bovarysme. L'efficacité du roman, toujours aussi terrible, repose mainte-

1. Article paru dans *L'Artiste* et repris dans *L'Art romantique*.

nant sur une inversion des termes. Le désenchantement est dans les livres, la soif d'ailleurs qui torturait Emma, son élan imaginatif sont recouverts par son échec. Il reste à Michèle de Burne de s'analyser elle-même avec une lucidité dont elle est la première victime.

On a parlé de roman psychologique. Mais tous les romans ne sont-ils pas psychologiques ? La nouveauté, c'est que les personnages en reviennent plus que jamais à l'enquête sur eux-mêmes, et d'abord ces femmes que Maupassant a si souvent dites entières dans leurs sentiments, livrées à leur instinct. Maintenant, Mariolle s'écrie : « Que de finesse et de psychologie ! On ne raisonne pas ainsi les élans du cœur. »

« Comme vous avez été bonne et jolie, et confiante et spirituelle ; comme je vous sais gré de consentir à être très simplement une femme au lieu de chercher à être, suivant la mode, un ennuyeux mannequin occupé à disserter psychologiquement sur l'amour » (Philippe de Luzy à Denise Trémors, *Amitié amoureuse*). En quoi il se trompe car le livre sera bien, selon les catégories de Bourget, « d'analyse », et non de mœurs.

« Je suis trop moderne », avoue Michèle de Burne. Nul besoin d'un savant fou pour inventer une Ève future. La nouvelle créature se développe elle-même devant nous, sans Prométhée. C'est l'époque encore qui veut cela, entre *La Sphynge* d'Édouard Schuré et *La Garçonne* de Victor Margueritte, des *Femmes nouvelles* (Paul et Victor Margueritte, 1899) et de *Nouvelles féminités* (Marcel Prévost, 1914) nous seront annoncées. Dans *Notre cœur*, Gaston de Lamarthe ne peut que décrire « cette race nouvelle de femmes agitées ».

« Race », un mot clef chez Maupassant, un mot encore anodin dont l'emploi répété trahit une obsession, une peur elle-même lourde de menaces. Dans *Une vie*, le château des Peuples, « une de ces maisons spacieuses à loger une race », n'ira qu'en se dépeuplant pour finir dans les mains d'un parvenu. La race, la lignée, renvoient tantôt à l'esprit de caste de la noblesse, petite ou grande, tantôt à des qualités bien françaises, ou même gauloises. En faisant de la gouaillerie la « moelle de *notre* race », Maupassant accueille tous ses lecteurs français dans une communauté définie sans plus de précaution. Peut-être ne fait-il que parler de lui, car la moelle peut s'infecter, il en sait quelque chose.

L'imprécision du mot fait son succès. On peut distinguer « les laborieux de toute race » et le sculpteur Prédolé, « un grand artiste de la vieille race ». De Maupassant, Mallarmé dira : « L'écrivain, conteur quotidien, est de race[1]. » Les signataires du *Manifeste des cinq* dirigé contre Zola, avaient au contraire banni leur chef de file : « N'a-t-il pas chanté le *struggle for life*, et le *struggle* sous sa forme niaise, incompatible avec les instincts d'une haute race, le *struggle* autorisant les attaques violentes[2] ? »

Il faut toujours plus creuser les différences, entre les mondains et les artistes (« cette disparité de race qui empêche de confondre, bien qu'ils se mêlent, les artistes et les mondains »), entre les Allemands

1. « Sur Maupassant », *Œuvres complètes*, Bibliothèque de La Pléiade.

2. Le texte de ce *Manifeste* a été reproduit par J.H. Bornecque et P. Cogny, dans *Réalisme et naturalisme, l'histoire, la doctrine, les œuvres*, Classiques Hachette, 1958.

et les Français, les hommes et les femmes. Pour cette dernière race, le ton se fait emphatique et prophétique, annonçant « une sorte de primeur de la race humaine », « une de ces créatures qui sont le commencement d'une génération », factice, mystérieuse, invraisemblable, une créature dont la venue fait l'effet du Horla, menaçante et dévorante, poupée inventée par le diable, artifice de séduction, « insexuelle »...

Avec cette menace de l'Autre, suggérée par une femme simplement libérée, avec cette figure du vampire dont s'emparera l'art expressionniste par une sorte de prémonition de l'Holocauste, on sent que quelque chose de terrible en cette fin de siècle s'annonce déjà sans jamais en prendre la véritable coloration. On trouve dans le manuscrit de *Notre cœur* un passage sur la microbiologie qui a été effacé et qui dit sourdement l'inquiétude du grouillement : « Ils croyaient être sur le point de pouvoir déclarer que le règne végétal n'existe pas, les graines n'ayant point la vie en elles-mêmes et par elles-mêmes, étant obligées pour germer et croître, d'absorber aussitôt confiées à la terre, le microbe unique chargé de les féconder. Parmi les milliards de milliards d'invisibles qui pullulent dans les faibles profondeurs du sol, celui que la nature a destiné à vivifier chaque graine, se précipite sur elle aussitôt qu'elle est semée ou tombée. Il y pénètre aussitôt et s'y multiplie infiniment, la fait grandir, pousser, se développer, verdir, fleurir, devenir une plante ou un arbre. Il n'y aurait donc au monde que le règne animal. »

Maupassant reste sur une ligne de crête sans tomber dans les errements de ses contemporains, malgré telle phrase isolée, « je me méprise un peu comme un métis de race douteuse » *(Fort comme la mort)*, mais dans *L'Ame étrangère* il voulait reprendre un argument déjà développé dans *Mont-Oriol*, l'impossibilité d'aimer entre deux êtres d'origine différente. Projet dans l'air du temps, que mettra en forme Victor Margueritte dans *Les Frontières du cœur*, où la naissance de l'Allemagne et la guerre de 1870 provoquent la déchirure d'un couple franco-allemand. Un roman exceptionnellement honnête, exact et mesuré, avec des personnages moins attachés à développer une théorie, à postuler la barrière entre les races, qu'à subir le choc de l'Histoire et sentir avec effroi « le meilleur d'eux-mêmes en eux mourir ».

Projet bien retenu par Bourget, qui le réduit à une démonstration sur le « conflit des races », sur « cette force implacable de l'hérédité qui veut [...] qu'un malentendu invincible sépare toujours un homme et une femme venus de deux extrémités du monde historique et physiologique », ce conflit de races demeurant « un des facteurs les moins étudiés et les plus essentiels de notre société moderne[1] ».

Cette histoire qui devait se dérouler dans une Aix-les-Bains cosmopolite, Bourget est d'autant plus tenté de la faire tomber dans ses lacs, qu'il explique tout au travers de la « race », la convoquant même pour étayer son jugement sur l'impressionnisme et le naturalisme. Qu'il affecte de se démarquer des paradoxes d'un « demi-savant » ne change pas grand-chose à l'affaire. Il s'exprime en effet par le truchement d'un personnage « de mauvaise compagnie », qui ambitionnerait de suivre « d'âge en âge, la modification artificielle et héréditaire de la rétine humaine », et de montrer comment les écrivains de

1. *Nouvelles pages de critique et de doctrine.*

l'époque « ont appris à regarder à une autre école ». Prenant pour exemples les descriptions du « réaliste Huysmans » *(En ménage)* ou de Pouvillon *(Césette)*, il observe que la ligne des objets y est perdue au profit de leur tache : « la tache affecte la rétine qui saisit, non plus le contour, mais le petit mouvement lumineux qui fait couleur ». La tache, « un moment de la lumière » que les peintres et les écrivains apprennent donc à voir exclusivement, au détriment de la ligne.

Greffé sur ces remarques techniques, un propos plus général nous confirme par contrecoup le sens profond donné par Bourget à la nouvelle manière de Maupassant : « Cette modification de l'organe correspond à une modification bien plus profonde dans la race. Vous allez sourire, mais n'est-il pas évident que chez nous, et avec la démocratie grandissante, la ligne s'en va, comme la race dont elle est le signe. Montez sur un tramway et regardez les gens qui passent dans la rue. Voyez comme le costume a perdu son dessin, comme les visages ont perdu leur caractère typique[1]. »

Curieusement cette confirmation de la race contredit le jugement souvent porté sur le dernier Maupassant, familier de belles juives qui l'ont partiellement inspiré pour le portrait de Michèle de Burne. « La société juive a été funeste à Maupassant et à Bourget. Elle a fait de ces deux êtres intelligents des gandins de lettres, avec toutes les petitesses de la race[2]. » Paul Morand, Alberto Savinio n'ont pas manqué non plus de gloser sur ce chapitre. Très

1. « Deux paradoxes d'un demi-savant », texte de 1882 recueilli dans *Études et portraits : portraits d'écrivains et notes d'esthétique*, Plon.
2. Goncourt, *Journal*, 22 juillet 1891.

équivoque, Savinio entend démontrer que la rencontre entre les « filles de Sem » et Maupassant n'a rien de fortuit. « Le peuple d'Israël est à l'orée des diverses activités de la vie. » « Toujours le premier à accueillir les idées nouvelles, la science nouvelle, l'art nouveau, les mœurs nouvelles, le luxe nouveau », il constitue « le premier plan de la société : cette première couche de la société dans laquelle vient fatalement buter celui qui fait son entrée dans la société, et dans laquelle s'incruste celui qui reste à la surface de la société, c'est-à-dire le provincial et l'arriviste, c'est-à-dire le Maupassant[1] ».

Savinio voit sans doute juste : aussi arrivés et parisiens qu'ils soient, Bertin ou Mariolle sont définitivement provinciaux, déclassés, dans une incertitude qui paradoxalement donne à Maupassant une certaine élégance sur ces questions. Élégance, un terme sans doute inattendu à son propos, mais qui s'impose si on le compare à Goncourt et à d'autres, parmi lesquels Gyp (Sybille-Gabrielle-Marie-Antoinette de Mirabeau, comtesse de Martel), nouvelliste, romancière qui vient de publier la même année un ouvrage au titre apostropheur, *Ohé, les psychologues*, et qui fait profession d'un antiparlementarisme et d'un antisémitisme des plus crus.

C'est qu'en définitive pour Maupassant importe seule sa problématique personnelle, et que même ses propos didactiques portent le sceau de l'angoisse, quand on ne retrouve que des démonstrations chez un Paul Bourget ou un Victor Margueritte. D'où une sorte d'incohérence dans les idées de Mariolle : alors que les délires racistes s'arriment au grouillement de l'autre, Mariolle voit la mons-

1. Savinio, *Maupassant et l'« Autre »*.

truosité dans le refus de la procréation. En pleine rédaction de *Notre cœur*, Maupassant a pris beaucoup de son temps pour composer *L'Inutile Beauté*, une nouvelle dont le thème s'incruste en quelque sorte dans le roman. Après son septième enfant, Mme de Mascaret ne veut plus « être la victime de l'odieux supplice de maternité » qui lui est imposé depuis onze ans. Durant la même période, Maupassant s'est usé à la production. Il voudrait s'arrêter et continuer, car stérilité et fécondité sont tout autant monstrueuses. *L'Inutile Beauté*, c'est, à l'envers, la même chose que *La Mère aux monstres*, une nouvelle de 1883 où « un vrai démon [...] met au jour chaque année, volontairement, des enfants difformes, effrayants, des monstres[1] ». Dans *L'Inutile Beauté*, un observateur, Bernard Grandin, philosophe sur Dieu, « monstrueux organe créateur inconnu de nous, qui sème par l'espace des milliards de mondes [...] stupidement prolifique », tandis que M. de Mascaret voit une femme qui « n'est plus destinée à perpétuer sa race, mais le produit bizarre et mystérieux de tous nos désirs compliqués [...] errant vers une beauté mystique »...

Délibérément inconséquent, Maupassant s'offre toutes les inquiétudes après s'être donné tous les plaisirs. Le Mascaret, c'est un courant impétueux qui emporte tout, bien connu à l'embouchure de la Seine. C'est donc comme s'il fallait briser l'élan, contenir cette énergie, alors que dans *Notre cœur* on s'offusque à l'idée d'une digue au Mont-Saint-Michel. Le monde de Maupassant est un monde sans remède ni solution.

1. Nouvelle recueillie dans *Toine*.

Par la même contradiction, l'homme ne peut connaître que les pièges de la liberté ou de la servitude. Autant qu'un autre et bien que sans attache, Mariolle est enfermé, dans son milieu de « messieurs de cercle », ceux qui ont souvent refusé les liens du mariage et se trouvent pris dans cet autre enfermement. Il en va du cercle comme il en allait de la ferme, qui chez Maupassant est à lire sous la dépendance du verbe « fermer ». Le clos normand, la maison close, la nouvelle, autant de variations sur les formes de la clôture, que perpétue donc le cercle, fermeture parfaite. « Le cercle est une famille », disait le comte de Landa dans *Fort comme la mort*, trouvant bon sans doute de renverser le « cercle de famille » de Victor Hugo. Mais Bertin ne peut espérer que d'y tourner en rond.

Alors, autant par la somme de ses inquiétudes que par sa réelle topographie, *Notre cœur* réédite *Le Horla*, avec le même désir de fuite qui trouve à se réaliser au Mont-Saint-Michel, cette « légère dentelle d'architecture », en compagnie de Michèle de Burne, un oiseau comme nous l'avons vu, une fille du feu comme l'ont vu Thérèse et Fabrice Thumerel. Dans le nom de Burne, ils proposent de voir l'anglais *to burn* ou *auburn*, paraphrasé par une série de notations, ses cheveux qui « s'éclairent de lueurs fauves », « la petite flambée blonde des cheveux »... Ajoutons que Michèle et le Mont-Saint-Michel semblent faits pour s'accorder avec cette même flambée d'or, littéralement mystique.

Ce désir d'envol signe sa dette à la poésie, et au vers mallarméen : « la chevelure vol d'une flamme à l'extrême » (1889). Mallarmé, que Maupassant ne comprenait pas bien mais dont il fréquentait le salon, où il l'entendait lire ses œuvres. Dans un texte de janvier 1890 où sont cités Baudelaire et Rimbaud, un « mélange inexprimable de sons parfumés, de brume étoilée et de *brise marine* » constitue un hommage ambigu au « poète moderniste, de l'école dite symboliste[1] ». Dans ce désir d'envol, l'être féminin semble avoir quelque supériorité. Déjà Bertin s'arrêtait devant une jeune femme assise sur un banc, « l'âme envolée dans une songerie », « demoiselle qui se promène dans l'idéal », et il essayait de confesser Annette « sur ses promenades dans le bleu ». Cette promenade, Mariolle la fera avec Michèle de Burne, après avoir traversé un pays d'eau et d'herbages. Il la fera sur le chemin des Fous du Mont-Saint-Michel, planant comme un oiseau de mer, « dominant le même horizon que les bêtes aux ailes blanches parcourent sans cesse de leur vol ».

Il y a, dans *Fort comme la mort* et dans *Notre cœur* ces belles irruptions d'azur et de bleu, ces promenades dans le bleu, ces élévations, qui ne sont plus la jouissance impétueuse du faune, qui ne sont plus le panthéisme, mais plutôt un sulpicianisme revisité, celui des images saintes, avec le drap d'or fin du soleil baissant d'Avranches, l'adorée figure blonde enveloppée dans un nuage bleu. Un bleu marial. « Mariolâtre : qui a un culte idolâtrique pour Marie » (Littré).

Et puis, ces moments passés, on retombe dans les noirs vallons. La femme perd ses ailes, s'enferme dans son propre reflet, dans la fameuse glace à trois panneaux de son cabinet de toilette. La maison qui l'abrite, comment la définir ? Chez Michèle de Burne

1. *La Nuit*, parue dans *L'Écho de Paris*, 10 janvier 1890, reprise dans *La Vie errante*.

on peut admirer comme dans le grenier artiste des Goncourt, « des bibelots admirables, des dessins de vieux maîtres, des terres de Clodion ». Rien n'y évoque la vie de famille, la maison animée dont rêvait le peintre Bertin. Mais peu de mots plus ambivalents que « maison » : la maison tout court, en régime maupassantien, a un sens bien particulier, celui de *La Maison Tellier*. L'argument de cette nouvelle n'était rien d'autre qu'une maison close... fermée. Par définition, les salons de la haute société sont « fermés », comme les « maisons ». Michèle de Burne reçoit peu de femmes, ayant fait de son logis « un rendez-vous d'hommes agréables », surveillé par son père, un « vieux galantin ». Ce « logis difficilement ouvert » s'inscrit dans une sorte de logique du mot d'esprit qui commande ici à la dégradation du grand monde. Par une confusion des hiérarchies, une symétrie du haut et du bas, le logis difficilement ouvert vaut pour la maison close, dont il est la paraphrase. Nous n'avons pas vraiment changé de monde, et de la ferme au cercle ou à la boîte — la maison de Mme de Frémines —, se donne à lire le même enfermement. A Fécamp, la maison Tellier était voisine de la Retenue. Filles doublement enfermées, retenues, et elles-mêmes fermées, hermétiques, comme toutes les femmes. L'une d'elles, chez Maupassant, s'appelle Mme Hermet. Dans le livre d'Hermine Lecomte de Noüy, Philippe appelle Denise « Mme Close ».

L'être maupassantien voudrait appartenir au monde ; il guette l'éclosion du monde, son printemps. C'est pourquoi fuyant tant sa maison que celle de Michèle, deux prisons, Mariolle tente une deuxième fuite, solitaire. En toute naïveté Paris salue comme il se doit cette entreprise, annonce déjà Fontainebleau : feuilles désemprisonnées, délivrance des branches, matin d'éclosion, chez Maupassant le paysage ne peut qu'être à l'unisson du cœur, brodant toujours le même motif.

Après l'éther et le feu, il retrouve l'arbre et l'eau. Car le nom de Fontainebleau nous le dit, c'est une forêt d'eau. A la recherche de l'air et de l'oxygène, on baigne dans une atmosphère saturée d'humidité, réellement liquide, et l'on peut se noyer « dans un immense bain de vie végétale ». Mieux encore, l'air s'y boit, doté des propriétés curatives d'une ville d'eau. « Il y a quelque chose d'assoiffé chez Maupassant. Dans ce désir constant de contact avec l'eau, il y a — plus que de se nettoyer — le besoin de "s'éteindre" [...] nous dirons donc simplement qu'il se jetait dans l'eau comme un animal dont le poil a pris feu. » Cette remarque d'Alberto Savinio[1] convient pour décrire en terme de « structure » le déroulement de *Notre cœur*. Brûlé à une fille du feu, Mariolle choisit de se rafraîchir dans une forêt qui a un nom de fontaine, retourne aux sources.

Ces sources sont aussi celles de la peinture et de la littérature. « On pourrait faire des réserves sur la banalité qu'il y a d'envoyer le héros dans un lieu mouillé de toutes les tristesses romantiques », écrit Louis Forestier, qui reconnaît cependant une grande vigueur personnelle à la description[2]. Qu'on aille sur des chemins déjà tracés, Maupassant nous le dit en inventant une auberge Corot à Marlotte, face à ces deux rapins déjà englués dans l'académisme, dont l'un a obtenu une deuxième médaille au dernier Salon. De Montigny-sur-Loing, lieu impressionniste marqué par Monet, Sysley et Renoir, Mariolle fait une promenade qui le mène au « Bou-

1. *Maupassant et l'« Autre »*.
2. Notice de *Notre cœur*, Bibliothèque de La Pléiade.

quet du Roi », nom qui nous transporte dans un autre coin de l'Ile-de-France, du côté de cette « Fête du Bouquet provincial », « souvenir de la province depuis longtemps oubliée, écho lointain des fêtes naïves de la jeunesse[1] ».

« Double saturnien de Nerval », selon la très belle formule de Thérèse Thumerel[2], hésitant entre le feu et la sylve, Maupassant se voue comme lui au syncrétisme le plus achevé. Ainsi le nom de Montigny excède discrètement le sens premier que nous pouvons lui donner. Car il existe un autre Montigny dont Maupassant ne parle pas mais qu'il ne peut que parfaitement connaître : en Normandie, au-dessus de la maison de Flaubert à Croisset, à l'orée de la forêt de Roumare où se perdait le narrateur du *Horla*, et non loin de Canteleu, où Georges Duroy, le héros de *Bel-Ami*, était lui aussi revenu pour un bref moment.

La fin du roman est donc à lire comme un passage à la fois simple et crypté, hanté par le fantôme d'un Flaubert présent jusque dans le détail, puisque la description des arbres joue avec celle qui en est faite dans *L'Éducation sentimentale*, quand Frédéric et Rosanette découvrent la forêt de Fontainebleau. Ce faisant, Maupassant renoue avec une pratique déjà éprouvée, comme dans *La Petite Roque*, où le nom de Louise Roque était un emprunt étonnamment direct, tandis que le paysage, et notamment la rivière de la Brindille, se modelait sur la description de la Seine à Nogent, lors d'une rencontre de Frédéric et de Louise Roque[3].

1. Gérard de Nerval, *Sylvie*.
2. « Maupassant ou le double saturnien de Nerval », *Cahiers naturalistes* n° 64, septembre 1990.
3. *L'Éducation sentimentale*, IIe partie, chap. V.

Faut-il voir dans cela l'équivalent littéraire de ce que les cinéphiles appellent des « private-jokes », des plaisanteries ou allusions pour initiés ? ou des contraintes formelles à la Raymond Roussel ? face à la modernité, à la nouveauté qui envahit tout le roman, le retour aux sources est aussi une régression. Quand il fait d'Élisabeth une sorte de Vénus rustique, Maupassant réactive une image constamment présente dans ses écrits antérieurs. *Vénus rustique*, c'était déjà le titre d'une de ses poésies, une narration versifiée où l'on trouve, en leur état naïf, toutes les obsessions de l'auteur.

Retour fugitif à la ruralité, paragraphe « naturaliste » sur le village et ses femmes qui n'en sont pas, évocation du bouillon à la Huysmans... Mais que tout cela est loin déjà, tout cela que Maupassant s'est évertué à faire reculer dans le temps. Le roman va donc s'arrêter sur un arrangement, un accommodement provisoire : Mariolle garde les deux femmes, comme il tente de concilier deux mondes, donnant sens au titre de *La Revue* qui l'abrite. Oui, Maupassant est de deux mondes, de Fécamp et de Miromesnil, des Batignolles et des Champs-Élysées. Rien n'est tout à fait bon ni tout à fait mauvais. Les fuites sont de nouvelles menaces ou de nouveaux enfermements : se souvenant du Mont-Saint-Michel, Mariolle associe dans la même pensée l'affection *éclose* et le *cloître* ; à Montigny un barrage domine la petite maison de Mariolle, libérant le Loing qui file le long de la terrasse, mais retenant aussi une eau qui glace le cœur. Dans les moments euphoriques toujours passent les mots ambigus, cloîtres et barrages, autant de stations sur cette « route noire » où André Mariolle entretient son cauchemar.

Apparemment Maupassant se soumet à la littérature selon Bourget, s'autorisant un clin d'œil dans les toutes dernières pages du roman : « Sait-on les étranges divinations qui peuvent naître dans *un cœur de femme* ? » Y puisant ce qui lui convient, il s'abandonne au plaisir de la commémoration, non sans jeter le doute sur ses anciens modèles. Sur cette position médiane, il est tout à son aise pour faire ce qu'il sait faire mieux que quiconque ; capter, centraliser et redistribuer les motifs du temps, conciliant les recettes du journalisme et la modernité baudelairienne ou le symbolisme mallarméen, qu'il acclimate pour un large public, de même que, dans un geste postmoderniste anticipant sur la démarche du Musée d'Orsay, il accroche côte à côte peintres pompiers et impressionnistes.

En même temps *Notre cœur* peut être qualifié de roman préproustien, annonçant le salon Verdurin d'*Un amour de Swann*. Ou plutôt, Proust, qui fréquentait les mêmes salons, n'aura qu'à reprendre et subvertir un monde auquel Maupassant a déjà donné en partie ses personnages et son vocabulaire. Le cercle intime de Michèle de Burne compte un représentant de chaque domaine artistique, son musicien, son romancier, son peintre. On y aime davantage ces artistes que leur art, et le goût pour l'Extrême-Orient procède avant tout du mot d'ordre. C'est une coterie, avec ses mots de passe, dont la méconnaissance fait reconnaître l'étranger. On se parle en « camarade », on se fait des « niches » et l'on réserve une large place à la « blague ». Michèle de Burne a son petit nom, « Miche » et dans le texte primitif était appelée la « patronne », comme Mme Verdurin.

S'il se trouve en quelque sorte à la remorque de toutes les idées de son époque, Maupassant propose un matériau dont useront des auteurs aussi divers que D'Annunzio, James, Conrad, Maugham, Simenon, Buzzati... Combien de nouvelles d'Arthur Schnitzler ou de Stefan Zweig ne rappellent-elles pas la manière incisive de Maupassant ! *Destruction d'un cœur*, de Zweig, outre son titre, traite un motif typiquement maupassantien : un homme déjà âgé observe une toute jeune fille, joue avec son cœur, un peu comme fait Mariolle avec celui d'Élisabeth. Du moins voyons-nous cela comme venant de Maupassant, alors même que le mot « cœur », au travers d'une multitude d'expressions, est un des vocables les plus communs, les moins propres à relever d'une thématique personnelle. S'emparant de la banalité du monde, Maupassant la fait sienne. Il est tourmenté par la peur du vide, mais c'est le vide lui-même, l'insignifiant, le cours ordinaire des choses, le monde, qui deviennent du Maupassant.

Francis MARCOIN.

NOTRE CŒUR

PREMIÈRE PARTIE

I

Un jour Massival, le musicien, le célèbre auteur de *Rébecca*[1], celui que, depuis quinze ans déjà, on appelait « le jeune et illustre maître », dit à André Mariolle, son ami :

« Pourquoi ne t'es-tu jamais fait présenter à Mme Michèle de Burne ? Je t'assure que c'est une des femmes les plus intéressantes du nouveau Paris.

— Parce que je ne me sens pas du tout mis au monde[2] pour son milieu.

— Mon cher, tu as tort. C'est là un salon[3] original, bien neuf, très vivant et très artiste[4]. On y fait d'excellente musique, on y cause aussi bien que dans les meilleures potinières[5] du dernier siècle. Tu y serais fort apprécié, d'abord parce que tu joues du violon en perfection, ensuite parce qu'on a dit beaucoup de bien de toi dans la maison, enfin parce que tu passes pour n'être point banal et point prodigue de tes visites. »

Flatté mais résistant encore, supposant d'ailleurs que cette démarche pressante n'était point ignorée de la jeune femme, Mariolle fit un « Peuh ! je n'y tiens guère » où le dédain voulu se mêlait au consentement acquis déjà.

Massival reprit :

« Veux-tu que je te présente un de ces jours ? Tu la connais d'ailleurs par nous tous qui sommes de son intimité, car nous parlons d'elle assez souvent. C'est une fort jolie femme de vingt-huit ans, pleine d'intelligence, qui ne veut pas se remarier, car elle a été fort malheureuse une première fois. Elle a fait de son logis un rendez-vous d'hommes agréables. On n'y trouve pas trop de messieurs de cercle ou du monde. Il y en a juste ce qu'il faut pour l'effet. Elle sera enchantée que je t'amène à elle. »

Vaincu, Mariolle répondit :

« Soit ! un de ces jours. »

Dès le début de la semaine suivante, le musicien entrait chez lui, et demandait :

« Es-tu libre demain ?

— Mais... oui.

— Bien. Je t'emmène dîner chez Mme de Burne. Elle m'a chargé de t'inviter. Voici un mot d'elle, d'ailleurs. »

Après avoir réfléchi quelques secondes encore, pour la forme, Mariolle répondit :

« C'est entendu ! »

Agé d'environ trente-sept ans, André Mariolle, célibataire et sans profession, assez riche pour vivre à sa guise, voyager et s'offrir même une jolie collection de tableaux modernes et de bibelots anciens, passait pour un garçon d'esprit un peu fantasque, un peu sauvage, un peu capricieux, un peu dédaigneux, qui posait au solitaire plutôt par orgueil que par timidité. Très bien doué, très fin, mais indolent, apte à tout comprendre, et peut-être à faire bien beaucoup de choses, il s'était contenté de jouir de l'existence en spectateur, ou plutôt en amateur. Pauvre, il fût devenu sans aucun doute un homme remarquable ou célèbre ; né bien renté, il s'adressait l'éternel reproche de n'avoir pas su être quelqu'un. Il avait fait, il est vrai, des tentatives diverses mais trop molles, vers les arts : une vers la littérature, en publiant des récits de voyage agréables, mouvementés et de style soigné ; une vers la musique, en pratiquant le violon, où il avait acquis, même parmi les exécutants de profession, un renom respecté d'amateur, et une enfin vers la sculpture, cet art où l'adresse originale, où le don d'ébaucher des figures hardies et trompeuses remplacent pour les yeux ignorants le savoir et l'étude. Sa statuette en terre « Masseur tunisien » avait même obtenu quelque succès au Salon de l'année précédente.

Remarquable cavalier, c'était aussi, disait-on, un excellent escrimeur, bien qu'il ne tirât jamais en public, obéissant en cela peut-être à la même inquiétude qui le faisait se dérober aux milieux mondains où des rivalités sérieuses étaient à craindre.

Mais ses amis l'appréciaient et le vantaient avec ensemble, peut-être parce qu'il leur portait peu d'ombrage. On le disait en tout cas sûr, dévoué, agréable de rapports et très sympathique de sa personne.

De taille plutôt grande, portant la barbe noire courte sur les joues et finement allongée en pointe sur le menton, des cheveux un peu grisonnants mais joliment crépus, il regardait bien en face, avec des yeux bruns, clairs, vifs, méfiants et un peu durs.

Parmi ses intimes il avait surtout des artistes, le romancier Gaston de Lamarthe, le musicien Massival, les peintres Jobin, Rivollet, de Maudol, qui semblaient priser beaucoup sa raison, son amitié, son esprit et même son jugement, bien qu'au fond, avec la vanité inséparable du succès acquis, ils le tinssent pour un très aimable et très intelligent raté[1].

Sa réserve hautaine semblait dire : « Je ne suis rien parce que je n'ai rien voulu être. » Il vivait donc dans un cercle étroit, dédaignant la galanterie élégante et les grands salons en vue où d'autres auraient brillé plus que lui, l'auraient rejeté dans l'armée des figurants mondains. Il ne voulait aller que dans les maisons où l'on appréciait sûrement ses qualités sérieuses et voilées ; et, s'il avait consenti si vite à se laisser conduire chez Mme Michèle de Burne, c'est que ses meilleurs amis, ceux qui proclamaient partout ses mérites cachés, étaient les familiers de cette jeune femme.

Elle habitait un joli entresol, rue du Général-Foy, derrière Saint-Augustin[2]. Deux pièces donnaient sur la rue : la salle à manger et un salon, celui où l'on recevait tout le monde ; deux autres sur un beau jardin dont jouissait le propriétaire de l'immeuble. C'était d'abord un second salon, très grand, plus long que large, ouvrant trois fenêtres sur les arbres, dont les feuilles frôlaient les auvents, et garni d'objets et de meubles exceptionnellement rares et simples, d'un goût pur et sobre et d'une grande valeur[3]. Les sièges, les tables, les mignonnes armoires ou étagères, les tableaux, les éventails et les figurines de porcelaine sous une vitrine, les vases, les statuettes, le cartel énorme au milieu d'un panneau, tout le décor de cet appartement de jeune femme attirait ou retenait l'œil par sa forme, sa date ou son élégance. Pour se créer cet intérieur, dont elle était presque aussi fière que d'elle-même, elle avait mis à contribution le savoir, l'amitié, la complaisance et l'instinct fureteur de tous les artistes qu'elle connaissait. Ils avaient trouvé pour elle, qui était riche et payait bien, toutes choses animées de ce caractère original que ne distingue point l'amateur vulgaire, et elle s'était fait, par eux, un logis célèbre, difficilement ouvert, où elle s'imaginait qu'on se plaisait mieux et qu'on revenait plus volontiers que dans l'appartement banal de toutes les femmes du monde.

C'était même une de ses théories favorites de prétendre que la nuance des tentures, des étoffes, l'hospitalité des sièges, l'agrément des formes, la grâce des ensembles, caressent, captivent et acclimatent le regard autant que les jolis sourires. Les appartements sympathiques ou antipathiques, disait-elle, riches ou pauvres, attirent, retiennent ou repoussent comme les êtres qui les habitent. Ils éveillent ou engourdissent le cœur, échauffent ou glacent l'esprit, font parler ou se taire, rendent triste ou gai, donnent enfin à chaque visiteur une envie irraisonnée de rester ou de partir.

Vers le milieu de cette galerie un peu sombre, un grand piano à queue, entre deux jardinières fleuries, avait une place d'honneur et une allure de maître. Plus loin, une haute porte à deux battants faisait communiquer cette pièce avec la chambre à coucher, qui s'ouvrait encore sur le cabinet de toilette, fort grand et élégant aussi, tendu en toiles de Perse comme un salon d'été, et où Mme de Burne, quand elle était seule, avait coutume de se tenir.

Mariée avec un vaurien de bonnes manières, un de ces tyrans domestiques devant qui tout doit céder et plier, elle avait été d'abord fort malheureuse. Pendant cinq ans, elle avait dû subir les exigences, les duretés, les jalousies, même les violences de ce maître intolérable, et, terrifiée, éperdue de surprise, elle était demeurée sans révolte devant cette révélation de la vie conjugale, écrasée sous la volonté despotique et suppliciante du mâle brutal dont elle était la proie.

Il mourut, un soir, en revenant chez lui, de la rupture d'un anévrisme, et, quand elle vit entrer le corps de ce mari enveloppé dans une couverture, elle le regarda, ne pouvant croire à la réalité de cette délivrance, avec un sentiment profond de joie comprimée et une peur affreuse de le laisser voir.

D'une nature indépendante, gaie, même exubérante, très souple et séduisante, avec des saillies d'esprit libre, semées on ne sait comment dans les intelligences de certaines petites fillettes de Paris qui semblent avoir respiré dès l'enfance le souffle poivré des boulevards, où se mêlent chaque soir, par les portes ouvertes des théâtres, les courants d'air des pièces applaudies ou sifflées, elle garda cependant de son esclavage de cinq années une timidité singulière mêlée à ses hardiesses anciennes, une peur grande de trop dire, de trop faire, avec une envie ardente d'émancipation et une énergique résolution de ne plus jamais compromettre sa liberté.

Son mari, homme du monde, l'avait dressée à recevoir, comme une esclave muette, élégante, polie et préparée. Parmi les amis de ce despote étaient beaucoup d'artistes, qu'elle avait accueillis avec curiosité, écoutés avec plaisir, sans jamais oser leur laisser voir comment elle les comprenait et les appréciait.

Son deuil fini, elle en invita quelques-uns à dîner, un soir. Deux s'excusèrent, trois acceptèrent et trouvèrent avec étonnement une jeune femme d'âme ouverte et d'allures charmantes, qui les mit à l'aise et leur dit avec grâce le plaisir qu'ils lui avaient fait en venant chez elle autrefois.

Elle fit ainsi, peu à peu, parmi ses connaissances anciennes qui l'avaient ignorée ou méconnue, un choix suivant ses goûts, et se mit à recevoir, en veuve, en femme affranchie, mais qui veut rester honnête, tous ceux qu'elle put réunir des hommes les plus recherchés de Paris, avec quelques femmes seulement.

Les premiers admis devinrent des intimes, formèrent un fond, en attirèrent d'autres, donnèrent à la maison l'allure d'une petite cour où tout habitué apportait soit une valeur, soit un nom, car quelques titres bien triés étaient confondus avec la roture intelligente.

Son père, M. de Pradon[1], qui occupait l'appartement au-dessus, lui servait de chaperon et de porte-respect. Vieux galantin, très élégant, spirituel, empressé près d'elle, qu'il traitait plutôt en dame qu'en fille, il présidait les dîners du jeudi, bientôt connus, bientôt cités dans Paris et fort recherchés. Les demandes de présentation et d'invitation affluèrent, furent discutées, et souvent repoussées après une sorte de vote du cercle intime. Des mots d'esprit sortirent de ce cercle, coururent la ville. Des débuts d'acteurs, d'artistes et de jeunes poètes, y eurent lieu, devinrent une sorte de baptême de renommée. Des inspirés chevelus amenés par Gaston de Lamarthe y remplacèrent près du piano des violonistes hongrois présentés par Massival ; et des danseuses exotiques y esquissèrent leurs poses agitées avant de paraître devant le public de l'Éden ou des Folies-Bergère[2].

Mme de Burne, d'ailleurs jalousement gardée par ses amis et qui conservait de son passage dans le monde sous l'autorité maritale un souvenir répulsif, avait la sagesse de ne point trop augmenter ses connaissances. Satisfaite et effrayée en même temps de ce qu'on pourrait dire et penser d'elle, elle s'abandonnait à ses penchants un peu bohèmes avec une grande prudence bourgeoise. Elle tenait à son renom, redoutait les témérités, demeurait correcte dans ses fantaisies, modérée dans ses audaces, et avait soin qu'on ne pût la soupçonner d'aucune liaison, d'aucune amourette, d'aucune intrigue.

Tous avaient essayé de la séduire ; aucun, disait-on, n'avait réussi. Ils le confessaient, se l'avouaient entre eux avec surprise, car les hommes n'admettent guère, peut-être avec raison, la vertu des femmes indépendantes. Une légende courait sur elle. On disait que son mari avait apporté dans le début de leurs relations conjugales une brutalité si révoltante et des exigences si inattendues qu'elle avait été guérie pour toujours de l'amour des hommes. Et les intimes discutaient souvent sur ce cas. Ils arrivaient infailliblement à cette conclusion qu'une jeune fille élevée dans le rêve des tendresses futures et dans l'attente d'un mystère inquiétant, deviné indécent et gentiment impur, mais distingué, devait demeurer bouleversée quand la révélation des exigences du mariage lui était faite par un rustre.

Le philosophe mondain George de Maltry ricanait doucement, et ajoutait : « Son heure viendra. Elle vient toujours pour ces femmes-là. Plus elle est tardive, plus elle sonne fort. Avec les goûts artistes de notre amie, elle sera sur le tard amoureuse d'un chanteur ou d'un pianiste. »

Gaston de Lamarthe avait d'autres idées. En sa qualité de romancier, observateur et psychologue[1], voué à l'étude des gens du monde, dont il faisait d'ailleurs des portraits ironiques et ressemblants, il prétendait connaître et analyser les femmes avec une pénétration infaillible et unique. Il classait Mme de Burne parmi les détraquées[2] contemporaines dont il avait tracé le type dans son intéressant roman « Une d'Elles ». Le premier, il avait décrit cette race nouvelle de femmes agitées par des nerfs d'hystériques[1] raisonnables, sollicitées par mille envies contradictoires qui n'arrivent même pas à être des désirs, désillusionnées de tout sans avoir goûté à rien par la faute des événements, de l'époque, du temps actuel, du roman moderne, et qui, sans ardeur, sans entraînements, semblent combiner des caprices d'enfants gâtés avec des sécheresses de vieux sceptiques.

Il avait échoué, comme les autres, dans ses tentatives de séduction.

Car tous les fidèles du groupe étaient devenus à tour de rôle amoureux de Mme de Burne, et, après la crise, demeuraient encore attendris et émus à des degrés différents. Ils avaient formé peu à peu une sorte de petite église. Elle en était la madone, dont ils parlaient sans cesse entre eux, tenus sous le charme, même loin d'elle. Ils la célébraient, la vantaient, la critiquaient, et la dépréciaient suivant les jours, les rancunes, les irritations ou les préférences qu'elle avait montrées. Ils se jalousaient continuellement, s'espionnaient un peu, et tenaient surtout les rangs serrés autour d'elle pour ne pas laisser approcher quelque concurrent redoutable. Ils étaient sept assidus : Massival, Gaston de Lamarthe, le gros Fresnel, le jeune philosophe homme du monde fort à la mode M. Georges de Maltry, célèbre par ses paradoxes, son érudition compliquée, éloquente, toujours de la dernière heure, incompréhensible pour ses admiratrices même les plus passionnées, et encore par ses toilettes aussi recherchées que ses théories. Elle avait joint à ces hommes de choix quelques simples mondains réputés spirituels, le comte de Marantin, le baron de Gravil et deux ou trois autres.

Les deux privilégiés de ce bataillon d'élite[2] paraissaient être Massival et Lamarthe, qui avaient, semblait-il, le don de toujours distraire la jeune femme amusée par leur sans-gêne artiste, leur blague, leur adresse à se moquer de tout le monde, et même un peu d'elle quand elle le tolérait. Mais le soin naturel ou voulu qu'elle apportait à ne jamais montrer à l'un de ses admirateurs une prédilection prolongée et marquante, l'air espiègle et dégagé de sa coquetterie et l'équité réelle de sa faveur maintenaient entre eux une amitié pimentée d'hostilité et une ardeur d'esprit qui les rendait amusants.

Un d'eux par moments, pour faire une niche aux autres, présentait un ami. Mais, comme cet ami n'était jamais un homme très éminent ou très intéressant, les autres, ligués contre lui, ne tardaient guère à l'exclure.

C'est ainsi que Massival amena dans la maison son camarade[1] André Mariolle.

Un domestique en habit noir jeta ces noms :

« Monsieur Massival !

— Monsieur Mariolle ! »

Sous un grand nuage fripé de soie rose, abat-jour démesuré qui rejetait sur une table carrée en marbre antique la lumière éclatante d'une lampe-phare portée par une haute colonne de bronze doré, une tête de femme et trois têtes d'hommes étaient penchées sur un album que venait d'apporter Lamarthe. Debout entre elles, le romancier tournait les feuillets en donnant des explications.

Une des têtes se retourna, et Mariolle, qui s'avançait, aperçut une figure claire, blonde, un peu rousse, dont les cheveux follets sur les tempes semblaient brûler comme des flambées de broussailles. Le nez fin et retroussé faisait sourire ce visage ; la bouche nettement dessinée par les lèvres, les fossettes profondes des joues, le menton un peu saillant et fendu, lui donnaient un air moqueur, tandis que les yeux, par un contraste bizarre, le voilaient de mélancolie. Ils étaient bleus, d'un bleu déteint, comme si on l'eût lavé, frotté, usé, et les pupilles noires luisaient au milieu, rondes et dilatées. Ce regard brillant et singulier paraissait raconter déjà des rêves de morphine, ou peut-être plus simplement l'artifice coquet de la belladone.

Mme de Burne, debout, tendait la main, souhaitait la bienvenue, remerciait. — « J'avais demandé depuis longtemps à nos amis de vous amener chez moi, disait-elle à Mariolle, mais il faut que je répète toujours plusieurs fois ces choses-là pour qu'on les fasse. »

Elle était grande, élégante, un peu lente en ses gestes, sobrement décolletée, montrant à peine le sommet de ses belles épaules de rousse que la lumière rendait incomparables. Ses cheveux cependant n'étaient point rouges, mais de la couleur intraduisible de certaines feuilles mortes brûlées par l'automne.

Puis elle présenta M. Mariolle à son père, qui salua et tendit la main.

Les hommes, en trois groupes, causaient entre eux, familièrement, semblaient chez eux, dans une sorte de cercle habituel où la présence d'une femme mettait des airs galants.

Le gros Fresnel causait avec le comte de Marantin. L'assiduité constante de Fresnel en cette maison et la prédilection que lui témoignait Mme de Burne choquaient et fâchaient souvent ses amis. Encore jeune, mais gros comme un bonhomme de baudruche, soufflé, soufflant, presque sans barbe, la tête ennuagée d'une vague chevelure de poils clairs et follets, commun, ennuyeux, il n'avait assurément pour la jeune femme qu'un mérite, désagréable aux autres mais essentiel à ses yeux, celui de l'aimer aveuglément, plus et mieux que tout le monde. On l'avait baptisé « le phoque ». Marié, il n'avait jamais parlé de présenter dans la maison sa femme, qui disait-on, était, de loin, fort jalouse. Lamarthe et Massival surtout s'indignaient de la sympathie évidente de leur amie pour ce souffleur, et, quand ils ne pouvaient s'abstenir de lui reprocher ce goût condamnable, ce goût égoïste et vulgaire, elle leur répondait en souriant :

« Je l'aime comme un bon toutou fidèle. »

Georges de Maltry s'entretenait avec Gaston de Lamarthe de la découverte la plus récente, incertaine encore, des microbiologistes[1].

M. de Maltry développait sa thèse avec des considérations infinies et subtiles, et le romancier Lamarthe l'acceptait avec enthousiasme, avec cette facilité dont les hommes de lettres accueillent sans contrôle tout ce qui leur paraît original et neuf.

Le philosophe du high-life, blond, d'un blond de lin, mince et haut, était encorseté dans un habit très serré sur les hanches. Sa tête fine, au-dessus, sortait du col blanc, pâle sous des cheveux plats et blonds qui paraissaient collés dessus.

Quant à Lamarthe, Gaston de Lamarthe, à qui sa particule avait inoculé quelques prétentions de gentilhomme et de mondain, c'était avant tout un homme de lettres, un impitoyable et terrible homme de lettres. Armé d'un œil qui cueillait les images, les attitudes, les gestes, avec une rapidité et une précision d'appareil photographique, et doué d'une pénétration, d'un sens de romancier naturel comme un flair de chien de chasse, il emmagasinait du matin au soir des renseignements professionnels. Avec ces deux sens très simples, une vision nette des formes et une intuition instinctive des dessous, il donnait à ses livres, où n'apparaissait aucune des intentions ordinaires des écrivains psychologues, mais qui avaient l'air de morceaux d'existence humaine arrachés à la réalité, la couleur, le ton, l'aspect, le mouvement de la vie même[1].

L'apparition de chacun de ses romans soulevait par la société des agitations, des suppositions, des gaîtés et des colères, car on croyait toujours y reconnaître des gens en vue à peine couverts d'un masque déchiré ; et son passage par les salons laissait un sillage d'inquiétudes. Il avait publié d'ailleurs un volume de souvenirs intimes où beaucoup d'hommes et de femmes de sa connaissance avaient été portraiturés, sans intentions nettement malveillantes, mais avec une exactitude et une sévérité telles qu'ils s'étaient sentis ulcérés. Quelqu'un l'avait surnommé : « Gare aux amis. »

Ame énigmatique et cœur fermé, il passait pour avoir aimé violemment, autrefois, une femme qui l'avait fait souffrir, et pour s'être ensuite vengé sur les autres.

Massival et lui s'entendaient fort bien, quoique le musicien fût d'une nature très différente, plus ouverte, plus expansive, moins tourmentée peut-être, mais plus visiblement sensible. Après deux grands succès, une pièce jouée à Bruxelles et venue ensuite à Paris où elle avait été acclamée à l'Opéra-Comique, puis une seconde œuvre reçue et interprétée du premier coup au Grand-Opéra, et accueillie comme l'annonce d'un superbe talent, il avait subi cette espèce d'arrêt qui semble frapper la plupart des artistes contemporains comme une paralysie précoce. Ils ne vieillissent pas dans la gloire et le succès ainsi que leurs pères, mais paraissent menacés d'impuissance, à la fleur de l'âge. Lamarthe disait : « Aujourd'hui il n'y a plus en France que des grands hommes avortés. »

Massival à ce moment semblait fort épris de Mme de Burne, et le cercle en jasait un peu : aussi tous les yeux se tournèrent-ils vers lui quand il lui baisa la main avec un air d'adoration.

Il demanda :

« Sommes-nous en retard ? »

Elle répondit :

« Non, j'attends encore le baron de Gravil et la marquise de Bratiane.

— Ah ! quelle chance, la marquise ! Alors nous allons faire de la musique ce soir.

— Je l'espère. »

Les deux attardés entraient. La marquise, une femme, un peu trop petite peut-être, parce qu'elle était assez dodue, d'origine italienne, vive, avec des yeux noirs, des cils noirs, des sourcils noirs et des cheveux noirs aussi, tellement drus et envahissants qu'ils mangeaient le front et menaçaient les yeux, passait pour avoir la plus remarquable voix connue parmi les femmes du monde.

Le baron, homme comme il faut, à poitrine creuse et à grosse tête, n'était vraiment complet qu'avec son violoncelle aux mains. Mélomane passionné, il n'allait que dans les maisons où la musique était en honneur.

Le dîner fut annoncé, et Mme de Burne, prenant le bras d'André Mariolle, laissa passer ses convives. Puis, comme ils étaient demeurés tous les deux les derniers au salon, au moment de se mettre en route elle jeta sur lui, obliquement, un regard rapide de son œil pâle à lentille noire, où il crut sentir une pensée de femme plus complexe et un intérêt plus chercheur que ne se donnent la peine d'en avoir ordinairement les jolies dames recevant à leur table un monsieur quelconque pour la première fois.

Le dîner fut un peu triste et monotone. Lamarthe, nerveux, semblait hostile à tout le monde, non point hostile ouvertement, car il tenait à paraître bien élevé, mais armé de cette presque imperceptible mauvaise humeur qui glace l'entrain des causeries. Massival, concentré, préoccupé, mangeait peu et regardait en dessous, de temps en temps, la maîtresse de la maison, qui paraissait être en un tout autre endroit que chez elle. Inattentive, souriante pour répondre, puis figée tout de suite, elle devait songer à quelque chose qui ne la préoccupait pas beaucoup, mais qui l'intéressait encore davantage, ce soir-là, que ses amis. Elle fit des frais cependant, les frais nécessaires, et très amplement, pour la marquise et pour Mariolle ; mais elle les faisait par devoir, par habitude, visiblement absente d'elle-même et de sa demeure. Fresnel et M. de Maltry se querellèrent sur la poésie contemporaine. Fresnel possédait sur la poésie les opinions courantes des hommes du monde, et M. de Maltry les perceptions impénétrables pour le vulgaire des plus compliqués faiseurs de vers.

Plusieurs fois pendant ce dîner, Mariolle avait encore rencontré le regard fouilleur de la jeune femme, mais plus vague, moins fixé, moins curieux. Seuls, la marquise de Bratiane, le comte de Marantin et le baron de Gravil causèrent sans discontinuer et se dirent des masses de choses.

Puis, dans la soirée, Massival, de plus en plus mélancolique, s'assit au piano et fit sonner quelques notes. Mme de Burne parut renaître, et elle organisa bien vite un petit concert composé des morceaux qu'elle aimait le plus.

La marquise était en voix, et, surexcitée par la

présence de Massival, elle chanta comme une vraie artiste. Le maître l'accompagnait avec ce visage mélancolique qu'il prenait en se mettant à jouer. Ses cheveux, qu'il portait longs, frôlaient le col de son habit, se mêlaient à sa barbe frisée, entière, luisante et fine. Beaucoup de femmes l'avaient aimé, le poursuivaient encore, disait-on. Mme de Burne, assise près du piano, écoutant de toute sa pensée, semblait en même temps le contempler et ne pas le voir, et Mariolle fut un peu jaloux. Il ne fut pas jaloux, particulièrement à cause d'elle et de lui ; mais, devant ce regard de femme fixé sur un Illustre, il se sentit humilié dans sa vanité masculine par le sentiment du classement qu'Elles font de nous, selon la renommée que nous avons conquise. Souvent déjà il avait secrètement souffert de ce contact avec les hommes connus qu'il fréquentait devant celles dont la faveur est pour beaucoup la suprême récompense du succès.

Vers dix heures arrivèrent coup sur coup la baronne de Frémines et deux Juives de la haute banque. On causa d'un mariage annoncé et d'un divorce prévu.

Mariolle regardait Mme de Burne assise à présent sous une colonne qui portait une énorme lampe.

Son nez fin, au bout retroussé, les fossettes de ses joues et le pli mignon de chair qui fendait son menton lui faisaient une figure espiègle d'enfant, bien qu'elle approchât de la trentième année et bien que son regard de fleur passée animât ce visage d'une sorte de mystère inquiétant. Sa peau, sous la clarté qui l'inondait, prenait des nuances de velours blond, tandis que ses cheveux s'éclairaient de lueurs fauves quand elle remuait la tête.

Elle sentit ce regard d'homme qui venait à elle de l'autre bout de son salon, et, se levant bientôt, elle alla vers lui, souriante, comme on répond à un appel.

« Vous devez vous ennuyer un peu, Monsieur, dit-elle. Quand on n'est pas acclimaté dans une maison, on s'y ennuie toujours. »

Il protesta.

Elle prit une chaise et s'assit près de lui.

Et tout de suite ils causèrent. Ce fut instantané chez l'un et chez l'autre, comme un feu qui prend bien dès qu'une allumette l'a touché. Il semblait qu'ils se fussent communiqué d'avance leurs opinions, leurs sensations, qu'une même nature, qu'une même éducation, les mêmes penchants, les mêmes goûts, les eussent prédisposés à se comprendre et destinés à se rencontrer.

Peut-être y avait-il là quelque adresse de la part de la jeune femme ; mais la joie qu'on éprouve à trouver quelqu'un qui vous écoute, qui vous devine, qui vous répond, qui vous fournit des reparties par ses répliques, animait Mariolle d'un bel entrain. Flatté d'ailleurs par la façon dont elle l'avait reçu, conquis par la grâce provocante qu'elle déployait pour lui et par le charme dont elle savait envelopper les hommes, il s'efforçait de lui montrer cette couleur d'esprit un peu voilée, mais personnelle et délicate, qui lui attirait, quand on le connaissait bien, de rares et vives sympathies.

Tout à coup elle lui déclara :

« C'est vraiment fort agréable de causer avec vous, Monsieur. On m'avait prévenue d'ailleurs. »

Il se sentit rougir, et hardiment :

« Et moi, on m'avait annoncé, Madame, que vous étiez... »

Elle l'interrompit :

« Dites une coquette. Je le suis beaucoup avec les gens qui me plaisent. Tout le monde le sait, je ne m'en cache pas, mais vous verrez que ma coquetterie est fort impartiale, ce qui me permet de garder... ou de reprendre mes amis sans jamais les perdre, et de les retenir tous autour de moi. »

Elle avait un air sournois qui signifiait : « Soyez calme et pas trop fat ; ne vous y trompez point, car vous n'aurez rien de plus que les autres. »

Il répondit :

« Cela s'appelle prévenir son monde de tous les dangers qu'on court ici. Merci, Madame ; j'aime beaucoup cette manière d'agir. »

Elle lui avait ouvert la voie pour parler d'elle ; il en usa. Il lui fit d'abord des compliments et constata qu'elle les aimait ; puis il éveilla sa curiosité de femme en lui racontant ce qu'on disait d'elle dans les différents milieux qu'il fréquentait. Un peu inquiète, elle ne put cacher son désir de savoir, bien qu'elle affectât une grande indifférence sur ce qu'on pouvait penser de son existence et de ses goûts.

Il faisait un portrait flatteur de femme indépendante, intelligente, supérieure et séduisante, qui s'était entourée d'hommes éminents, et restait cependant une mondaine accomplie.

Elle protestait avec des sourires, avec des petits « non » d'égoïsme content, s'amusant beaucoup de tous les détails qu'il donnait, et, sur un ton badin, elle en demandait sans cesse davantage, en l'interrogeant finement avec un sensuel appétit de flatteries.

Il pensa, en la regardant : « Au fond, ce n'est qu'une enfant, comme toutes les autres. » Et il acheva une jolie phrase où il vantait son amour réel pour les arts, si rare chez une femme.

Alors elle prit un art tout imprévu de moquerie,

de cette gouaillerie française qui semble la moelle de notre race :

Mariolle avait forcé l'éloge. Elle lui montra qu'elle n'était pas sotte.

« Mon Dieu, dit-elle, je vous avouerai que je ne sais pas au juste si j'aime les arts ou les artistes. »

Il répliqua :

« Comment pourrait-on aimer les artistes sans aimer les arts ?

— Parce qu'ils sont quelquefois plus drôles que les hommes du monde.

— Oui, mais ils ont des défauts plus gênants.

— C'est vrai.

— Alors vous n'aimez pas la musique ? »

Elle redevint subitement sérieuse.

« Pardon ! j'adore la musique. Je crois que je l'aime plus que tout. Massival cependant est convaincu que je n'y entends rien.

— Il vous l'a dit ?

— Non, il le pense.

— Comment le savez-vous ?

— Oh ! nous autres, nous devinons presque tout ce que nous ne savons pas.

— Alors Massival pense que vous n'entendez rien à la musique ?

— J'en suis sûre. Je vois cela rien qu'à la façon dont il me l'explique, dont il souligne les nuances tout en ayant l'air de ruminer : “Ça ne sert à rien ; je fais cela parce que vous êtes bien gentille.”

— Il m'a pourtant annoncé qu'on entendait chez vous de meilleure musique que dans n'importe quelle maison de Paris.

— Oui, grâce à lui.

— Et la littérature, vous ne l'aimez pas ?

— Je l'aime beaucoup, et j'ai même la prétention de la sentir fort bien, malgré l'avis de Lamarthe.

— Qui juge aussi que vous n'y comprenez rien ?

— Naturellement.

— Mais qui ne vous l'a pas dit non plus.

— Pardon ! il me l'a dit, celui-là. Il prétend que certaines femmes peuvent avoir une perception délicate et juste des sentiments exprimés, de la vérité des personnages, de la psychologie en général, mais qu'elles sont totalement incapables de discerner ce qu'il y a de supérieur dans sa profession, l'art. Quand il a prononcé ce mot *l'art*, il n'y a plus qu'à le mettre à la porte. »

Mariolle demanda en souriant :

« Et vous, qu'en pensez-vous, Madame ? »

Elle réfléchit quelques secondes, puis le regarda bien en face pour voir s'il était tout disposé à l'écouter et à la comprendre.

« Moi, j'ai des idées là-dessus. Je crois que le sentiment, vous entendez bien — le sentiment — peut faire tout entrer dans l'esprit d'une femme ; seulement ça n'y reste pas souvent. Y êtes-vous ?

— Non, pas tout à fait, Madame.

— J'entends par là que pour nous rendre compréhensives au même degré que vous, il faut toujours faire un appel à notre nature de femme avant de s'adresser à notre intelligence. Nous ne nous intéressons guère à ce qu'un homme ne nous rend pas d'abord sympathique, car nous regardons tout à travers le sentiment. Je ne dis pas à travers l'amour — non — à travers le sentiment, qui a toutes sortes de formes, de manifestations, de nuances. Le sentiment est quelque chose qui nous appartient, que vous ne comprenez pas bien, vous autres, car il vous obscurcit, tandis qu'il nous éclaire. Oh ! je sens que cela est bien vague pour vous, tant pis ! Enfin, si un homme nous aime et nous est agréable, car il est indispensable que nous

nous sentions aimées pour devenir capables de cet effort-là, et, si cet homme est un être supérieur, il peut, en s'en donnant la peine, nous faire tout sentir, tout entrevoir, tout pénétrer, mais tout, et nous communiquer par moments, et par morceaux, toute son intelligence. Oh ! cela s'efface souvent ensuite, disparaît, s'éteint, car nous oublions, oh ! nous oublions, comme l'air oublie les paroles. Nous sommes intuitives et illuminables, mais changeantes, impressionnables, modifiables par ce qui nous entoure. Si vous saviez combien je traverse d'états d'esprit qui font de moi des femmes si différentes, selon le temps, ma santé, ce que j'ai lu, ce qu'on m'a dit. Il y a vraiment des jours où j'ai l'âme d'une excellente mère de famille, sans enfants, et d'autres où j'ai presque celle d'une cocote[1]... sans amants. »

Il demanda, charmé :

« Croyez-vous que presque toutes les femmes intelligentes soient capables de cette activité de pensée ?

— Oui, dit-elle. Seulement, elles s'endorment et puis elles ont une existence déterminée qui les entraîne d'un côté ou d'un autre. »

Il demanda encore :

« Alors, au fond, c'est la musique que vous préférez à tout ?

— Oui. Mais ce que je vous disais tout à l'heure est si vrai ! Certainement je ne l'aurais pas goûtée comme je la goûte, adorée comme je l'adore, sans cet ange de Massival. Toutes les œuvres des grands, que j'aimais déjà passionnément, eh bien ! il a mis leur âme dedans en me les faisant jouer. Quel dommage qu'il soit marié ! »

Elle dit ces derniers mots avec un air enjoué, mais de si profond regret qu'ils primaient tout, ses théories sur les femmes et son admiration pour les arts.

Massival, en effet, était marié. Il avait contracté, avant le succès, une de ces unions d'artistes qu'on traîne ensuite jusqu'à sa mort, à travers la gloire.

Il ne parlait jamais de sa femme d'ailleurs, ne la présentait point dans le monde, où il allait beaucoup, et, bien qu'il eût trois enfants, on le savait à peine.

Mariolle se mit à rire. Décidément, elle était gentille, cette femme, imprévue, d'un style rare, et fort jolie. Il regardait, sans pouvoir s'en lasser, avec une insistance dont elle ne semblait point gênée, ce visage grave et gai, un peu mutin, au nez hardi, et d'une carnation si sensuelle, d'un blond chaud et doux, flambé par le plein été d'une maturité si juste, si tendre, si savoureuse, qu'elle semblait arrivée à l'année même, au mois, à la minute de son complet épanouissement. Il se demandait : « Est-elle teinte ? » et il cherchait à distinguer la petite ligne plus pâle ou plus sombre à la racine des cheveux, sans pouvoir la découvrir.

Des pas sourds, derrière lui, sur les tapis, le firent tressaillir et tourner la tête. Deux domestiques apportaient la table à thé[1]. La petite lampe à flamme bleue faisait doucement murmurer l'eau dans un grand appareil argenté, luisant et compliqué comme un instrument de chimiste.

« Vous prendrez une tasse de thé ? » demanda-t-elle.

Quand il eut accepté, elle se leva, et alla d'une démarche droite, sans balancements, distinguée par sa raideur même, vers la table où la vapeur bouillante chantait dans le ventre de cette machine, au milieu d'un parterre de gâteaux, de petits fours, de fruits confits et de bonbons.

Alors, son profil se dessinant nettement sur la tenture du salon, Mariolle remarqua la finesse de la taille et la minceur des hanches, sous les épaules larges et la gorge pleine qu'il avait admirées tout à l'heure. Comme la robe claire traînait enroulée derrière elle et semblait allonger sur le tapis un corps sans fin, il pensa crûment : « Tiens ! une sirène. Elle n'a que ce qui promet. »

Elle allait maintenant de l'un à l'autre, offrant ses rafraîchissements avec une grâce de gestes exquise.

Mariolle la suivait des yeux, mais Lamarthe, qui se promenait, sa tasse à la main, l'aborda et lui dit :

« Partons-nous ensemble ?

— Mais oui.

— Tout de suite, n'est-ce pas ? Je suis fatigué.

— Tout de suite. Allons. »

Ils sortirent.

Dans la rue, le romancier demanda :

« Vous allez chez vous ou au cercle ?

— Je vais passer une heure au cercle.

— Aux Tambourins ?

— Oui.

— Je vous conduis à la porte. Moi, ces endroits-là m'ennuient. Je n'y entre jamais. J'en suis uniquement pour avoir des voitures. »

Ils se prirent le bras et descendirent vers Saint-Augustin.

Ils firent quelques pas ; puis Mariolle demanda :

« Quelle bizarre femme ! Qu'en pensez-vous ? »

Lamarthe se mit à rire tout à fait.

« C'est la crise qui commence, dit-il. Vous allez y passer comme nous tous : moi je suis guéri, mais j'ai eu cette maladie-là. Mon cher ami, la crise consiste pour ses amis à ne parler que d'elle quand ils sont ensemble, quand ils se rencontrent, partout où ils se trouvent.

— Dans tous les cas, pour moi, c'est la première fois, et c'est bien naturel, puisque je la connais à peine.

— Soit. Parlons d'elle. Eh bien ! vous allez en devenir amoureux. C'est fatal, tout le monde y passe.

— Elle est donc bien séduisante ?

— Oui et non. Ceux qui aiment les femmes d'autrefois, les femmes à âme, les femmes à cœur, les femmes à sensibilité, les femmes des romans passés, la prennent en grippe, et l'exècrent à tel point qu'ils finissent par dire sur elle des infamies. Les autres, nous, qui goûtons le charme moderne, nous sommes forcés d'avouer qu'elle est délicieuse, pourvu qu'on ne s'attache pas à elle. Et c'est justement ce que tout le monde fait. On n'en meurt pas du reste, on n'en souffre même pas trop ; mais on rage qu'elle ne soit pas différente. Vous y passerez si elle le veut ; d'ailleurs, elle vous gobe déjà. »

Mariolle s'écria, écho de sa secrète pensée :

« Oh ! moi, je suis pour elle le premier venu, et je crois qu'elle tient aux titres de toute nature.

— Oui, elle y tient, parbleu ! mais en même temps elle s'en moque. L'homme le plus célèbre, le plus recherché et même le plus distingué ne retournera pas dix fois chez elle s'il ne lui plaît point ; et elle s'est attachée d'une façon stupide à cet idiot de Fresnel et à ce poisseux de Maltry. Elle s'acoquine avec des crétins sans excuse, on ne sait pourquoi, peut-être parce qu'ils l'amusent plus que nous, peut-être parce qu'au fond ils l'aiment davantage, et que toutes les femmes sont plus sensibles à cela qu'à n'importe quoi. »

Et Lamarthe parla d'elle, analysant, discutant, se reprenant pour se contredire, interrogé par Mariolle, répondant avec une ardeur sincère, en homme intéressé, entraîné par son sujet, un peu dérouté aussi, ayant l'esprit plein d'observations vraies et de déductions fausses.

Il disait : « Elle n'est pas seule d'ailleurs : elles sont cinquante aujourd'hui, sinon plus, qui lui ressemblent. Tenez, la petite Frémines qui entrait chez elle tout à l'heure est toute pareille, mais plus hardie d'allure, et mariée avec un étrange monsieur, ce qui fait de sa maison un des asiles de déments les plus intéressants de Paris. Je vais beaucoup aussi dans cette boîte[1]-là. »

Ils avaient suivi, sans y songer, le boulevard Malesherbes, la rue Royale, l'avenue des Champs-Élysées, et ils arrivaient à l'Arc de Triomphe, quand Lamarthe brusquement tira sa montre.

« Mon cher, dit-il, voilà une heure dix minutes que nous parlons d'elle ; ça suffit pour aujourd'hui. Je vous conduirai une autre fois à votre cercle. Allez vous coucher, et j'en fais autant. »

II

C'était une grande pièce bien éclairée et tendue, murs et plafonds, d'admirables toiles de Perse rapportées par un diplomate ami. Elles étaient à fond jaune, comme si on les eût trempées en de la crème dorée, et les dessins de toutes nuances, où dominait le vert persan, représentaient des constructions bizarres, aux toits retroussés, autour desquelles couraient des lions à perruques, des antilopes à cornes démesurées, et volaient des oiseaux paradisiaques.

Peu de meubles. Trois longues tables couvertes de plaque en marbre vert portaient tout ce qui sert à la toilette d'une femme. Sur l'une, celle du milieu, les grandes cuvettes en cristal épais. La seconde présentait une armée de flacons, de boîtes et de vases de toutes tailles, coiffés d'argent au chiffre couronné. Sur la troisième, s'étalaient tous les outils et instruments de la coquetterie moderne, innombrables, aux usages compliqués, mystérieux et délicats. Dans ce cabinet, rien que deux chaises longues et quelques sièges bas, capitonnés et moelleux, faits pour le repos des membres las et du corps dévêtu.

Puis, tenant un mur entier, une glace immense s'ouvrait comme un horizon clair. Elle était formée de trois panneaux dont les deux côtés latéraux, articulés sur des charnières, permettaient à la jeune femme de se voir en même temps de face, de profil et de dos, de s'enfermer dans son image. A droite, dans une niche que voilait ordinairement une draperie, la baignoire, ou plutôt une vasque profonde, également en marbre vert, où l'on descendait par deux marches. Un amour de bronze, élégante figurine du sculpteur Prédolé, assis sur le bord, y versait l'eau chaude et l'eau froide par des coquilles avec lesquelles il jouait. Au fond de ce réduit, une glace de Venise à pans brisés, faite de miroirs inclinés, montait en voûte arrondie, abritait, enfermait et reflétait, en chacun de ses morceaux, la baignoire et la baigneuse.

Un peu plus loin, le bureau épistolaire, simple et beau meuble anglais moderne, couvert de papiers traînants, lettres pliées, petites enveloppes déchirées, où brillaient des initiales dorées. Car c'était là qu'elle écrivait et qu'elle vivait quand elle était seule.

Étendue sur sa chaise longue, dans une robe de chambre en foulard de Chine, les bras nus, de beaux bras souples et fermes sortant hardiment des grands plis de l'étoffe, les cheveux relevés et pesant sur la tête de leur masse blonde et tordue, Mme de Burne rêvassait, après le bain.

La femme de chambre frappa, puis entra, apportant une lettre.

Elle la prit, regarda l'écriture, déchira le papier, lut les premières lignes, puis dit tranquillement à sa domestique : « Je vous sonnerai dans une heure. »

Restée seule, elle sourit avec une joie victorieuse. Les premiers mots lui avaient suffi pour comprendre que c'était là, enfin, la déclaration d'amour de Mariolle. Il avait résisté bien plus qu'elle n'aurait cru, car depuis trois mois elle le captait avec un grand déploiement de grâce, des attentions et des frais de charme qu'elle n'avait jamais faits pour personne. Il semblait méfiant, prévenu, en garde contre elle, contre l'appât toujours tendu de son insatiable coquetterie. Il avait fallu bien des causeries intimes, où elle avait donné toute la séduction physique de son être, tout l'effort captivant de son esprit, et aussi bien des soirées de musique, où, devant le piano vibrant encore, devant les pages des partitions pleines de l'âme chantante des maîtres, ils avaient tressailli de la même émotion, pour qu'elle aperçût enfin dans son œil cet aveu de l'homme vaincu, la supplication mendiante de la tendresse qui défaille. Elle connaissait si bien cela la rouée ! Elle avait fait naître si souvent, avec une tendresse féline et une curiosité inépuisable, ce mal secret, et torturant dans les yeux de tous les hommes qu'elle avait pu séduire ! Cela l'amusait tant de les sentir envahis peu à peu, conquis, dominés par sa puissance invincible de femme, de devenir pour eux l'Unique, l'Idole capricieuse et souveraine ! Cela avait poussé en elle tout doucement, comme un instinct caché qui se développe, l'instinct de la guerre et de la conquête. Pendant ses années de mariage, un besoin de représailles avait peut-être germé dans son cœur, un besoin obscur de rendre aux hommes ce qu'elle avait reçu de l'un d'eux, d'être la plus forte à son tour, de ployer les volontés, de fouailler les résistances et de faire souffrir aussi. Mais surtout elle était née coquette ; et, dès qu'elle se sentit libre dans l'existence, elle se mit à poursuivre et à dompter les amoureux, comme le chasseur poursuit le gibier, rien que pour les voir tomber. Son cœur cependant n'était point avide d'émotions comme celui des femmes tendres et sentimentales ; elle ne recherchait point l'amour unique d'un homme ni le bonheur dans une passion. Il lui fallait seulement autour d'elle l'admiration de tous, des hommages, des agenouillements, un encensement de tendresse. Quiconque devenait l'habitué de sa maison devait être aussi l'esclave de sa beauté, et aucun intérêt d'esprit ne pouvait l'attacher longtemps à ceux qui résistaient à ses coquetteries, dédaigneux des soucis d'amour ou peut-être engagés ailleurs. Il fallait qu'on l'aimât pour rester son ami ; mais, alors, elle avait des prévenances inimaginables, des attentions délicieuses, des gentillesses infinies, pour conserver autour d'elle tous ceux qu'elle avait captivés. Une fois enrégimenté dans son troupeau d'adorateurs, il semblait qu'on lui appartînt de par le droit de conquête. Elle les gouvernait avec une adresse savante, suivant leurs défauts et leurs qualités et la nature de leur jalousie. Ceux qui demandaient trop, elle les expulsait au jour voulu, les reprenait ensuite, assagis, en leur posant des conditions sévères ; et elle s'amusait tellement, en gamine[1] perverse, à ce jeu de séduction, qu'elle trouvait aussi charmant d'affoler les vieux messieurs que de tourner la tête aux jeunes.

On eût dit même qu'elle réglait son affection sur le degré d'ardeur qu'elle avait inspiré ; et le gros Fresnel, inutile et lourd comparse, demeurait un de ses favoris grâce à la passion frénétique dont elle le savait et le sentait possédé.

Elle n'était pas non plus tout à fait indifférente aux qualités des hommes ; et elle avait subi des commencements d'entraînement connus d'elle seule, arrêtés au moment où ils auraient pu devenir dangereux.

Chaque débutant apportant la note nouvelle de sa chanson galante et l'inconnu de sa nature, les artistes surtout, en qui elle pressentait des raffinements, des nuances, des délicatesses d'émotion plus aiguës et plus fines, l'avaient plusieurs fois troublée, avaient éveillé en elle le rêve intermittent des grandes amours et des longues liaisons. Mais, en proie aux craintes prudentes, indécise, tourmentée, ombrageuse, elle s'était gardée toujours jusqu'au moment où le dernier amoureux avait cessé de l'émouvoir. Et puis elle possédait des yeux sceptiques de fille moderne qui déshabillaient en quelques semaines les plus grands hommes de leur prestige. Dès qu'ils étaient épris d'elle, et qu'ils abandonnaient, dans le désarroi de leur cœur, leurs poses de représentation et leurs habitudes de parade, elle les voyait tous pareils, pauvres êtres qu'elle dominait de son pouvoir séducteur.

Enfin, pour s'attacher à un homme, une femme comme elle, si parfaite, il aurait fallu qu'il possédât tant de mérites inestimables !

Pourtant elle s'ennuyait beaucoup. Sans amour pour le monde, où elle allait par préjugé, dont elle subissait les longues soirées avec des bâillements retenus dans la gorge et du sommeil dans les paupières, amusée seulement par les marivaudages, par ses caprices agressifs, par des curiosités changeantes pour certaines choses ou certains êtres, s'attachant juste assez pour ne se point dégoûter trop vite de ce qu'elle avait apprécié ou admiré, et pas assez pour découvrir un plaisir vrai dans une affection ou dans un goût, tourmentée par ses nerfs et non par ses désirs, privée de toutes les préoccupations absorbantes des âmes simples ou ardentes, elle vivait dans un ennui gai, sans la foi commune au bonheur, en quête seulement de distractions, et déjà courbaturée de lassitude, bien qu'elle s'estimât satisfaite.

Elle s'estimait satisfaite parce qu'elle se jugeait la plus séduisante de la mieux partagée des femmes. Fière de son charme, dont elle expérimentait souvent le pouvoir, amoureuse de sa beauté irrégulière, bizarre et captivante, sûre de la finesse de sa pensée, qui lui faisait deviner, pressentir, comprendre mille choses que les autres ne voyaient point, orgueilleuse de son esprit, que tant d'hommes supérieurs appréciaient, et ignorante des barrières qui fermaient son intelligence, elle se croyait un être presque unique, une perle rare[1], éclose en ce monde médiocre, qui lui paraissait un peu vide et monotone parce qu'elle valait trop pour lui.

Jamais elle ne se serait soupçonnée d'être elle-même la cause inconsciente de cet ennui continu dont elle souffrait, mais elle en accusait les autres et les rendait responsables de ses mélancolies. S'ils ne savaient pas la distraire assez, l'amuser et même la passionner, c'est qu'ils manquaient d'agréments et de véritables qualités. « Tout le monde, disait-elle en riant, est assommant[2]. Il n'y a de tolérables que les gens qui me plaisent, uniquement parce qu'ils me plaisent. »

Et on lui plaisait surtout en la trouvant incomparable. Sachant fort bien qu'on ne réussit pas sans peine, elle mettait tous ses soins à séduire, et ne trouvait rien de plus agréable que savourer l'hommage du regard qui s'attendrit et du cœur, ce muscle violent qu'on fait battre par un mot.

Elle s'était étonnée beaucoup de la peine qu'elle avait eue à conquérir André Mariolle, car elle avait bien senti, dès le premier jour, qu'elle lui plaisait.

Puis, peu à peu, elle avait deviné sa nature ombrageuse, secrètement envieuse, très subtile et concentrée, et elle lui avait montré, pour vaincre son faible, tant d'égards, de préférences et de naturelle sympathie, qu'il avait fini par se rendre.

Depuis un mois surtout, elle le sentait pris, inquiet devant elle, taciturne et enfiévré, mais il résistait à l'aveu. Oh ! les aveux ! Au fond, elle ne les aimait pas beaucoup, car, lorsqu'ils étaient trop directs, trop expressifs, elle se voyait forcée de sévir. Elle avait même dû se fâcher deux fois et interdire sa porte. Ce qu'elle adorait, c'étaient les manifestations délicates, les demi-confidences, les allusions discrètes, l'agenouillement moral ; et elle déployait vraiment un tact et une adresse exceptionnels pour obtenir de ses admirateurs cette réserve dans l'expression.

Depuis un mois, elle attendait et guettait sur les lèvres de Mariolle la phrase claire ou voilée, selon la nature de l'homme, où se soulage le cœur oppressé.

Il n'avait rien dit, mais il écrivait. C'était une longue lettre : quatre pages ! Elle la tenait en ses mains, frémissante de contentement. Elle s'étendit sur sa chaise longue pour être plus à l'aise, et laissa choir sur le tapis les petites mules de ses pieds, puis elle lut. Elle fut surprise. Il lui disait, en termes sérieux, qu'il ne voulait pas souffrir par elle, et qu'il la connaissait déjà trop pour consentir à être sa victime. Avec des phrases très polies, chargées de compliments, où transperçaient partout de l'amour retenu, il ne lui laissait pas ignorer qu'il savait sa manière d'agir envers les hommes, qu'il était pris aussi, mais qu'il s'affranchissait de ce début de servitude en s'en allant. Il recommençait tout simplement sa vie vagabonde d'autrefois. Il partait.

C'était un adieu, éloquent et résolu.

Certes elle fut surprise en lisant, en relisant, en recommençant encore ces quatre pages de prose tendrement irritée et passionnée. Elle se leva, reprit ses mules, se mit à marcher, les bras nus hors des manches rejetées en arrière, les mains entrées à moitié aux petites poches de sa robe de chambre, et tenant dans l'une la lettre froissée.

Elle pensait, étourdie de cette déclaration imprévue : « C'est qu'il écrit fort bien, ce garçon, c'est sincère, ému, touchant. Il écrit mieux que Lamarthe : ça ne sent pas le roman. »

Elle eut envie de fumer, s'approcha de la table aux parfums, et, dans une boîte en porcelaine de Saxe, prit une cigarette ; puis, l'ayant allumée, elle alla vers la glace, où elle voyait venir trois jeunes femmes, dans les trois panneaux diversement orientés. Quand elle fut tout près, elle s'arrêta, se fit un petit salut, un petit sourire, un petit coup de tête ami qui disait : « Très jolie, très jolie. » Elle inspecta ses yeux, se montra ses dents, leva ses bras, posa ses mains sur ses hanches et se tourna de profil pour se bien apercevoir tout entière dans les trois miroirs, en inclinant un peu la tête.

Alors elle resta debout, amoureusement, en face d'elle-même, enveloppée par le triple reflet de son être, qu'elle trouvait charmant, ravie de se voir, saisie d'un plaisir égoïste et physique devant sa beauté, et la savourant avec une satisfaction de tendresse presque aussi sensuelle que celle des hommes.

Tous les jours elle se contemplait ainsi ; et sa femme de chambre, qui l'avait souvent surprise, disait avec malice : « Madame se regarde tant qu'elle finira par user toutes les glaces de la maison. »

Mais cet amour d'elle-même, c'était le secret de

son charme et de son pouvoir sur les hommes. A force de s'admirer, de chérir les finesses de sa figure et les élégances de sa personne, et de chercher, et de trouver tout ce qui pouvait les faire valoir davantage, de découvrir les nuances imperceptibles qui rendaient sa grâce plus active et ses yeux plus étranges, à force de poursuivre tous les artifices qui la paraient pour elle-même, elle avait découvert naturellement tout ce qui pouvait le mieux plaire aux autres.

Plus belle et plus indifférente à sa beauté, elle n'aurait point possédé cette séduction précipitant vers l'amour presque tous ceux qui n'étaient point d'abord rebelles à la nature de sa puissance.

Un peu fatiguée bientôt de rester ainsi debout, elle dit à son image qui lui souriait toujours (et son image, dans la triple glace, remua les lèvres pour répéter) : « Nous allons bien voir, Monsieur. » Puis, traversant le cabinet, elle alla s'asseoir à son bureau.

Voici ce qu'elle écrivit :

« Cher monsieur Mariolle, venez me voir demain à quatre heures. Je serai seule, et j'espère que je vous rassurerai sur le danger imaginaire qui vous effraye.

« Je me dis votre amie, et je vous prouverai que je le suis.

« *Michèle de Burne.* »

Quelle toilette simple elle avait pour recevoir, le lendemain, la visite d'André Mariolle ! Une petite robe grise, d'un gris léger un peu lilas, mélancolique comme un crépuscule et tout unie, avec un col qui serrait le cou, des manches qui serraient les bras, un corsage qui serrait la gorge et la taille, une jupe qui serrait les hanches et les jambes.

Quand il entra, avec un visage un peu grave, elle

vint à lui, tendant les deux mains. Il les baisa, puis ils s'assirent ; et elle laissa le silence durer quelques instants, pour s'assurer de son embarras.

Il ne savait que dire, et attendait qu'elle parlât.

Elle s'y décida.

« Eh bien ! arrivons tout de suite à la grosse question. Que se passe-t-il ? Vous m'avez écrit, savez-vous, une lettre fort insolente ? »

Il répondit :

« Je le sais bien, et je vous fais toutes mes excuses. Je suis, j'ai toujours été avec tout le monde d'une franchise excessive, brutale. J'aurais pu m'en aller sans les explications déplacées et blessantes que je vous ai adressées. J'ai jugé plus loyal d'agir selon ma nature et de compter sur votre esprit, que je connais. »

Elle reprit, avec un ton de pitié contente :

« Voyons ! voyons ! Qu'est-ce que c'est que cette folie-là ?... »

Il l'interrompit :

« J'aime mieux n'en pas parler. »

Elle répliqua vivement à son tour, sans le laisser continuer :

« Moi, je vous ai fait venir pour en parler ; et nous en parlerons jusqu'à ce que vous soyez bien convaincu que vous ne courez aucun danger. »

Elle se mit à rire comme une petite fille, et sa robe de pensionnaire donnait à ce rire une jeunesse enfantine.

Il balbutia :

« Je vous ai écrit la vérité, la vérité sincère, la redoutable vérité dont j'ai peur. »

Redevenant sérieuse, elle reprit :

« Soit, je le sais : tous mes amis passent par là. Vous m'avez écrit aussi que je suis une affreuse coquette : je l'avoue, mais personne n'en meurt ; je crois même que personne n'en souffre. Il y a bien ce que Lamarthe appelle : la crise. Vous y êtes, mais ça passe, et on tombe dans... comment dire ça ?... dans l'amour chronique, qui ne fait plus mal et que j'entretiens à petit feu, chez tous mes amis, afin qu'ils me soient très dévoués, très attachés, très fidèles. Hein ? Suis-je sincère aussi, moi, et franche, et crâne[1] ? En avez-vous vu beaucoup, de femmes qui oseraient dire à un homme ce que je viens de vous dire ? »

Elle avait un air si drôle et si décidé, si simple et si provocant en même temps, qu'il ne put s'empêcher de sourire à son tour.

« Tous vos amis, dit-il, sont des hommes qui ont été souvent brûlés à ce feu-là, même avant de l'être par vous. Flambés et grillés déjà, ils supportent facilement le four où vous les tenez : mais moi, Madame, je n'ai jamais passé par là. Et je sens, depuis quelque temps, que ce sera terrible si je me laisse aller au sentiment qui grandit dans mon cœur. »

Elle devint familière subitement, et, se penchant un peu vers lui, les mains croisées sur les genoux :

« Écoutez-moi : je suis sérieuse. Cela m'ennuie de perdre un ami pour une crainte que je crois chimérique. Vous m'aimerez, soit ; mais les hommes d'à présent n'aiment pas les femmes d'aujourd'hui jusqu'à s'en faire vraiment du mal. Croyez-moi, je connais les uns et les autres. »

Elle se tut, puis ajouta avec un sourire singulier de femme qui dit une vérité en croyant mentir :

« Allez, je n'ai pas ce qu'il faut pour qu'on m'adore éperdument. Je suis trop moderne. Voyons, je serai une amie, une jolie amie, pour qui vous aurez vraiment de l'affection, mais rien de plus, car j'y veillerai. »

D'un ton plus sérieux elle ajouta :

« En tout cas, je vous préviens que, moi, je suis incapable de m'éprendre vraiment de n'importe qui, que je vous traiterai comme les autres, comme les bien traités, mais jamais mieux. J'ai horreur des despotes et des jaloux. D'un mari j'ai dû tout supporter ; mais d'un ami, d'un simple ami, je ne veux accepter aucune de ces tyrannies d'affection qui sont les calamités des relations cordiales. Vous voyez que je suis gentille comme tout, que je vous parle en camarade, que je ne vous cache rien. Acceptez-vous de faire l'essai loyal que je vous propose ? Si ça ne va pas, il sera toujours temps de vous en aller, quelle que soit la gravité de votre cas. Amoureux parti, amoureux guéri. »

Il la regardait, déjà vaincu par sa voix, par son geste, par toute la griserie de sa personne, et il murmura, tout résigné et tout vibrant de la sentir si près :

« J'accepte, Madame ; et, si j'ai mal, tant pis ! Vous valez bien qu'on souffre pour vous. »

Elle l'arrêta.

« Maintenant, n'en parlons plus, dit-elle, n'en parlons plus jamais. »

Et elle entraîna la causerie vers des sujets qui ne l'inquiétaient point.

Il sortit au bout d'une heure, torturé, car il l'aimait, et joyeux, car elle lui avait demandé et il lui avait promis de ne point s'en aller.

III

Il était torturé, car il l'aimait. Différent des amoureux vulgaires, pour qui la femme élue par leur cœur apparaît dans une auréole de perfections, il s'était attaché à elle en la regardant avec des yeux clairvoyants de mâle soupçonneux et défiant qui n'a jamais été tout à fait capturé. Son esprit inquiet, pénétrant et paresseux, toujours sur la défensive dans la vie, l'avait préservé des passions. Quelques intrigues, deux courtes liaisons mortes dans l'ennui, et des amours payées rompues par dégoût, rien de plus dans l'histoire de son âme. Il considérait les femmes comme un objet d'utilité pour ceux qui veulent une maison bien tenue et des enfants, comme un objet d'agrément relatif pour ceux qui cherchent des passe-temps d'amour.

En entrant chez Mme de Burne il avait été prévenu contre elle par toutes les confidences de ses amis. Ce qu'il en savait l'intéressait, l'intriguait, lui plaisait, mais lui répugnait un peu. Il n'aimait pas, en principe, ces joueurs qui ne payent jamais. Après les premières entrevues, il l'avait jugée fort amusante et animée d'un charme spécial et contagieux. La beauté naturelle et savante de cette svelte, fine et blonde personne qui semblait en même temps grasse et fluette, armée de beaux bras faits pour attirer, pour enlacer, pour étreindre, et de jambes devinées longues et minces, faites pour fuir, comme celles des gazelles, avec des pieds si petits qu'ils ne devaient pas laisser de traces, lui paraissait être une espèce de symbole des vaines espérances. De plus, il avait goûté dans ses entretiens avec elle un plaisir qu'il croyait introuvable dans une conversation mondaine. Douée d'un esprit plein de verve familière, imprévue et gouailleuse, et d'une caressance ironie, elle se laissait aller pourtant à être séduite quelquefois par des influences sentimentales, intellectuelles ou plastiques, comme si, au fond de sa gaieté moqueuse, traînait encore l'ombre séculaire de la tendresse poétique des aïeules. Et cela la rendait exquise.

Elle le choyait, désireuse de le conquérir comme les autres ; et il venait chez elle aussi souvent qu'il y pouvait venir, attiré par le grandissant besoin de la voir de plus en plus. C'était comme une force émanée d'elle qui le prenait, une force de charme, de regard, de sourire, de parole, irrésistible, bien qu'il sortît souvent de chez elle irrité de ce qu'elle avait fait ou de ce qu'elle avait dit.

Plus il se sentait envahi par cet inexprimable fluide dont une femme nous pénètre et nous asservit, plus il la devinait, la comprenait et souffrait de sa nature, qu'il désirait ardemment différente.

Mais ce qu'il éprouvait en elle l'avait assurément séduit et dompté, malgré lui, en dépit de sa raison, plus peut-être que ses vraies qualités.

Sa coquetterie, dont elle jouait ouvertement comme d'un éventail, qu'elle déployait ou repliait à la face de tous, suivant les hommes qui lui plaisaient et lui parlaient ; sa façon de ne rien prendre au sérieux, qu'il trouvait drôle dans les premiers temps et menaçante à présent ; son désir constant de distraction, de renouveau, qu'elle portait insatiable dans son cœur toujours lassé, tout cela le laissait parfois tellement exaspéré, qu'il prenait, en rentrant chez lui, la résolution de distancer ses visites jusqu'au jour où il les supprimerait.

Le lendemain, il cherchait un prétexte pour se présenter chez elle. Ce qu'il sentait surtout s'accentuer, à mesure qu'il s'éprenait davantage, c'était l'insécurité de cet amour et la certitude de la souffrance.

Oh ! il n'était pas aveugle ; il s'enfonçait peu à peu dans ce sentiment comme un homme se noie par fatigue, parce que sa barque a sombré et qu'il est trop loin des côtes. Il la connaissait autant qu'on pouvait la connaître, la prescience de la passion ayant surexcité sa clairvoyance, et il ne pouvait plus s'empêcher de penser à elle indéfiniment. Avec une obstination infatigable, il cherchait toujours à l'analyser, à éclairer ce fond obscur d'âme féminine, cet incompréhensible mélange d'intelligence gaie et de désenchantement, de raison et d'enfantillage, d'affectueuse apparence et de mobilité, tous ces contradictoires penchants réunis et coordonnés pour former un être anormal, séducteur et déroutant.

Mais pourquoi le séduisait-elle ainsi ? Il se le demandait indéfiniment et le comprenait mal, car, avec sa nature réfléchie, observatrice et fièrement modeste, il eût dû rechercher logiquement dans une femme les antiques et tranquilles qualités de charme tendre et d'attachement constant qui semblent devoir assurer le bonheur d'un homme.

Mais il rencontrait en celle-là quelque chose d'inattendu, une sorte de primeur de la race humaine excitante par sa nouveauté, une de ces créatures qui sont le commencement d'une génération, qui ne ressemblent pas à ce qu'on a connu, et qui répandent autour d'elles, même par leurs imperfections, l'attrait redoutable d'un éveil.

Après les rêveuses passionnées et romanesques de la Restauration, étaient venues les joyeuses de l'époque impériale, convaincues de la réalité du plaisir ; puis voilà qu'apparaissait une transformation nouvelle de cet éternel féminin, un être raffiné, de sensibilité indécise, d'âme inquiète, agitée, irrésolue, qui semblait avoir passé déjà par tous les narcotiques dont on apaise et dont on affole les nerfs, par le chloroforme qui assomme, par l'éther et par la morphine qui fouaillent le rêve, éteignent les sens et endorment les émotions.

Il goûtait en elle la saveur d'une créature factice, façonnée et entraînée pour charmer. C'était un objet de luxe rare, attrayant, exquis et délicat, sur qui s'arrêtaient les yeux, devant qui battait le cœur et s'agitait le désir, ainsi que vient l'appétit devant les nourritures fines dont une vitre vous sépare, préparées et montrées pour exciter la faim.

Quand il fut bien convaincu qu'il descendait la pente d'un abîme, il se mit à réfléchir avec terreur aux dangers de son entraînement. Qu'adviendrait-il de lui ? Que ferait-elle ? Elle ferait assurément ce qu'elle avait dû faire avec tout le monde : elle l'amènerait à cet état où on suit les caprices d'une femme comme un chien suit les pas d'un maître, et elle le classerait dans sa collection de favoris plus ou moins illustres. Mais avait-elle, en effet, joué ce jeu avec tous les autres ? Ne s'en trouvait-il pas un, pas un seul qu'elle eût aimé, vraiment aimé, un mois, un jour, une heure, dans un de ces élans aussitôt comprimés où se jetait son cœur ?

Il parla d'elle avec eux interminablement, en sortant des dîners où ils s'étaient chauffés à son contact. Il les sentit tous encore troublés, mécontents, énervés, en hommes qu'aucune réalité n'a satisfaits.

Non, elle n'avait aimé personne parmi ces paradeurs de la curiosité publique ; mais lui, qui n'était rien près d'eux, qui ne faisait pas se tourner les têtes et se fixer les yeux quand son nom passait dans une foule ou dans un salon, que serait-il pour elle ? Rien, rien, un comparse, un monsieur, celui qui, pour ces femmes recherchées, devient le familier vulgaire, utile et sans bouquet comme le vin qu'on boit avec l'eau.

S'il avait été un homme connu, il aurait encore accepté ce rôle, que sa célébrité eût rendu moins humiliant. Ignoré, il n'en voulait pas. Et il écrivit pour lui dire adieu.

Quand il reçut la courte réponse, il en fut ému comme d'un bonheur tombé sur lui, et quand elle lui eut fait promettre qu'il ne partirait point, il fut joyeux comme d'une délivrance.

Quelques jours passèrent sans amener rien entre eux ; mais, lorsque fut calmé l'apaisement qui suit les crises, il sentit regrandir et le brûler son désir d'elle. Il avait pris la résolution de ne plus jamais lui parler de rien, mais il n'avait point promis de ne pas écrire ; et, un soir, comme il ne pouvait dormir, comme elle le possédait dans la veille agitée de l'insomnie d'amour, il s'assit presque malgré lui, devant sa table et se mit à exprimer sur du papier blanc ce qu'il sentait. Ce n'était point une lettre, c'étaient des notes, des phrases, des pensées, des frissons de souffrance qui se changeaient en mots.

Cela l'apaisa ; il lui semblait qu'il se soulageait

d'un peu de son angoisse, et, s'étant couché, il put dormir enfin.

Dès son réveil le lendemain, il relut ces quelques pages, les jugea bien frémissantes, les mit sous enveloppe, écrivit l'adresse, les garda jusqu'au soir, et les fit porter à la poste fort tard, pour qu'elle les reçût à son lever.

Il pensait bien qu'elle ne s'effaroucherait point de ces feuilles de papier. Les plus timorées des femmes ont pour la lettre qui parle d'amour avec sincérité des indulgences infinies. Et ces lettres, quand elles sont écrites par des mains qui tremblent, avec des yeux qu'emplit et qu'affole un visage, ont à leur tour sur les cœurs une invincible puissance.

Vers la fin du jour, il alla chez elle, afin de voir comment elle le recevrait et ce qu'elle pourrait lui dire. Il y trouva M. de Pradon qui fumait des cigarettes en causant avec sa fille. Il passait ainsi souvent des heures entières auprès d'elle, car il semblait la traiter plutôt en homme qu'en père. Elle avait mis dans leurs rapports et dans leur affection une nuance de l'hommage d'amour qu'elle se rendait à elle-même et qu'elle exigeait de tous.

Quand elle vit arriver Mariolle, sa figure eut un éclair de plaisir ; sa main fut tendue avec vivacité ; son sourire disait : « Vous me plaisez beaucoup. »

Mariolle espérait que le père s'en irait bientôt. Mais M. de Pradon ne s'en alla point. Bien qu'il connût sa fille et qu'il eût depuis longtemps perdu tout soupçon sur elle, tant il la croyait insexuelle, il la surveillait toujours avec une attention curieuse, inquiète, un peu maritale. Il voulait apprendre ce que ce nouvel ami pouvait bien avoir de chances de succès durable, ce qu'il était, ce qu'il valait.

Serait-il un simple passant comme tant d'autres, ou bien un membre du cercle ordinaire ?

Donc il s'installa, et Mariolle comprit aussitôt qu'on ne le pourrait point déloger. Il en prit son parti, et se décida même à le séduire, s'il le pouvait, estimant qu'une bienveillance ou du moins une neutralité, vaudrait toujours mieux qu'une hostilité. Il fit des frais, fut gai, amusa, sans aucune pose de soupirant.

Elle songeait contente : « Il n'est pas bête et joue bien la comédie. »

Et M. de Pradon pensait : « Voilà un aimable homme, à qui ma fille ne paraît pas tourner la tête comme à tous les autres imbéciles. »

Quand Mariolle jugea le moment venu de s'en aller, il les laissa tous deux charmés par lui.

Mais il sortait de cette maison avec de la détresse dans l'esprit. Auprès de cette femme, il souffrait déjà de l'emprisonnement où elle le tenait, sentant qu'il frapperait en vain sur ce cœur, comme un homme enfermé frappe du poing une porte de fer.

Possédé, il en était sûr, et ne cherchait plus à se délivrer d'elle ; alors, ne pouvant fuir cette fatalité, il se résolut à être rusé, patient, tenace, dissimulé, à la conquérir par l'adresse, par l'hommage dont elle était avide, par l'adoration qui la grisait, par la servitude volontaire à laquelle il se laisserait réduire.

Sa lettre avait plu. Il écrirait. Il écrivit. Presque chaque nuit, en rentrant, à l'heure où l'esprit, animé par toutes les agitations du jour, regarde ce qui l'intéresse ou l'émeut dans une sorte de grossissement d'hallucination, il s'asseyait à sa table, sous sa lampe, et s'exaltait en pensant à elle. Le germe poétique que laissent mourir en eux, par paresse, tant d'hommes indolents grandit dans cet entraînement. A force d'écrire les mêmes choses, la même chose, son amour, sous des formes que renouvelait le renouveau quotidien de son désir, il enfiévra son ardeur dans cette besogne de tendresse littéraire. Il cherchait tout le long des jours, et trouvait pour elle ces expressions irrésistibles que l'émotion surexcitée fait jaillir du cerveau comme des étincelles. Il soufflait ainsi sur le feu de son propre cœur et l'allumait en incendie, car les lettres d'amour vraiment passionnées sont souvent plus dangereuses pour celui qui les écrit que pour celle qui les reçoit.

A force de s'entretenir lui-même dans cet état d'effervescence, de chauffer son sang avec des mots et de faire habiter son âme avec une pensée unique, il perdit peu à peu la notion de la réalité sur cette femme. Cessant de la juger telle qu'il l'avait vue d'abord, il ne l'apercevait plus à présent qu'à travers le lyrisme de ses phrases ; et tout ce qu'il lui écrivait chaque nuit devenait dans son cœur autant de vérités. Ce travail quotidien d'idéalisation la lui montrait à peu près telle qu'il l'aurait rêvée. Ses anciennes résistances tombaient d'ailleurs devant l'indéniable affection que lui témoignait Mme de Burne. Certes, en ce moment, bien qu'ils ne se fussent rien dit, elle le préférait à tous, et le lui montrait ouvertement. Il pensait donc avec une espèce de folie d'espérance qu'elle finirait peut-être par l'aimer.

Elle subissait, en effet, avec une joie compliquée et naïve, la séduction de ces lettres. Jamais personne ne l'avait adulée et chérie de cette manière, avec cette réserve silencieuse. Jamais personne n'avait eu cette idée charmante de faire apporter sur son lit, à chaque réveil, dans le petit plateau d'argent que présentait la femme de chambre, ce déjeuner de sentiment sous une enveloppe de papier. Et ce qu'il y avait de précieux à cela, c'est qu'il n'en parlait jamais, qu'il semblait l'ignorer lui-même, qu'il demeurait, dans son salon, le plus froid de ses amis, qu'il ne faisait pas une allusion à toute cette pluie de tendresse dont il la couvrait en secret.

Certes elle avait reçu déjà des lettres d'amour, mais d'un autre ton, moins réservées, plus pressantes, plus semblables à des sommations. Pendant trois mois, ses trois mois de crise, Lamarthe lui avait consacré une jolie correspondance de romancier fort séduit qui marivaude littérairement. Elle avait en son secrétaire, dans un tiroir spécial, ces très fines et très séduisantes épîtres à une femme, d'un écrivain vraiment ému qui l'avait caressée de sa plume jusqu'au jour où il perdit l'espoir du succès.

Les lettres de Mariolle étaient tout autre, d'une concentration de désir si énergique, d'une sincérité d'expression si juste, d'une soumission si complète, d'un dévouement qui promettait d'être si durable, qu'elle les recevait, les ouvrait et les goûtait avec un plaisir qu'aucune écriture ne lui avait encore donné.

Son amitié pour l'homme s'en ressentait, et elle l'invitait à venir la voir d'autant plus souvent qu'il apportait dans ses relations cette discrétion absolue, et semblait ignorer, en lui parlant, qu'il eût jamais pris une feuille de papier pour lui dire son adoration. Elle jugeait d'ailleurs la situation originale, digne d'un livre[1], et trouvait, dans sa satisfaction profonde à sentir près d'elle cet être qui l'aimait ainsi, une sorte de ferment actif de sympathie qui le lui faisait juger d'une façon particulière.

Jusqu'ici, dans tous les cœurs troublés par elle, elle avait pressenti, malgré la vanité de sa coquetterie, des préoccupations étrangères ; elle n'y régnait pas seule ; elle y trouvait, elle y voyait des soucis puissants qui ne la touchaient point. Jalouse de la musique avec Massival, de la littérature avec Lamarthe, et toujours de quelque chose, mécontente des demi-succès qu'elle obtenait, impuissante à tout chasser devant elle dans ces âmes d'hommes ambitieux, d'hommes en renom ou d'artistes pour qui la profession est une maîtresse dont rien ni personne ne peut les détacher, elle en rencontrait un pour la première fois à qui elle était tout. Il le lui jurait au moins. Seul, le gros Fresnel l'aimait autant, assurément. Mais c'était le gros Fresnel. Elle devinait que jamais personne n'avait été possédé par elle de cette façon ; et sa reconnaissance égoïste pour le garçon qui lui donnait ce triomphe prenait des allures de tendresse. Elle avait besoin de lui maintenant, besoin de sa présence, besoin de son regard, besoin de son asservissement, besoin de cette domesticité d'amour. S'il flattait moins que les autres sa vanité, il flattait davantage ces souveraines exigences qui gouvernent l'âme et la chair des coquettes, son orgueil et son instinct de domination, son intinct féroce de calme femelle.

Comme un pays dont on s'empare, elle accapara sa vie peu à peu par une succession de petits envahissements plus nombreux chaque jour. Elle organisait des fêtes, des parties au théâtre, des dîners au restaurant, pour qu'il en fût ; elle le traînait derrière elle avec une satisfaction de conquérante, ne pouvant plus se passer de lui ou plutôt de l'esclavage auquel il était réduit.

Il la suivait, heureux de se sentir ainsi choyé, caressé par ses yeux, par sa voix, par tous ses caprices ; et il ne vivait plus que dans un transport de désir et d'amour, affolant et brûlant comme une fièvre chaude.

DEUXIÈME PARTIE

I

Mariolle venait d'arriver chez elle. Il l'attendait, car elle n'était pas rentrée, bien qu'elle lui eût donné rendez-vous par une dépêche bleue, le matin.

Dans ce salon où il aimait tant se sentir, où tout lui plaisait, il éprouvait cependant, chaque fois qu'il s'y trouvait seul, une oppression du cœur, un peu d'essoufflement, d'énervement[1], qui l'empêchaient d'y rester assis tant qu'elle n'avait point paru. Il marchait, dans une attente heureuse, avec la crainte que quelque obstacle imprévu ne l'empêchât de revenir et ne remît au lendemain leur rencontre.

Quand il entendit s'arrêter une voiture devant la porte de la rue, il eut un tressaillement d'espoir, et lorsque sonna le timbre de l'appartement, il ne douta plus.

Elle entra, son chapeau sur la tête, ce qu'elle ne faisait jamais, avec un air pressé, et content.

« J'ai une nouvelle pour vous, dit-elle.

— Laquelle donc, Madame ? »

Elle se mit à rire en le regardant.

« Eh bien ! je vais passer quelque temps à la campagne. »

Un chagrin le saisit, subit et fort, que son visage refléta.

« Oh ! Et vous m'annoncez cela avec une figure satisfaite !

— Oui. Asseyez-vous, je vais vous conter tout. Vous savez ou vous ne savez pas que M. Valsaci, le frère de ma pauvre mère, l'ingénieur en chef des Ponts, a une propriété à Avranches où il passe une partie de sa vie avec sa femme et ses enfants, car il exerce là-bas sa profession. Or nous allons les voir tous les étés. Cette année, je ne voulais pas ; mais il s'est fâché et il a fait à papa une scène pénible. A ce propos, je vous confierai que papa est jaloux de vous, et m'en fait aussi, des scènes, en prétendant que je me compromets. Il faudra que vous veniez moins souvent. Mais ne vous troublez point, j'arrangerai les choses. Donc papa m'a réprimandée et m'a fait promettre d'aller passer dix jours, peut-être douze, à Avranches. Nous partons mardi matin. Qu'en dites-vous ?

— Je dis que vous me navrez.

— C'est tout ?

— Que voulez-vous ? je ne peux vous en empêcher !

— Vous ne voyez rien à faire ?

— Mais... mais non... je ne sais pas moi ! Et vous ?

— Moi, j'ai une idée, que voici : Avranches est tout près du Mont-Saint-Michel. Connaissez-vous le Mont-Saint-Michel ?

— Non, Madame.

— Eh bien ! vous aurez, vendredi prochain, l'inspiration d'aller voir cette merveille. Vous vous arrêterez à Avranches, vous vous promènerez, samedi soir, par exemple, au coucher du soleil dans le jardin public, d'où l'on domine la baie. Nous nous y rencontrerons par hasard. Papa fera une tête, mais je m'en moque. J'organiserai une partie pour aller tous ensemble avec la famille, le lendemain, à l'abbaye. Montrez de l'enthousiasme, et soyez charmant, comme vous savez l'être quand vous voulez. Faites la conquête de ma tante et invitez-nous tous à dîner à l'auberge où nous descendrons. On y couchera et nous ne nous quitterons ainsi que le lendemain. Vous reviendrez par Saint-Malo, et huit jours plus tard je serai de retour à Paris. Est-ce bien imaginé ? Suis-je gentille ? »

Il murmura dans un élan de reconnaissance :

« Vous êtes tout ce que j'aime au monde.

— Chut ! » fit-elle.

Et pendant quelques instants ils se regardèrent. Elle souriait, lui envoyant dans ce sourire toute sa reconnaissance, le remerciement de son cœur, et sa sympathie aussi, très sincère, très vive, devenue tendre. Il la contemplait, lui, avec des yeux qui la dévoraient. Il avait envie de tomber à ses pieds, de s'y rouler, de mordre sa robe, de crier quelque chose, et surtout de lui faire voir ce qu'il ne savait pas dire, ce qui était en lui des talons à la tête, dans son corps comme dans son âme, inexprimablement douloureux parce qu'il ne le pouvait montrer, son amour, son terrible et délicieux amour.

Mais elle le comprenait sans qu'il s'exprimât, comme un tireur devine que sa balle a fait un trou juste à la place de la mouche noire du carton. Il n'y avait plus rien dans cet homme, rien qu'Elle. Il était à elle plus qu'elle-même. Et elle était contente, et elle le trouvait charmant.

Elle lui dit, avec bonne humeur :

« Alors c'est entendu, nous faisons cette partie. »

Il balbutia, la voix coupée par l'émotion :

« Mais oui, Madame, c'est entendu. »

Puis après un nouveau silence, elle reprit, sans autre excuse :

« Je ne peux vous garder plus longtemps aujourd'hui. Je suis rentrée uniquement pour vous dire cela, puisque je pars après-demain ! Toute ma journée de demain est prise, et j'ai encore quatre ou cinq courses à faire avant le dîner. »

Il se leva tout de suite, saisi de peine, lui qui n'avait d'autre désir que de ne la plus quitter ; et, lui ayant baisé les mains, il s'en alla, le cœur un peu meurtri, mais plein d'espoir.

Ce fut quatre jours bien longs qu'il eut à passer. Il les traîna dans Paris, sans voir personne, préférant le silence aux voix et la solitude aux amis.

Il prit donc, le vendredi matin, le train express de huit heures. Il n'avait guère dormi, enfiévré par l'attente de ce voyage. Sa chambre noire, silencieuse, où passaient seulement les roulements des fiacres attardés, évocateurs des désirs de départ, l'avait, durant toute la nuit, oppressé comme une prison.

Dès qu'une lueur apparut entre les rideaux fermés, la lueur grise et triste du tout premier matin, il sauta du lit, ouvrit sa fenêtre et regarda le ciel. La peur du mauvais temps le hantait. Il faisait beau. Une brume légère flottait, présage de chaleur. Il s'habilla plus vite qu'il ne fallait, fut prêt deux heures trop tôt, le cœur rongé par l'impatience de quitter la maison, d'être en route enfin ; et son domestique dut aller chercher un fiacre, à peine sa toilette finie, par crainte de n'en point trouver.

Les premiers cahots de la voiture furent pour lui des secousses de bonheur ; mais, quand il pénétra dans la gare Montparnasse, un énervement le saisit en reconnaissant que cinquante minutes le séparaient encore du départ du train.

Un coupé se trouvait libre ; il le loua afin d'être seul et de pouvoir rêver à son aise. Lorsqu'il se sentit en marche, glissant vers elle, emporté dans le roulement doux et rapide de l'express, son ardeur, au lieu de se calmer, grandit, et il avait envie, une envie bête d'enfant, de pousser à deux mains, de toute sa force, la cloison capitonnée pour accélérer sa vitesse.

Pendant longtemps, jusqu'au milieu du jour, il demeura muré dans son attente et perclus d'espérance ; puis peu à peu, Argentan passé, ses yeux furent attirés vers les portières par toute la verdure normande.

Le convoi traversait un long pays onduleux, coupé de vallons, où les domaines des paysans, herbages et prairies à pommiers, étaient entourés de grands arbres dont les têtes touffues semblaient luisantes sous les rayons du soleil. On touchait à la fin de juillet ; c'était la saison vigoureuse où cette terre, nourrice puissante, fait épanouir sa sève et sa vie. Dans tous les enclos, séparés et reliés par ces hautes murailles de feuilles, les gros bœufs blonds, les vaches aux flancs tachetés de vagues dessins bizarres, les taureaux roux au front large, au jabot de chair poilue, à l'air provocateur et fier, debout auprès des clôtures ou couchés dans les pâturages qui ballonnaient leurs ventres, se succédaient indéfiniment à travers la fraîche contrée, dont le sol semblait suer du cidre et de la chair.

Partout de minces rivières glissaient au pied des peupliers, sous des voiles légers de saules ; des ruisseaux brillaient dans l'herbe une seconde, disparaissaient pour reparaître plus loin, baignaient toute la campagne d'une fraîcheur féconde.

Et Mariolle promenait, ravi, et distrayait son amour dans le rapide et continu défilé de ce beau parc à pommiers habité par des troupeaux.

Mais, quand il eut changé de train à la station de Folligny, l'impatience d'arriver l'agita de nouveau, et, pendant les dernières quarante minutes, il tira vingt fois sa montre de sa poche. A tout moment il se penchait à la portière, et il aperçut enfin, sur une colline assez élevée, la ville où Elle l'attendait. Le train avait eu du retard, et une heure seulement le séparait de l'instant où il devait la retrouver, par hasard, à la promenade publique.

Un omnibus d'hôtel l'ayant recueilli, seul voyageur, se mit à gravir, au pas lent des chevaux, la route escarpée d'Avranches, à qui ses maisons, couronnant la hauteur, donnaient de loin un aspect fortifié. De près, c'était une jolie et vieille cité normande, aux petites demeures régulières et presque pareilles, tassées les unes contre les autres, avec un air de fierté ancienne et d'aisance modeste, un air moyen âge et paysan[1].

Dès que Mariolle eut jeté sa valise dans une chambre, il se fit indiquer la rue par où l'on parvient au Jardin botanique, et il s'en alla à grands pas, bien qu'il fût en avance, mais espérant qu'elle aurait peut-être devancé l'heure.

En arrivant à la grille, il reconnut d'un coup d'œil qu'il était vide ou presque vide. Trois vieux hommes seulement s'y promenaient, bourgeois indigènes qui devaient récréer là quotidiennement leurs derniers loisirs ; et une famille de jeunes Anglais, filles et garçons, aux jambes sèches, jouait autour d'une institutrice blonde dont le regard distrait semblait rêver.

Mariolle, le cœur battant, marchait devant lui, scrutant les chemins. Il atteignit une grande allée d'ormes d'un vert puissant qui coupait en deux le jardin par le travers, allongeant au milieu une voûte épaisse de feuillage ; puis il passa outre, et soudain, en approchant d'une terrasse dominant l'horizon, il fut distrait brusquement de celle qui le faisait venir en ce lieu.

Du pied de la côte sur laquelle il était debout partait une inimaginable plaine de sable qui se mêlait au loin avec la mer et le firmament. Une rivière y promenait son cours, et, sous l'azur flambant de soleil, des mares d'eau la tachetaient de plaques lumineuses qui semblaient des trous ouverts sur un autre ciel intérieur.

Au milieu de ce désert jaune, encore trempé par la marée en fuite, surgissait, à douze ou quinze kilomètres du rivage, un monumental profil de rocher pointu, fantastique pyramide coiffée d'une cathédrale.

Elle n'avait pour voisin, dans ces dunes immenses, qu'un écueil à sec, au dos rond, accroupi sur les vases mouvantes : Tombelaine.

Plus loin, dans la ligne bleuâtre des flots aperçus, d'autres roches noyées montraient leurs crêtes brunes ; et l'œil, continuant le tour de l'horizon vers la droite, découvrait à côté de cette solitude sablonneuse la vaste étendue verte du pays normand, si couvert d'arbres qu'il avait l'air d'un bois illimité. C'était toute la nature s'offrant d'un seul coup, en un seul lieu, dans sa grandeur, dans sa puissance, dans sa fraîcheur et dans sa grâce ; et le regard allait de cette vision de forêts à cette apparition du mont de granit, solitaire habitant des sables, qui dressait sur la grève démesurée son étrange figure gothique.

Le plaisir bizarre dont Mariolle jadis avait souvent tressailli devant les surprises que les terres inconnues gardent aux yeux des voyageurs, l'envahit si brusquement qu'il demeura immobile, l'esprit ému et attendri, oubliant son cœur garrotté. Mais, un son de cloche ayant vibré, il se retourna, ressaisi tout à coup par l'espérance ardente de leur rencontre. Le jardin était toujours presque vide. Les enfants anglais avaient disparu. Seuls les trois vieillards faisaient encore leur promenade monotone. Il se mit à marcher comme eux.

Elle allait venir tout à l'heure, dans un instant. Il la verrait au bout des chemins qui aboutissaient à cette merveilleuse terrasse. Il reconnaîtrait sa taille, sa démarche, puis sa figure et son sourire, et il entendait sa voix. Quel bonheur ! quel bonheur ! Il la sentait proche, quelque part, introuvable, invisible encore, mais pensant à lui, sachant aussi qu'elle allait le revoir.

Il faillit pousser un cri léger. Une ombrelle bleue, rien qu'un dôme d'ombrelle, glissait là-bas audessus d'un massif. C'était elle sans aucun doute. Un petit garçon apparut, poussant un cerceau devant lui ; puis deux dames — il la reconnut —, puis deux hommes : son père et un autre monsieur. Elle était tout en bleu, comme un ciel de printemps. Ah ! oui ! il la reconnaissait sans distinguer encore ses traits ; mais il n'osait point aller vers elle, sentant qu'il allait balbutier, rougir, qu'il ne saurait expliquer ce hasard sous l'œil soupçonneux de M. de Pradon.

Il marchait cependant à leur rencontre, sa jumelle sans cesse levée, tout occupé, semblait-il, à contempler l'horizon. Ce fut elle qui l'appela, sans même prendre la peine de jouer la surprise.

« Bonjour, monsieur Mariolle, dit-elle. C'est superbe, n'est-ce pas ? »

Interdit par cet accueil, il ne savait sur quel ton répondre et balbutiait :

« Ah ! vous, Madame, quelle chance de vous rencontrer ! J'ai voulu connaître ce délicieux pays. »

Elle reprit en souriant :

« Et vous avez choisi le moment où j'y suis. C'est tout à fait aimable de votre part. »

Puis elle présenta :

« Un de mes meilleurs amis, M. Mariolle ; ma tante, Mme Valsaci ; mon oncle qui fait des ponts. »

Après les saluts échangés, M. de Pradon et le jeune homme se donnèrent une froide poignée de mains et on continua la promenade.

Elle l'avait placé entre elle et sa tante, en lui jetant un très rapide regard, un de ces regards qui ont l'air d'une défaillance. Elle reprit :

« Qu'est-ce que vous pensez de ce pays ?

— Moi, dit-il, je crois que je n'ai jamais rien vu de plus beau. »

Alors elle :

« Ah ! si vous y aviez passé quelques jours comme je viens de le faire, vous sentiriez comme il vous pénètre. Il est d'une impression inexprimable. Ces allées et venues de la mer sur les sables, ce grand mouvement qui ne cesse jamais, qui baigne tout ça deux fois par jour, et si vite, qu'un cheval au galop ne pourrait pas fuir devant lui, ce spectacle extraordinaire que le ciel nous donne pour rien, je vous jure que ça me met hors de moi. Je ne me reconnais plus. N'est-ce pas, ma tante ? »

Mme Valsaci, une femme déjà vieille, à cheveux gris, distinguée dame de province, épouse estimée d'ingénieur en chef, hautain fonctionnaire impurifiable de la morgue de l'École, avoua que jamais elle n'avait vu sa nièce dans cet état d'enthousiasme. Puis elle ajouta, après réflexion :

« Ça n'est pas étonnant d'ailleurs quand on n'a

guère regardé et admiré, comme elle, que des décors de théâtre.

— Mais je vais à Dieppe et à Trouville presque tous les ans. »

La vieille dame se mit à rire.

« A Dieppe et à Trouville on n'y va jamais que pour retrouver des amis. La mer n'est là que pour baigner des rendez-vous. »

Ce fut dit très simplement, peut-être sans malice.

On retournait vers la terrasse, qui attirait irrésistiblement les pieds. Ils y venaient malgré eux, de tous les points du jardin, comme des boules roulent sur une pente. Le soleil baissant semblait étendre un drap d'or fin, transparent et léger, derrière la haute silhouette de l'Abbaye, qui s'assombrissait de plus en plus, pareille à une châsse gigantesque sur un voile éclatant. Mais Mariolle ne regardait plus que l'adorée figure blonde qui passait à son côté, enveloppée dans un nuage bleu. Jamais il ne l'avait vue si délicieuse. Elle lui semblait changée sans qu'il sût en quoi, fraîche d'une fraîcheur imprévue répandue sur sa chair, dans ses yeux, sur ses cheveux et entrée aussi dans son âme, d'une fraîcheur venue de ce pays, de ce ciel, de cette clarté, de cette verdure. Jamais il ne l'avait connue et aimée ainsi.

Il marchait à côté d'elle, sans trouver rien à lui dire ; et le frôlement de sa robe, le coudoiement, parfois, de son bras, la rencontre, si parlante, de leurs regards, l'anéantissaient complètement, comme s'ils eussent tué en lui sa personnalité d'homme. Il se sentait soudain détruit par le contact de cette femme, absorbé par elle jusqu'à n'être plus rien, rien qu'un désir, rien qu'un appel, rien qu'une adoration. Elle avait supprimé tout son être ancien comme on flambe une lettre.

Elle vit bien, elle comprit cette absolue victoire, et vibrante, et touchée, plus vivante aussi dans cet air de campagne et de mer plein de rayons et de sève, elle lui dit, en ne le regardant point :

« Je suis si contente de vous voir ! »

Tout de suite elle ajouta :

« Combien restez-vous de temps ici ? »

Il répondit :

« Deux jours, si aujourd'hui peut compter pour un jour. »

Puis, se tournant vers la tante :

« Est-ce que Mme Valsaci consentirait à me faire l'honneur de venir passer la journée de demain au Mont-Saint-Michel avec son mari ? »

Mme de Burne répondit pour sa parente :

« Je ne lui permettrai pas de refuser, puisque nous avons la chance de vous rencontrer ici. »

La femme de l'ingénieur ajouta :

« Oui, Monsieur, j'y consens bien volontiers, à la condition que vous dînerez chez moi ce soir. »

Il salua en acceptant.

Soudain ce fut en lui une joie délirante, une de ces joies qui vous saisissent quand on reçoit la nouvelle de ce qu'on a le plus espéré. Qu'avait-il obtenu ? qu'était-il arrivé de nouveau dans sa vie ? Rien ; et pourtant il se sentait soulevé par l'ivresse d'un indéfinissable pressentiment.

Ils se promenèrent longtemps sur cette terrasse, attendant que le soleil disparût, pour voir jusqu'à la fin se dessiner sur l'horizon de feu l'ombre noire et dentelée du Mont.

Ils causaient à présent de choses simples, répétant tout ce qu'on peut dire devant une étrangère et se regardant par moments.

Puis on rentra dans la villa, bâtie, à la sortie

d'Avranches, au milieu d'un beau jardin dominant la baie.

Voulant être discret, un peu troublé d'ailleurs par l'attitude froide et presque hostile de M. de Pradon, Mariolle s'en alla de bonne heure. Quand il prit, pour les porter à sa bouche, les doigts de Mme de Burne, elle lui dit deux fois de suite, avec un accent bizarre : « A demain, à demain. »

Dès qu'il fut parti, M. et Mme Valsaci, qui avaient depuis longtemps des habitudes provinciales, proposèrent de se coucher.

« Allez, dit Mme de Burne : moi, je fais un tour dans le jardin. »

Son père ajouta :

« Et moi aussi. »

Elle sortit, enveloppée d'un châle, et ils se mirent à marcher côte à côte sur le sable blanc des allées que la pleine lune éclairait, comme de petites rivières sinueuses à travers les gazons et les massifs.

Après un silence assez long, M. de Pradon dit presque à voix basse :

« Ma chère enfant, tu me rendras cette justice que je ne t'ai jamais donné de conseils ? »

Elle le sentait venir, et, prête à cette attaque :

« Je vous demande pardon, papa, vous m'en avez donné au moins un.

— Moi ?

— Oui, oui.

— Un conseil relatif à... à ton existence ?

— Oui, et même un très mauvais. Aussi je suis bien décidée, si vous m'en donnez d'autres, à ne pas les suivre.

— Quel conseil t'ai-je donné ?

— Celui d'épouser M. de Burne. Ce qui prouve que vous manquez de jugement, de clairvoyance, de la connaissance des hommes en général, et de la connaissance de votre fille en particulier. »

Il se tut quelques instants, un peu surpris et embarrassé, puis lentement :

« Oui, je me suis trompé ce jour-là. Mais je suis sûr de ne pas me tromper dans l'avis très paternel que je te dois aujourd'hui.

— Dites toujours. J'en prendrai ce qu'il faudra.

— Tu es sur le point de te compromettre. »

Elle se mit à rire, d'un rire trop vif, et complétant sa pensée :

« Avec M. Mariolle sans doute ?

— Avec M. Mariolle.

— Vous oubliez, reprit-elle, que je me suis compromise déjà avec M. Georges de Maltry, avec M. Massival, avec M. Gaston de Lamarthe, avec dix autres, dont vous avez été jaloux, car je ne peux pas trouver un homme gentil et dévoué sans que toute ma troupe se mette en fureur, vous le premier, vous que la nature m'a donné comme père noble et régisseur général. »

Il répondit vivement :

« Non, non, tu ne t'es jamais compromise avec personne. Tu apportes, au contraire, dans tes relations avec tes amis beaucoup de tact. »

Elle reprit crânement :

« Mon cher papa, je ne suis plus une petite fille, et je vous promets que je ne me compromettrai pas davantage avec M. Mariolle qu'avec les autres ; ne craignez rien. J'avoue cependant que c'est moi qui l'ai prié de venir ici. Je le trouve charmant, aussi intelligent et bien moins égoïste que les anciens. C'était également votre avis jusqu'au jour où vous avez cru découvrir que je le préférais un peu. Oh ! vous n'êtes pas si malin que ça ! Je vous connais aussi, et je vous en raconterais long, si je voulais.

Donc, M. Mariolle me plaisant, je me suis dit qu'il serait fort agréable de faire par hasard avec lui une belle excursion, qu'il est stupide de se priver, quand on ne court aucun danger, de tout ce qui peut nous amuser. Et je ne cours aucun danger de me compromettre puisque vous êtes là. »

Elle riait franchement, à présent, sachant bien que chaque parole portait, qu'elle le tenait entravé par ce soupçon jeté de jalousie un peu suspecte flairée en lui depuis longtemps, et elle s'amusait de cette découverte avec une coquetterie secrète, inavouable et hardie.

Il se taisait, gêné, mécontent, irrité, sentant aussi qu'elle devinait, au fond de sa paternelle sollicitude, une mystérieuse rancune dont il ne voulait pas lui-même connaître l'origine.

Elle ajouta :

« Ne craignez rien. Il est tout naturel de faire en cette saison une promenade au Mont-Saint-Michel avec mon oncle, ma tante, vous, mon père, et un ami. On ne le saura pas d'ailleurs. Et si on le sait personne n'y peut trouver rien à redire. Quand nous serons de retour à Paris, je ferai rentrer cet ami dans les rangs avec les autres.

— Soit, reprit-il ; mettons que je n'ai pas parlé. »

Ils firent encore quelques pas. M. de Pradon demanda :

« Revenons-nous à la maison ? Je suis fatigué, je vais me coucher.

— Non, moi, je me promène encore un peu. La nuit est si belle ! »

Il murmura avec des intentions :

« Ne t'éloigne pas. On ne sait jamais quelles gens on peut rencontrer.

— Oh ! je reste sous les fenêtres.

— Alors, adieu, ma chère enfant. »

Il la baisa rapidement sur le front, et rentra.

Elle alla s'asseoir plus loin sur un petit banc rustique planté en terre au pied d'un chêne. La nuit était chaude, pleine d'exhalaisons des champs, d'effluves de la mer et de clarté brumeuse, car, sous la lune épanouie en plein ciel, la baie s'était voilée de vapeurs.

Elles rampaient comme de blanches fumées, et cachaient la dune, que la marée montante devait à présent couvrir.

Michèle de Burne, les mains croisées sur ses genoux, les yeux au loin, cherchait à voir dans son âme, à travers un brouillard impénétrable et pâle comme celui des sables.

Combien de fois déjà, dans son cabinet de toilette, à Paris, assise ainsi devant sa glace, elle s'était demandé : Qu'est-ce que j'aime ? qu'est-ce que je désire ? qu'est-ce que j'espère ? qu'est-ce que je veux ? qu'est-ce que je suis ?

A côté du plaisir d'être elle et du besoin profond de plaire, dont elle jouissait vraiment beaucoup, elle ne s'était jamais senti au cœur autre chose que des curiosités vite éteintes. Elle ne s'ignorait point d'ailleurs, ayant trop l'habitude de regarder et d'étudier son visage et toute sa personne pour ne pas observer aussi son âme. Jusqu'alors elle avait pris son parti de ce vague intérêt pour tout ce qui émeut les autres, impuissant à la passionner, capable au plus de la distraire.

Et cependant, chaque fois qu'elle avait senti naître en elle le souci intime de quelqu'un, chaque fois qu'une rivale, lui disputant un homme auquel elle tenait et surexcitant ses instincts de femme, avait fait brûler en ses veines un peu de fièvre d'attachement, elle avait trouvé à ces faux départs de l'amour une émotion bien plus ardente que le seul plaisir du succès. Mais cela ne durait jamais. Pourquoi ? Elle se fatiguait, elle se dégoûtait, elle voyait trop clair peut-être. Tout ce qui lui avait plu d'abord dans un homme, tout ce qui l'avait animée, agitée, émue, séduite, lui paraissait bientôt connu, défloré, banal. Tous ils se ressemblaient trop sans être jamais pareils ; et aucun d'eux encore ne lui avait paru doué de la nature et des qualités qu'il fallait pour la tenir longtemps en éveil et lancer son cœur dans un amour.

Pourquoi cela ? Était-ce leur faute à eux, ou bien sa faute à elle ? Manquaient-ils de ce qu'elle attendait, ou bien manquait-elle de ce qui fait qu'on aime ? Aime-t-on parce qu'on rencontre une fois un être qu'on croit vraiment créé pour soi, ou bien aime-t-on simplement parce qu'on est né avec la faculté d'aimer ? Il lui semblait par moments que le cœur de tout le monde doit avoir des bras comme le corps, des bras tendres et tendus qui attirent, étreignent et enlacent, et que le sien était manchot. Il avait seulement des yeux, son cœur.

On voyait souvent des hommes, des hommes supérieurs devenir éperdument amoureux de filles indignes d'eux, sans esprit, sans valeur, parfois même sans beauté ? Pourquoi ? Comment ? Quel mystère ? Ce n'était donc pas seulement à une rencontre providentielle qu'était due cette crise des êtres, mais à une sorte de germe qu'on porte en soi et qui se développe tout à coup. Elle avait écouté des confidences, elle avait surpris des secrets, elle avait même vu, de ses yeux, la transfiguration subite venue de cette ivresse éclatant dans une âme, et elle y avait songé beaucoup.

Dans le monde, dans le train-train courant des visites, des potins, de toutes les petites bêtises dont on s'amuse, dont on occupe les riches désœuvrements, elle avait découvert parfois, avec une surprise envieuse, jalouse et presque incrédule, des êtres, des femmes, des hommes en qui quelque chose d'extraordinaire, sans aucun doute, s'était produit. Cela ne se voyait point d'une façon manifeste, éclatante ; mais, avec son flair inquiet, elle le sentait et le devinait. Sur leur visage, dans leur sourire, dans leurs yeux surtout, quelque chose d'inexprimable, de ravi, de délicieusement heureux apparaissait, une joie de l'âme répandue dans tout le corps lui-même, illuminant la chair et le regard.

Sans savoir pourquoi, elle leur en voulait. Les amoureux l'avaient toujours fâchée, et elle qualifiait en elle-même de dédain cette irritation sourde et profonde que lui inspiraient les gens dont le cœur battait de passion. Elle les reconnaissait, croyait-elle, avec une promptitude et une sûreté de pénétration exceptionnelles. Souvent, en effet, elle avait flairé et dévoilé des liaisons avant que dans la société on les eût encore soupçonnées.

Quand elle songeait à cela, à cette folie tendre où pouvait nous jeter l'existence voisine d'un autre être, sa vue, sa parole, sa pensée, le je ne sais quoi de l'intime personne dont notre cœur devient éperdument troublé, elle s'en jugeait incapable. Et cependant, que de fois, lasse de tout et rêvant à d'inexprimables désirs, tourmentée par cette harcelante envie de changement et d'inconnu qui n'était peut-être que l'agitation obscure d'une indéfinie recherche d'affection, elle avait souhaité, avec une honte secrète née dans son orgueil, de rencontrer un homme qui la jetterait, ne fût-ce que pendant quelque temps, quelques mois, dans cette surexcitation ensorcelante de toute la pensée et de tout le corps ; car la vie, en ces périodes d'émotion, devait prendre un étrange attrait d'extase et d'ivresse.

Non seulement elle avait souhaité cette rencontre, mais elle l'avait même un peu cherchée, rien qu'un peu, avec cette activité indolente qui ne s'arrêtait longtemps à rien.

En tous ses commencements d'entraînement vers les hommes qualifiés supérieurs qui l'avaient éblouie durant quelques semaines, c'était toujours en des déceptions irrémédiables, que sa courte effervescence de cœur était morte. Elle attendait trop de leur valeur, de leur nature, de leur caractère, de leur délicatesse, de leurs qualités. Avec chacun d'eux elle en avait été toujours réduite à constater que les défauts des hommes éminents sont souvent plus saillants que leurs mérites, que le talent est un don spécial, comme une bonne vue et un bon estomac, un don de cabinet de travail, un don isolé, sans rapports avec l'ensemble des agréments personnels qui rendent cordiales ou attrayantes les relations.

Mais, depuis qu'elle avait rencontré Mariolle, autre chose l'attachait à lui. L'aimait-elle cependant, l'aimait-elle d'amour ? Sans prestige, sans notoriété, il l'avait conquise par son affection, par sa tendresse, par son intelligence, par toutes les véritables et simples attractions de sa personne. Il l'avait conquise, car elle pensait à lui sans cesse ; sans cesse elle désirait sa présence ; aucun être au monde ne lui était plus agréable, plus sympathique, plus indispensable. Était-ce de l'amour cela ?

Elle ne se sentait point à l'âme cette flamme dont tout le monde parle, mais elle s'y sentait pour la première fois une envie sincère d'être pour cet homme quelque chose de plus qu'une amie séduisante. L'aimait-elle ? Pour aimer, faut-il qu'un être apparaisse rempli d'exceptionnelles attirances, différent et au-dessus de tous, dans l'auréole que le cœur allume autour de ses préférés, ou suffit-il qu'il vous plaise beaucoup, qu'il vous plaise à ne pouvoir presque plus se passer de lui ?

En ce cas, elle l'aimait, ou, du moins, elle était bien près de l'aimer. Après y avoir réfléchi profondément, avec une attention aiguë, elle se répondit enfin : « Oui, je l'aime, mais je manque d'élan : c'est la faute de ma nature. »

De l'élan, elle s'en était pourtant senti un peu tout à l'heure en le voyant venir à elle sur cette terrasse du jardin d'Avranches. Pour la première fois, elle avait senti ce quelque chose d'inexprimable qui nous porte, qui nous pousse, qui nous jette vers quelqu'un ; elle avait éprouvé un grand plaisir à marcher près de lui, à l'avoir près d'elle, brûlé d'amour pour elle, en regardant descendre le soleil derrière l'ombre du Mont-Saint-Michel pareille à une vision de légende. L'amour lui-même n'était-il pas une espèce de légende des âmes, à laquelle les uns croient par instinct, à laquelle les autres, à force d'y songer, finissent par croire aussi quelquefois ? Allait-elle finir par y croire ? Elle avait éprouvé une envie molle et bizarre d'appuyer sa tête sur l'épaule de cet homme, d'être plus près de lui, de chercher ce « tout près » qu'on ne trouve jamais, de lui donner ce qu'on offre en vain et ce qu'on garde toujours : la secrète intimité de soi.

Oui, elle avait eu de l'élan vers lui, et elle en avait encore, en ce moment, au fond du cœur. Il lui suffirait d'y céder peut-être pour que cela devînt de l'entraînement. Elle résistait trop, elle raisonnait trop, elle combattait trop le charme des gens. Ne serait-il pas doux, en un soir semblable à celui-ci, de se promener avec lui le long des saules de la rivière, et, pour payer toute sa passion, de lui offrir, de temps en temps, ses lèvres ?

Une fenêtre de la villa s'ouvrit. Elle tourna la tête. C'était son père, qui cherchait sans doute à la voir.

Elle lui cria :

« Vous ne dormez donc pas ? »

Il répondit :

« Si tu ne rentres point, tu vas prendre froid. »

Alors elle se leva et revint vers la maison. Puis, quand elle fut dans sa chambre, elle souleva encore ses rideaux pour regarder les vapeurs de la baie de plus en plus blanches sous la lune, et dans son cœur aussi il lui semblait que les brumes venaient de s'éclairer sous un lever de tendresse.

Elle dormit bien cependant, et ce fut la femme de chambre qui la réveilla, car on devait partir tôt pour déjeuner au Mont.

Un grand break vint les prendre. En l'entendant rouler sur le sable, devant le perron, elle se pencha à sa fenêtre, et elle rencontra tout de suite les yeux d'André Mariolle qui la cherchaient. Son cœur se mit à battre un peu. Elle constata, surprise et oppressée, l'impression étrange et nouvelle de ce muscle qui palpite et qui fait courir le sang parce qu'on aperçoit quelqu'un. Comme la veille, avant de s'endormir, elle se répéta : « Je vais donc l'aimer ? »

Puis, quand elle fut en face de lui, elle le devina tellement épris, tellement malade d'amour, qu'elle eut vraiment envie d'ouvrir ses bras et de lui donner sa bouche.

Ils échangèrent seulement un regard qui le fit pâlir de bonheur.

La voiture se mit en marche. C'était un clair matin d'été, plein de chants d'oiseaux et de jeunesse épandue. On descendit la côte, on passa la rivière, on traversa des villages par une petite route caillouteuse qui faisait sauter les voyageurs sur les banquettes du break. Après un long silence, Mme de Burne se mit à plaisanter son oncle sur l'état de ce chemin ; cela suffit à rompre la glace ; et la gaieté qui flottait dans l'air sembla pénétrer les esprits.

Tout à coup, au sortir d'un hameau, la baie réapparut, non plus jaune comme la veille au soir, mais luisante d'eau claire qui couvrait tout, les sables, les prés salés, et, au dire du cocher, la route elle-même un peu plus loin.

Alors, pendant une heure on alla au pas pour laisser à cette inondation le temps de retourner vers le large.

Les ceintures d'ormes ou de chênes des fermes au milieu desquelles on passait cachaient aux yeux, à tout moment, le profil grandissant de l'Abbaye dressée sur son rocher, en pleine mer maintenant. Puis, entre deux cours, elle se remontrait soudain, de plus en plus proche, de plus en plus surprenante. Le soleil éclairait de tons roux l'église dentelée de granit assise sur son pied de roche.

Michèle de Burne et André Mariolle la contemplaient, puis se regardaient, mêlant l'un et l'autre au trouble naissant ou suraigu de leurs cœurs la poésie de cette apparition dans cette matinée rose de juillet.

On causait avec une aisance amicale. Mme Valsaci contait des histoires tragiques d'enlisements, les drames nocturnes du sable mou qui dévore les hommes. M. Valsaci défendait la digue, attaquée par les artistes, ou vantait ses avantages au point de vue des communications ininterrompues avec le Mont, et les dunes gagnées, pour les pâturages d'abord, pour la culture plus tard.

Soudain le break s'arrêta. La mer noyait la route. Ce n'était presque rien, une pelure liquide sur la voie pierreuse ; mais on pressentait que par places il devait y avoir des fondrières, des trous dont on ne sortirait pas. Il fallut attendre.

« Oh ! cela descend vite ! » affirma M. Valsaci, et du doigt il montrait le chemin dont la mince surface d'eau fuyait, semblait bue par la terre, ou tirée au loin par une force puissante et mystérieuse.

Ils descendirent pour regarder de plus près ce départ étrange, rapide et muet de la mer, et, pas à pas, ils le suivaient. Déjà apparaissaient des taches vertes dans les herbages submergés, légèrement soulevés par endroits ; et ces taches grandissaient, s'arrondissaient, devenaient des îles. Ces îles bientôt prirent des aspects de continents séparés par des océans minuscules ; et puis ce fut enfin par toute l'étendue du golfe une course de déroute de la marée retournant au loin. On eût dit un long voile argenté qu'on retirait de sur la terre, un voile immense troué, déchiqueté, plein de déchirures, qui s'en allait laissant à nu de grandes prairies à l'herbe rase, sans découvrir encore les sables blonds qui les suivaient.

On était remonté dans la voiture, et tout le monde se tenait debout pour mieux voir. La route séchant devant eux, les chevaux remarchaient, mais toujours au pas ; et, comme les cahots faisaient parfois perdre l'équilibre, André Mariolle sentit soudain l'épaule de Mme de Burne appuyée contre la sienne. Il crut d'abord que le hasard d'une secousse avait amené ce contact ; mais elle y resta, et chaque soubresaut des roues martelait la place où elle s'était posée d'une trépidation qui secouait son corps et affolait son cœur. Il n'osait plus regarder la jeune femme, paralysé de bonheur par cette familiarité inespérée, et il pensait, dans un désordre d'idées pareil à celui des ivresses : « Est-ce possible ? Serait-ce possible ? Est-ce que nous perdons la tête tous les deux ? »

La voiture se remettant à trotter, il fallut s'asseoir. Alors Mariolle éprouva le besoin subit, impérieux, mystérieux, d'être aimable pour M. de Pradon, et il s'occupa de lui avec des attentions flatteuses. Sensible aux compliments presque autant que sa fille, le père se laissa séduire et reprit bientôt sa figure souriante.

On avait enfin atteint la digue, et on courait vers le Mont dressé au bout de cette route droite, élevée au milieu des sables. La rivière de Pontorson en baignait le talus de gauche ; à droite, les pâturages couverts de petit gazon, que le cocher appelait de la Criste marine, avaient fait place aux dunes encore suantes, imprégnées de mer.

Et le haut monument grandissait sur le ciel bleu, où il profilait, très nette à présent en tous ses détails, sa tête à clochetons et à tourelles, sa tête d'abbaye hérissée de gargouilles grimaçantes, chevelures de monstres, dont la foi épouvantée de nos pères a coiffé leurs sanctuaires gothiques.

Il était près d'une heure quand on arriva dans l'hôtel, où le déjeuner était commandé. La patronne, par prudence, n'était point prête ; il fallut attendre encore. On se mit donc à table fort tard ; on avait grand-faim. Le champagne tout de suite égaya les âmes.

Tout le monde se sentait content, et deux cœurs se croyaient tout près d'être heureux. Vers le dessert, quand l'animation des vins bus et le plaisir des causeries eurent développé dans les corps ce bonheur de vivre qui nous anime parfois à la fin des bons repas et nous dispose à tout approuver, à tout accepter, Mariolle demanda :

« Voulez-vous que nous restions ici jusqu'à demain ? Ce serait si beau de voir cela au clair de lune, et si agréable de dîner encore ensemble ce soir ! »

Mme de Burne accepta tout de suite ; les deux hommes consentirent. Seule, Mme Valsaci hésitait, à cause de son petit garçon resté chez elle, mais son mari la rassura, lui rappela que souvent elle s'était absentée ainsi. Il écrivit même, séance tenante, une dépêche pour la gouvernante. Il trouvait charmant André Mariolle, qui avait approuvé la digue, par flatterie, et l'avait jugée beaucoup moins nuisible à l'effet du Mont qu'on ne le disait en général.

En quittant la table, ils allèrent visiter le monument. On prit le chemin des remparts. La ville, un tas de maisons du Moyen Age étagées les unes au-dessus des autres sur le bloc énorme de granit qui porte à son sommet l'abbaye, est séparée des sables par une haute muraille crénelée. Cette muraille monte, en contournant la vieille cité, avec des coudes, des angles, des plates-formes, des tours de guet, autant d'étonnements pour l'œil qui découvre, à chaque circuit, une nouvelle étendue de l'immense horizon. On se taisait, soufflant un peu après ce long déjeuner, et surpris toujours de voir ou de revoir cet étonnant édifice. Au-dessus d'eux, c'était, dans le ciel, un emmêlement prodigieux de flèches, de fleurs de granit, d'arches jetées d'une tour à l'autre, une invraisemblable, énorme et légère dentelle d'architecture, brodée à jour sur l'azur, et d'où jaillissait, d'où semblait s'élancer, comme pour s'envoler, l'armée menaçante et fantastique des gargouilles à faces de bêtes. Entre la mer et l'abbaye, sur le flanc nord du Mont, une pente sauvage et presque à pic, qu'on appelle la Forêt, parce qu'elle est couverte de vieux arbres, commençait à la fin des maisons, étalant une sombre tache verte sur le jaune illimité des sables. Mme de Burne et André Mariolle, qui marchaient les premiers, s'arrêtèrent pour regarder. Elle s'appuyait à son bras, engourdie dans un ravissement qu'elle n'avait jamais senti. Elle montait, légère, prête à monter toujours, avec lui, vers ce monument de rêve et vers autre chose encore. Elle aurait voulu que ce chemin escarpé ne finît jamais, car elle s'y sentait presque pleinement satisfaite pour la première fois de sa vie.

Elle murmura :

« Dieu ! est-ce beau ! »

Il répondit, en la regardant :

« Je ne puis penser qu'à vous. »

Avec un sourire, elle reprit :

« Je ne suis cependant pas très poétique, mais je trouve cela si beau, que je me sens vraiment très émue. »

Il balbutia :

« Moi, je vous aime comme un fou. »

Il sentit son bras légèrement pressé, et ils se remirent en route.

Un gardien les attendait à la porte de l'Abbaye, et ils entrèrent par cet escalier superbe, entre deux tours énormes, qui les conduisit à la salle des gardes. Puis ils allèrent de salle en salle, de cour en cour, de cachot en cachot, écoutant, s'étonnant, enchantés de tout, admirant tout, la crypte des gros piliers, d'une beauté si robuste, qui soutient sur ses énormes colonnes le chœur entier de l'église supérieure, et toute la Merveille, construction formidable de trois étages de monuments gothiques élevés les uns au-dessus des autres, le plus extraordinaire chef-d'œuvre de l'architecture monastique et militaire du Moyen Age.

Puis ils arrivèrent au cloître. Leur surprise fut telle qu'ils s'arrêtèrent devant ce grand préau carré qu'enferme la plus légère, la plus gracieuse, la plus charmante des colonnades de tous les cloîtres du monde. Sur deux rangs, les minces petits fûts coiffés de chapiteaux délicieux portent, tout le long des quatre galeries, une guirlande ininterrompue d'ornements et de fleurs gothiques d'une variété infinie, d'une invention toujours nouvelle, fantaisie élégante et simple des vieux artistes naïfs, dont le rêve et la pensée creusaient la pierre avec leur marteau.

Michèle de Burne et André Mariolle en firent le tour, à tout petits pas, le bras sur le bras, tandis que les autres, un peu fatigués, admiraient de loin, debout près de la porte d'entrée.

« Dieu que j'aime ceci ! dit-elle, en s'arrêtant. »

Il répondit :

« Moi je ne sais plus où je suis, ni où je vis, ni ce que je vois. Je sens que vous êtes près de moi, voilà tout. »

Alors elle le regarda bien en face, souriante, et murmura :

« André ! »

Il comprit qu'elle se donnait. Ils ne parlèrent plus, et se remirent à marcher.

On continua la visite du monument, mais à peine regardaient-ils.

L'escalier de dentelle cependant les put distraire une minute, emprisonné dans une arche jetée en plein ciel entre deux clochetons, pour escalader, semble-t-il, les nues ; et ils furent encore saisis d'étonnement en arrivant au chemin des Fous, vertigineux sentier de granit qui circule sans parapet presque au faite de la dernière tour.

« Peut-on passer ? demanda-t-elle.

— C'est défendu », reprit le guide.

Elle montra vingt francs. L'homme hésita. Toute la famille, étourdie déjà devant l'abîme et l'immensité de l'étendue, s'opposait à cette imprudence.

Elle interrogea Mariolle :

« Vous irez bien là, vous ? »

Il se mit à rire :

« J'ai franchi des passages plus difficiles. »

Et, sans plus s'occuper des autres, ils partirent.

Il marchait le premier sur l'étroite corniche, tout au bord du gouffre, et elle le suivait, glissant contre le mur, les yeux baissés, pour ne pas voir le trou béant sous eux, émue à présent, presque défaillante de peur, cramponnée à la main qu'il tendait vers elle ; mais elle le sentait fort, sans défaillance, sûr de sa tête et de son pied, et elle pensait, ravie malgré sa frayeur : « Vraiment, c'est un homme. » Ils étaient seuls dans l'espace, aussi haut que planent les oiseaux de mer, dominant le même horizon que les bêtes aux ailes blanches parcourent sans cesse de leur vol en l'explorant de leurs petits yeux jaunes.

La sentant trembler, Mariolle demanda.

« Vous avez le vertige ? »

Elle répondit à voix basse :

« Un peu, mais avec vous je ne crains rien. »

Alors, se rapprochant d'elle, il l'enlaça d'un bras pour la soutenir, et elle se sentit tellement rassurée par ce rude secours qu'elle leva la tête pour regarder au loin.

Il la portait presque, et elle se laissait aller, jouissant de cette protection robuste qui lui faisait traverser le ciel, et elle lui savait gré, un gré romanesque de femme, de ne pas gâter de baisers cette promenade de goélands.

Lorsqu'ils eurent rejoint ceux qui les attendaient tourmentés d'inquiétude, M. de Pradon, exaspéré, dit à sa fille :

« Dieu, est-ce niais ce que tu viens de faire ! »

Elle répondit avec conviction :

« Non, puisque ça a réussi. Rien n'est bête de ce qui réussit, papa. »

Il haussa les épaules, et on redescendit. On s'arrêta encore chez le portier pour acheter des photographies, et lorsqu'on revint à l'hôtel, il était presque l'heure du dîner. La patronne conseilla une courte promenade sur les sables, vers le large, afin d'admirer le Mont du côté de la pleine mer, d'où il présentait, disait-elle, son plus magnifique aspect.

Bien que fatiguée la troupe entière repartit et contourna les remparts en s'éloignant un peu dans la dune inquiétante, molle avec des aspects de solidité, où le pied posé sur le beau tapis jaune tendu sous lui, et qui semble dur, s'enfonçait soudain jusqu'au mollet en des vases trompeuses et dorées.

De là, l'Abbaye, perdant tout à coup l'aspect de cathédrale marine dont elle étonnait de loin la terre ferme, prenait, pour menacer l'Océan, un air belliqueux de manoir féodal, avec sa grande muraille crénelée percée de meurtrières pittoresques et soutenue par des contreforts géants qui venaient souder leurs maçonneries de cyclopes dans le pied de l'étrange montagne. Mais Mme de Burne et André Mariolle ne s'occupaient plus guère de tout cela. Ils ne songeaient qu'à eux-mêmes, enlacés dans le filet qu'ils s'étaient tendu l'un à l'autre, enfermés dans cette prison où l'on ne sait plus rien du monde, où l'on ne voit plus rien qu'un être.

Lorsqu'ils se retrouvèrent assis devant leurs assiettes pleines, sous la gaie lumière des lampes, ils semblèrent se réveiller, et ils s'aperçurent tout de même qu'ils avaient faim.

On resta longtemps à table, et, lorsque le dîner fut fini, on oublia le clair de lune dans le bien-être de la causerie. Personne d'ailleurs n'avait plus envie de sortir, et personne n'en parla. La grande lune pouvait moirer de lueurs poétiques le mince petit flot de la marée montante glissant déjà sur les sables avec son bruit d'eau qui court presque imperceptible et terrifiant ; elle pouvait éclairer les remparts serpentant autour du Mont, et, dans le décor, unique de la baie illimitée, luisante du frisson des clartés rampantes sur les dunes, illuminer l'ombre romantique de tous les clochetons de l'Abbaye — on n'avait plus envie de rien voir.

Il n'était même pas dix heures quand Mme Valsaci, accablée de sommeil parla de s'aller coucher. Et cette proposition fut acceptée sans la moindre résistance. Après des adieux pleins de cordialité, chacun rentra dans sa chambre.

André Mariolle savait bien qu'il ne dormirait point ; il alluma ses deux bougies sur sa cheminée, ouvrit sa fenêtre, et regarda la nuit.

Tout son corps défaillait sous la torture d'une inutile espérance. Il la savait là, tout près, séparée de lui par deux portes, et il était presque aussi impossible de la rejoindre que d'arrêter ce flot de la mer qui noyait tout le pays. Il avait dans la gorge un besoin de crier, et dans les nerfs un tel supplice d'attente inapaisable et vaine, qu'il se demandait ce qu'il allait faire, ne pouvant plus supporter la solitude de cette soirée de stérile bonheur.

Tous les bruits peu à peu étaient morts dans l'hôtel et dans la rue unique et tortueuse de la ville. Mariolle restait toujours accoudé à sa fenêtre, sachant seulement que le temps passait, regardant la nappe d'argent de la marée haute, et retardant sans cesse l'heure du lit, comme s'il eût subi le pressentiment d'on ne sait quelle providentielle fortune.

Il lui sembla tout à coup qu'une main touchait sa serrure. Il se retourna d'une secousse. Sa porte lentement s'ouvrait. Une femme entra, la tête voilée d'une dentelle blanche et tout le corps enveloppé d'un de ces grands manteaux de chambre qui semblent faits de soie, de duvet et de neige. Elle referma avec soin la porte derrière elle ; puis, comme si elle ne l'eût pas vu, debout et foudroyé de joie dans le cadre clair de sa fenêtre, elle marcha droit à la cheminée et souffla les deux bougies.

II

Ils allaient se retrouver, pour se dire adieu, le lendemain matin, devant la porte de l'hôtel. Descendu le premier, André Mariolle attendait qu'elle parût, avec un poignant sentiment d'inquiétude et de bonheur. Que ferait-elle ? Que serait-elle ? Qu'adviendrait-il d'elle et de lui ? En quelle aventure bienheureuse ou terrible venait-il d'entrer ? Elle pouvait faire de lui ce qu'elle voudrait, un halluciné pareil aux fumeurs d'opium ou un martyr, à son gré. Il marchait à côté des deux voitures, car ils se séparaient, lui achevant son voyage par Saint-Malo pour continuer son mensonge, eux retournant à Avranches.

Quand la retrouverait-il ? Allait-elle abréger sa visite à sa famille ou retarder son retour ? Il avait une peur affreuse de son premier regard et de ses premières paroles, car il ne l'avait point vue, et ils ne s'étaient presque rien dit pendant leur courte étreinte de la nuit. Elle s'était offerte résolument, mais avec une réserve pudique, sans s'attarder, sans se complaire à ses caresses ; puis elle était partie, de son pas léger, en murmurant : « A demain, mon ami ! »

Il restait à André Mariolle de cette rapide, de cette bizarre entrevue, l'imperceptible déception de l'homme qui n'a pu cueillir toute la moisson d'amour qu'il croyait mûre et, en même temps, l'enivrement du triomphe, donc l'espérance presque assurée de conquérir bientôt ses derniers abandons.

Il entendit sa voix et tressaillit. Elle parlait haut, irritée assurément contre un désir de son père, et, quand il l'aperçut sur les dernières marches de l'escalier, elle avait aux lèvres le petit pli colère révélateur de ses impatiences.

Mariolle fit deux pas ; elle le vit, et se mit à sourire. Dans ses yeux calmés soudain, quelque chose de bienveillant passa qui se répandit sur tout le visage. Puis, dans sa main subitement et tendrement tendue, il y eut la confirmation, sans contrainte et sans repentir, du cadeau d'elle-même qu'elle avait fait.

« Alors nous allons nous séparer ? lui dit-elle.

— Hélas ! Madame, j'en souffre plus que je ne le saurais montrer. »

Elle murmura :

« Ce ne sera pas pour longtemps. »

Comme M. de Pradon les rejoignait, elle ajouta tout bas :

« Annoncez que vous allez faire un tour en Bretagne d'une dizaine de jours, mais ne le faites pas. »

Mme Valsaci très émue accourait.

« Qu'est-ce que me dit ton père ? que tu veux partir après-demain ? Mais tu devrais rester au moins jusqu'à l'autre lundi. »

Mme de Burne, un peu assombrie, répliqua :

« Papa n'est qu'un maladroit qui ne sait pas se taire. La mer me donne, comme tous les ans, des névralgies très désagréables, et j'ai en effet parlé de m'en aller pour n'avoir pas à me soigner pendant un mois. Mais ce n'est guère le moment de nous occuper de cela. »

Le cocher de Mariolle le pressait de monter en voiture, afin de ne pas manquer le train de Pontorson.

Mme de Burne demanda :

« Et vous, quand rentrez-vous à Paris ? »

Il eut l'air d'hésiter.

« Mais je ne sais pas trop, je veux voir Saint-Malo, Brest, Douarnenez, la baie des Trépassés, la pointe du Raz, Audierne, Penmarch, le Morbihan, enfin toute cette pointe célèbre du pays breton. Cela me prendra bien... »

Après un silence plein de calculs fictifs, il exagéra :

« Quinze ou vingt jours.

— C'est beaucoup, reprit-elle en riant... Moi, si j'ai encore mal aux nerfs comme cette nuit, j'y retournerai avant deux jours. »

Suffoqué par l'émotion, il eut envie de crier : « Merci ! » Il se contenta de baiser, d'un baiser d'amant, la main qu'elle lui tendait pour la dernière fois.

Et, après mille compliments, remerciements et affirmations de sympathie échangés avec les Valsaci et M. de Pradon, un peu rassuré par l'annonce de ce voyage, il monta dans sa voiture, et s'éloigna, la tête tournée vers elle.

Il rentra à Paris sans s'arrêter, et ne vit rien sur sa route. Durant toute la nuit, encoigné dans son wagon, les yeux mi-clos, les bras croisés, l'âme plongée dans un souvenir, il n'eut d'autre pensée que celle de ce rêve réalisé. Dès qu'il fut chez lui, dès sa première minute d'arrêt, dans le silence de la bibliothèque où il se tenait d'ordinaire, où il travaillait, où il écrivait, où il se sentait presque toujours calme dans le voisinage amical de ses livres, de son piano et de son violon, commença en lui ce supplice continu de l'impatience qui agite comme une fièvre les cœurs insatiables. Surpris de ne pouvoir s'attarder à rien, s'occuper à rien, de juger insuffisantes, non seulement à absorber sa pensée, mais même à immobiliser son corps, les habitudes ordinaires dont il distrayait sa vie intime, la lecture et la musique, il se demanda ce qu'il allait faire pour apaiser ce trouble nouveau. Un besoin de sortir, de marcher, de remuer semblait entré en lui, physique et inexplicable, cette crise d'agitation inoculée au corps par la pensée, et qui est simplement une instinctive et inapaisable envie de rechercher et de retrouver quelqu'un.

Il mit son pardessus, prit son chapeau, ouvrit sa porte, et, en descendant l'escalier, il se demandait : « Où vais-je ? » Alors une idée à laquelle il ne s'était point encore arrêté le saisit. — Il lui fallait, pour abriter leurs rencontres, un logis secret, discret et joli.

Il chercha, il marcha, parcourut des avenues après des rues, des boulevards après les avenues, examina avec inquiétude les concierges à sourires complaisants, les loueuses à mines suspectes, les appartements à étoffes douteuses, et il rentra le soir, découragé. Dès neuf heures le lendemain, il se remettait en quête, et il finit par découvrir, à la nuit tombante, dans une ruelle d'Auteuil, au fond d'un jardin ayant trois issues, un pavillon solitaire qu'un tapissier du voisinage promit de garnir en deux jours. Il choisit les étoffes, voulut des meubles très simples, en bois de pin verni, et des tapis fort épais. Ce jardin était sous la garde d'un boulanger qui habitait près d'une des portes. Un arrangement fut conclu avec la femme de ce commerçant pour tous les soins à donner au logis. Un horticulteur du quartier s'engagea aussi à emplir de fleurs les plates-bandes.

Toutes les dispositions à prendre le retinrent jusqu'à huit heures, et, quand il rentra chez lui, harassé de fatigue, il vit, avec un battement de cœur, une dépêche sur son bureau. L'ayant ouverte :

« Je serai chez moi demain soir, disait-elle. Recevrez instructions.

« *Miche.* »

Il ne lui avait pas encore écrit, par crainte que sa lettre s'égarât, puisqu'elle devait quitter Avranches. Aussitôt qu'il eut dîné, il s'assit à sa table pour lui exprimer ce qu'il sentait en son âme. Ce fut long et difficile, car toutes les expressions, les phrases et les idées elles-mêmes lui semblaient faibles, médiocres, ridicules, pour préciser une si délicate et si passionnée action de grâces.

La lettre qu'il reçut d'elle à son réveil lui confirmait le retour pour le soir même, et le priait de ne se montrer à personne avant quelques jours, afin qu'on crût bien à son voyage. Elle l'invitait aussi à se promener le lendemain, vers dix heures du matin, sur la terrasse du jardin des Tuileries qui domine la Seine.

Il y fut une heure trop tôt, et il erra dans le grand jardin, que traversaient seulement des passants matineux, des bureaucrates en retard allant aux ministères de la rive gauche, des employés, des laborieux de toute race. Il savourait un plaisir réfléchi à regarder ces gens au pas hâtif que la nécessité du pain quotidien entraînait à des besognes abrutissantes, et, se comparant à eux, en cette heure où il attendait sa maîtresse, une des reines du monde, il se sentait un être tellement fortuné, privilégié, hors de lutte, qu'il eut envie de remercier le ciel bleu, car la Providence n'était pour lui que des alternances d'azur et de pluie dues au Hasard, maître sournois des jours et des hommes.

Quelques minutes avant dix heures, il monta sur la terrasse et épia son arrivée.

« Elle sera en retard ! » pensait-il. Il venait à peine d'entendre tinter les dix coups à une horloge de monument voisin, quand il crut l'apercevoir de très loin, traversant aussi le jardin d'un pas rapide, comme une ouvrière pressée qui se rend à son magasin. Il hésitait. « Est-ce bien elle ? » Il reconnaissait sa démarche, mais s'étonnait de son allure changée, si modeste dans une petite toilette sombre. Elle venait cependant vers l'escalier qui monte à la terrasse, en ligne droite, comme si elle l'eût pratiqué depuis longtemps.

« Tiens ! se dit-il, elle doit aimer cet endroit et s'y promener quelquefois. » Il la regarda soulever sa robe pour mettre le pied sur la première marche de pierre, puis gravir les autres avec célérité, et, comme il s'avançait vivement pour la rencontrer plus vite, elle lui dit en l'abordant, avec un sourire affable où germait une inquiétude :

« Vous êtes très imprudent. Il ne faut pas vous montrer comme ça ! Je vous vois presque depuis la rue de Rivoli. Venez, nous allons nous asseoir sur un banc, là-bas, derrière l'orangerie. C'est là qu'il faudra m'attendre une autre fois. »

Il ne put s'abstenir de demander :

« Vous venez donc souvent ici ?

— Oui, j'aime beaucoup cet endroit ; et, comme je suis une promeneuse matinale, j'y viens prendre de l'exercice en regardant le paysage, qui est fort joli. Et puis on n'y rencontre jamais personne, tandis que le Bois est impossible. Mais ne révélez pas ce secret. »

Il rit :

« Je m'en garderai bien ! »

Lui prenant une main, discrètement, une petite main cachée et pendante dans les plis de son vêtement, il soupira :

« Comme je vous aime ! Je suis malade de vous attendre. Avez-vous reçu ma lettre ?

— Oui, merci, j'en ai été fort touchée.

— Et, alors vous n'êtes pas encore fâchée contre moi ?

— Mais non. Pourquoi le serais-je ? Vous êtes tout à fait gentil. »

Il cherchait des paroles ardentes, vibrantes de reconnaissance et d'émotion. N'en trouvant pas, et trop ému pour conserver la liberté du choix des mots, il répéta :

« Comme je vous aime ! »

Elle lui dit :

« Je vous ai fait venir ici parce qu'il y a aussi de l'eau et des bateaux. Ça ne ressemble point à là-bas, cependant ça n'est pas laid. »

Ils s'étaient assis sur un banc, près de la balustrade de pierre qui règne le long du fleuve, presque seuls, invisibles de partout. Deux jardiniers et trois bonnes d'enfants étaient, à cette heure, les uniques vivants de la terrasse.

Des voitures roulaient sur le quai à leurs pieds, sans qu'ils les vissent. Des pas sonnaient sur le trottoir tout proche, contre le mur, qui portait la promenade, et, ne trouvant pas encore ce qu'ils allaient se dire, ils regardaient ensemble ce beau paysage parisien qui va de l'île Saint-Louis et des tours de Notre-Dame, aux coteaux de Meudon. Elle répéta.

« C'est très joli tout de même, ici. »

Mais lui fut tout à coup saisi par le souvenir exaltant de leur voyage dans le ciel, au sommet de la tour de l'Abbaye, et, dévoré du regret de l'émotion enfuie :

« Oh ! Madame, lui dit-il. Vous rappelez-vous notre envolée du chemin des Fous ?

— Oui. Mais j'ai un peu peur, à présent que j'y pense de loin. Dieu ! Comme j'aurais le vertige s'il me fallait recommencer ! J'étais tout à fait grisée par le grand air, le soleil et la mer. Regardez, mon ami, comme c'est superbe aussi ce que nous avons devant nous. J'aime beaucoup Paris, moi. »

Il fut surpris, ayant le confus pressentiment que quelque chose apparu en elle, là-bas, n'y était plus. Il murmura :

« Qu'importe le pays pourvu que je sois près de vous ! »

Sans répondre, elle serra sa main. Alors, plus pénétré de bonheur par cette légère pression qu'il ne l'eût été peut-être par une tendre parole, le cœur allégé de la gêne qui l'avait oppressé jusqu'ici, il put enfin parler.

Il lui dit lentement, avec des mots presque solennels, qu'il lui avait donné sa vie pour toujours, afin qu'elle en fît ce qu'il lui plairait.

Reconnaissante, mais fille des doutes modernes, captive indélivrable des ironies rongeuses, elle sourit en lui répondant :

« Ne vous engagez pas tant que ça ! »

Il se tourna vers elle tout à fait, et, en la regardant au fond des yeux, de ce regard pénétrant qui ressemble à un toucher, il répéta ce qu'il venait de lui dire, plus longuement, plus ardemment, plus poétiquement. Tout ce qu'il lui avait écrit en tant de lettres exaltées, il l'exprima avec une telle ferveur de conviction qu'elle l'écoutait comme dans une nuage d'encens. Elle se sentait caressée, en toutes ses fibres de femme, par cette bouche adoratrice, plus et mieux qu'elle ne l'avait jamais été.

Quand il se tut, elle lui répondit simplement.

« Moi aussi, je vous aime bien ! »

Ils se tenaient la main ainsi que les adolescents qui s'en vont côte à côte par les routes de campagne, et ils regardaient maintenant, d'un œil vague, glisser sur la rivière les mouches à vapeur. Ils étaient seuls dans Paris, dans la rumeur confuse, immense, rapprochée et lointaine qui flottait sur eux, dans cette vie pleine de toute la vie du monde, plus qu'ils n'avaient été seuls au sommet de la tour aérienne ; et pendant quelques secondes ils oublièrent vraiment tout à fait qu'il existait sur la terre autre chose qu'eux.

Ce fut elle qui retrouva la première le sentiment de la réalité, et celle de l'heure qui marchait.

« Voulez-vous nous revoir ici demain ? » dit-elle.

Il réfléchit quelques secondes, et, troublé par ce qu'il allait demander :

« Oui...oui... certainement... Mais... ne nous verrons-nous jamais ailleurs ?... Cet endroit est solitaire... Cependant... tout le monde peut y venir. »

Elle hésitait.

« C'est juste... Il faut pourtant aussi que vous ne vous montriez à personne pendant quinze jours au moins, pour faire croire à votre voyage. Ce sera très gentil et très mystère de nous rencontrer sans qu'on vous sache à Paris. Mais je ne puis vous recevoir en ce moment. Alors... je ne vois pas... »

Il se sentait rougir, et reprit :

« Je ne peux pas non plus vous prier d'entrer chez

moi. N'y aurait-il pas d'autres moyens, d'autres endroits ?... »

Elle ne fut ni surprise ni choquée, étant une femme de raison pratique, de logique élevée et sans fausse pudeur.

« Mais oui, dit-elle. Seulement il faut le temps d'y songer.

— J'y ai songé.

— Déjà ?

— Oui, Madame.

— Eh bien ?

— Connaissez-vous la rue des Vieux-Champs, à Auteuil ?

— Non.

— Elle donne dans la rue Tournemine et dans la rue Jean-de-Saulge.

— Après !

— Dans cette rue, ou plutôt dans cette ruelle, existe un jardin ; dans ce jardin, un pavillon ayant sortie également par les deux autres voies que je viens de citer.

— Après !

— Ce pavillon vous attend. »

Elle se mit à réfléchir, puis, toujours sans embarras, elle posa deux ou trois questions de prudence féminine. Il donna des explications, satisfaisantes paraît-il, car elle murmura en se levant :

« Eh bien ! j'irai demain.

— Quelle heure ?

— Trois heures.

— Je vous attendrai derrière la porte, au numéro sept. N'oubliez pas. Frappez seulement en passant.

— Oui, adieu mon ami, à demain.

— A demain. Adieu. Merci. Je vous adore ! »

Ils étaient debout.

« Ne m'accompagnez pas, dit-elle ; restez ici pendant dix minutes, et puis allez-vous-en par le quai.

— Adieu.

— Adieu. »

Elle partit très vite, avec un air si discret, si modeste, si pressé, qu'elle ressemblait vraiment tout à fait à une de ces fines et laborieuses filles de Paris qui trottent au matin par les rues, en allant à des besognes honnêtes.

Il se fit conduire à Auteuil, tourmenté par la crainte que le logis ne fût pas prêt le lendemain.

Mais il le trouva plein d'ouvriers. Les murs étaient couverts d'étoffes, les tapis posés sur les parquets. On frappait, on clouait, on lavait partout. Dans le jardin, assez vaste et coquet, débris d'un ancien parc, contenant quelques grands et vieux arbres, des bosquets épais simulant un bois, deux salles vertes, deux gazons et des chemins tournant à travers les massifs, l'horticulteur du voisinage avait déjà planté des rosiers, des œillets, des géraniums, du réséda, vingt autres sortes de ces plantes dont on hâte ou dont on retarde l'épanouissement avec des soins attentifs, afin de pouvoir faire en un seul jour un parterre fleuri d'un champ inculte.

Mariolle fut joyeux comme s'il venait de remporter un nouveau succès auprès d'elle, et, ayant obtenu le serment du tapissier que tous les meubles seraient en place le lendemain avant midi, il s'en alla, par divers magasins, acheter des bibelots pour fleurir aussi le dedans de cette demeure. Il choisit pour les murs ces admirables photographies qu'on fait aujourd'hui des tableaux célèbres, pour les cheminées et les tables des faïences de Deck[1] et quelques-uns de ces objets familiers que les femmes toujours aiment à trouver sous leur main.

Il dépensa dans sa journée deux mois de son

revenu, et il le fit avec un plaisir profond en songeant que depuis dix ans il avait sans cesse économisé, non par amour de l'épargne, mais par absence de besoins, ce qui lui permettait maintenant de se conduire en grand seigneur.

Dès le matin, le jour suivant, il revint à ce pavillon, présida à l'arrivée des meubles, à leur placement, suspendit lui-même les cadres, monta sur des échelles, brûla des parfums, en vaporisa sur les étoffes, en répandit sur le tapis. Dans sa fièvre, dans le ravissement excité de tout son être, il avait l'impression de faire la chose la plus amusante, la plus délicieuse qu'il eût jamais faite. A chaque minute, il regardait l'heure, calculait combien de temps le séparait encore du moment où elle entrerait, et il pressait les ouvriers, s'agitait pour trouver mieux, pour arranger et disposer les objets dans leur ordre le plus heureux.

Par prudence, avant deux heures il congédia tout le monde, et alors, pendant la marche lente des aiguilles parcourant le dernier tour du cadran, dans le silence de cette maison où il attendait le plus grand bonheur qu'il eût espéré, il savoura, seul avec son rêve, en allant et venant de la chambre au salon, parlant haut, imaginant, déraisonnant, la plus folle jouissance d'amour qu'il devait jamais goûter.

Puis il sortit au jardin. Les rayons de soleil tombaient sur l'herbe à travers les feuilles, éclairaient surtout d'une façon charmante une corbeille de roses. Le ciel se prêtait donc aussi à parer ce rendez-vous. Puis il s'embusqua contre la porte, qu'il entrouvrait par instants, par crainte qu'elle ne se trompât.

Trois heures sonnèrent, répétées aussitôt par dix horloges de couvents ou d'usines. Il attendait maintenant, sa montre à la main, et il tressaillit d'étonnement quand deux petits coups légers furent frappés contre le bois où il tenait collée son oreille, car il n'avait entendu aucun bruit de pas dans la ruelle.

Il ouvrit : c'était elle. Elle regardait, surprise. Elle inspecta d'abord, d'un coup d'œil inquiet, les maisons les plus voisines, et elle se rassura, car elle ne connaissait certainement personne parmi les bourgeois modestes qui devaient habiter là ; ensuite elle examina le jardin avec une curiosité satisfaite ; enfin elle posa le dos de ses deux mains, qu'elle venait de déganter, sur la bouche de son amant, puis elle prit son bras.

Elle répétait à chaque pas :

« Dieu ! que c'est joli ! que c'est inattendu ! que c'est séduisant ! »

Apercevant la plate-bande de roses que le soleil dans une trouée de branches, illuminait, elle s'écria :

« Mais c'est de la féerie, mon cher ami ! »

Elle en cueillit une, la baisa et la mit à son corsage. Alors ils entrèrent dans le pavillon ; et elle paraissait si contente qu'il avait envie de se mettre à genoux devant elle, bien qu'au fond du cœur il eût senti qu'elle aurait dû peut-être s'occuper plus de lui et moins du lieu. Elle regardait autour d'elle, agitée d'un plaisir de petite fille qui trouve et manie un jouet nouveau, et, sans trouble dans ce joli tombeau de sa vertu de femme, elle en appréciait l'élégance avec une satisfaction de connaisseur dont on a flatté les goûts. Elle avait craint, en venant, le logis banal, aux étoffes ternies, souillé par d'autres rendez-vous. Tout cela, au contraire, était neuf, imprévu, coquet, fait pour elle, et avait dû coûter fort cher. Il était vraiment parfait, cet homme.

Se tournant vers lui, elle souleva ses deux bras, par un ravissant geste d'appel, et ils s'étreignirent dans un de ces baisers aux yeux clos qui donnent l'étrange et double sensation du bonheur et du néant.

Ils eurent, dans l'impénétrable silence de cette retraite, trois heures de face à face, de corps à corps, de bouche à bouche, qui mêlèrent enfin pour André Mariolle l'ivresse des sens à l'ivresse de l'âme.

Avant de se quitter, ils firent un tour dans le jardin, et s'assirent en une des salles vertes où on ne pouvait les apercevoir de nulle part. André, plein d'exubérance, lui parlait comme à une idole qui venait de descendre pour lui de son piédestal sacré, et elle l'écoutait, alanguie par une de ces fatigues dont il avait vu souvent se refléter l'ennui dans ses yeux, après les visites trop longues de gens qui l'avaient lassée. Elle demeurait affectueuse pourtant, la figure éclairée d'un sourire tendre, un peu contraint, et, tenant sa main, elle la serrait d'une étreinte continue, plus irréfléchie peut-être que volontaire.

Elle ne devait point l'entendre, car elle l'interrompit au milieu d'une phrase pour lui dire :

« Il faut absolument que je m'en aille. Je dois être à six heures chez la marquise de Bratiane, et je vais y arriver fort en retard. »

Il la conduisit tout doucement à la porte qu'il lui avait ouverte à son entrée. Ils s'embrassèrent, et, après un coup d'œil furtif dans la rue, elle partit en rasant le mur.

Dès qu'il fut seul, qu'il sentit ce vide subit laissé en nous, après les étreintes, par la femme disparue, et la bizarre petite déchirure faite au cœur par la fuite des pas qui s'éloignent, il lui sembla qu'il était abandonné et solitaire, comme s'il n'avait rien pris d'elle ; et il se mit à marcher par les chemins sablés, en songeant à cette contradiction éternelle de l'espérance et de la réalité.

Il resta là jusqu'à la nuit, se rassérénant peu à peu, et se donnant à elle, de loin, plus assurément qu'elle ne s'était livrée à lui entre ses bras ; puis il rentra en son appartement, dîna sans remarquer ce qu'il mangeait, et se mit à lui écrire.

La journée du lendemain lui parut longue, et la soirée interminable. Il lui écrivit encore. Comment ne lui avait-elle rien répondu, rien fait dire ? Il reçut un court télégramme, le matin du second jour, lui fixant pour le jour suivant un nouveau rendez-vous à la même heure. Ce petit papier bleu le délivra soudain de ce mal d'attendre dont il commençait à souffrir.

Elle vint, comme la première fois, exacte, affectueuse et souriante ; et leur rencontre dans la petite maison d'Auteuil fut toute pareille à la première. André Mariolle, surpris d'abord et vaguement ému de ne pas sentir éclore entre eux l'extasiante passion dont il avait pressenti l'approche, mais plus sensuellement épris, oubliait doucement le songe de la possession attendue dans le bonheur un peu différent de la possession obtenue. Il s'attachait à elle par la caresse, lien redoutable, le plus fort de tous, le seul dont on ne se délivre jamais quand il a bien enlacé et quand il serre jusqu'au sang la chair d'un homme.

Vingt jours passèrent, si doux, si légers ! Il lui semblait que cela ne devait pas finir, qu'il resterait toujours ainsi, disparu pour tous et vivant pour elle seule, et, dans sa pensée entraînable d'artiste infécond, toujours rongé d'attentes, naissait un impossible espoir de vie discrète, heureuse et cachée.

Elle venait, de trois jours en trois jours, sans

résistances, attirée, semblait-il, autant par l'amusement de ce rendez-vous, par le charme de la petite maison devenue une serre de fleurs rares, et par la nouveauté de cette vie d'amour, à peine dangereuse, puisque personne n'avait le droit de la suivre, mais pleine de mystère cependant, que séduite par la tendresse prosternée et grandissante de son amant.

Puis un jour, elle lui dit :

« Maintenant, mon cher ami, il faut reparaître. Vous viendrez passer l'après-midi chez moi demain. J'ai annoncé que vous étiez revenu. »

Il fut navré :

« Oh ! pourquoi sitôt ? dit-il.

— Parce que, si on apprenait, par hasard, que vous êtes à Paris, votre présence ici serait trop inexplicable pour ne pas faire naître des suppositions. »

Il reconnut qu'elle avait raison, et promit de venir chez elle le lendemain. Il lui demanda ensuite :

« Vous recevez donc demain ?

— Oui, dit-elle. Il y a même chez moi une petite solennité. »

Cette nouvelle lui fut désagréable.

« Quelle genre de solennité ? »

Elle riait, enchantée.

« J'ai obtenu du Massival, au prix des plus grandes flagorneries, qu'il jouât chez moi sa *Didon*[1] que personne encore ne connaît. C'est le poème de l'amour antique. Mme de Bratiane, qui se considérait comme l'unique propriétaire de Massival, est exaspérée. Elle sera là d'ailleurs, car elle chante. Suis-je forte ?

— Vous aurez beaucoup de monde ?

— Oh ! non, quelques intimes seulement. Vous les connaissez presque tous.

— Ne puis-je me dispenser de cette fête ? Je suis si heureux dans ma solitude.

— Oh ! non, mon ami. Comprenez donc que je tiens à vous avant tout. »

Il eut un battement de cœur.

« Merci, dit-il, je viendrai. »

III

« Bonjour, cher Monsieur. »

Mariolle remarqua que ce n'était plus le « cher ami » d'Auteuil, et la poignée de main fut courte, une pression hâtive de femme occupée, agitée, en pleines fonctions mondaines. Il entra dans le salon pendant que Mme de Burne s'avançait vers la toute belle Mme Le Prieur que ses décolletages hardis et ses prétentions aux formes sculpturales avaient fait surnommer un peu ironiquement « la Déesse ». Elle était femme d'un membre de l'Institut, section des Inscriptions et Belles-Lettres.

« Ah, Mariolle, s'écria Lamarthe, d'où sortez-vous donc, mon cher ? On vous croyait mort.

— Je viens de faire un voyage dans le Finistère. »

Il racontait ses impressions, quand le romancier l'interrompit :

« Est-ce que vous connaissez la baronne de Frémines ?

— Non, de vue seulement ; mais on m'a beaucoup parlé d'elle. On la dit fort curieuse.

— L'archiduchesse des détraquées, mais avec

une saveur, un bouquet de modernité[1] exquis. Venez que je vous présente. »

Le prenant par le bras, il l'entraîna vers une jeune femme qu'on comparait toujours à une poupée, une pâle et ravissante petite poupée blonde, inventée et créée par le diable lui-même pour la damnation des grands enfants à barbe ! Elle avait des yeux longs, minces, fendus, un peu retroussés, semblait-il, vers les tempes, comme ceux de la race chinoise ; leur regard d'émail bleu glissait entre les paupières, qui s'ouvraient rarement tout à fait, de lentes paupières, faites pour voiler, pour retomber sans cesse sur le mystère de cette créature.

Les cheveux, très clairs, luisaient de reflets argentés de soie, et la bouche fine, aux lèvres étroites, semblait dessinée par un miniaturiste, puis creusée par la main légère d'un ciseleur. La voix qui sortait de là avait des vibrations de cristal, et les idées imprévues, mordantes, d'un tour particulier, méchant et drôle, d'un charme destructeur, la séduction corruptrice et froide, la complication tranquille de cette gamine névrosée, troublaient son entourage de passions et d'agitations violentes. Elle était connue de tout Paris comme la plus extravagante des mondaines du vrai monde, la plus spirituelle aussi ; mais personne ne savait au juste ce qu'elle était, ce qu'elle pensait, ce qu'elle faisait. Elle dominait en général les hommes avec une puissance irrésistible. Son mari également demeurait une énigme. Affable et grand seigneur, il semblait ne rien voir. Était-il aveugle, indifférent ou complaisant ? Peut-être n'avait-il vraiment autre chose à voir que des excentricités qui, sans doute, l'amusaient lui-même. Toutes les opinions d'ailleurs se donnaient cours sur lui. Des bruits très méchants couraient. On allait jusqu'à insinuer qu'il profitait des vices secrets de sa femme.

Entre Mme de Burne et elle, il y avait des attirances de nature et des jalousies féroces, des périodes d'intimité suivies par des crises d'inimitié furieuse. Elles se plaisaient, se redoutaient et se recherchaient, comme deux duellistes de profession qui s'apprécient et désirent se tuer.

La baronne de Frémines, en ce moment, triomphait. Elle venait de remporter une victoire, une grande victoire : elle avait conquis Lamarthe ; elle l'avait pris à sa rivale, détaché et cueilli pour le domestiquer ostensiblement parmi ses suivants attitrés. Le romancier semblait épris, intrigué, charmé et stupéfait de tout ce qu'il avait découvert dans cette créature invraisemblable, et il ne pouvait s'empêcher de parler d'elle à tout le monde, ce dont on jasait déjà.

Au moment où il présentait Mariolle, le regard de Mme de Burne tomba sur lui de l'autre bout du salon et il sourit, en murmurant à l'oreille de son ami :

« Regardez donc la Souveraine d'ici qui n'est pas contente. »

André leva les yeux ; mais Mme de Burne se retournait vers Massival, apparu sous la portière soulevée.

Il fut suivi presque immédiatement par la marquise de Bratiane ; ce qui fit dire à Lamarthe :

« Tiens ! nous n'aurons qu'une seconde audition de *Didon* ; la première a dû avoir lieu dans le coupé de la marquise. »

Mme de Frémines ajouta :

« La collection de notre amie de Burne perd vraiment ses plus beaux joyaux. »

Une colère, une sorte de haine contre cette femme, s'éveilla brusquement au cœur de Mariolle, et une irritation subite contre tout ce monde, contre la vie de ces gens, leurs idées, leurs goûts, leurs penchants futiles, leurs amusements de pantins. Alors, profitant de ce que Lamarthe s'était penché pour parler bas à la jeune femme, il tourna le dos et s'éloigna.

La belle Mme Le Prieur se trouvait seule, à quelques pas devant lui. Il alla la saluer. D'après Lamarthe, celle-là représentait l'ancien jeu dans ce milieu d'avant-garde. Jeune, grande, jolie, avec des traits fort réguliers, avec des cheveux châtains où couraient des nuances de feu, affable, captivante par son charme tranquille et bienveillant, par une coquetterie calme et savante aussi, par un grand désir de plaire dissimulé sous des dehors de sincère et simple affection, elle avait des partisans déterminés, qu'elle se gardait bien d'exposer à des rivalités dangereuses. Sa maison passait pour un cercle d'étroite intimité, où tous les habitués d'ailleurs vantaient avec ensemble les mérites du mari.

Elle et Mariolle se mirent à causer. Elle appréciait beaucoup cet homme intelligent et réservé, dont on parlait peu et qui valait peut-être mieux que les autres.

Les derniers invités entraient. Le gros Fresnel, essoufflé, essuyant encore d'un dernier effleurement de mouchoir son front toujours tiède et luisant, le philosophe mondain Georges de Maltry, puis, ensemble le baron de Gravil et le comte de Marantin. M. de Pradon faisait avec sa fille les honneurs de cette matinée. Il fut plein d'attentions pour Mariolle. Mais Mariolle, le cœur serré, la regardait aller, venir, s'occuper de tout ce monde plus que de lui. Deux fois, il est vrai, elle lui avait jeté de loin des regards rapides qui semblaient dire : « Je pense à vous », mais si courts qu'il s'était peut-être mépris sur leur sens. Et puis il ne pouvait plus ne pas voir que l'assiduité agressive de Lamarthe pour Mme de Frémines irritait Mme de Burne. « Ce n'est là, pensait-il, que du dépit de coquette, de la jalousie de salonnière à qui on a volé un bibelot rare. » Il en souffrait déjà pourtant ; il souffrait surtout de constater qu'elle les regardait sans cesse d'une façon furtive et dissimulée, et qu'elle ne s'inquiétait nullement de le voir, lui, assis près de Mme Le Prieur. C'est qu'elle le tenait, elle en était sûre, tandis que l'autre lui échappait. Alors qu'était donc pour elle déjà cet amour, leur amour né d'hier, et qui ne laissait survivre en lui aucune autre idée ?

M. de Pradon demandait le silence, et Massival ouvrait le piano, dont Mme de Bratiane s'approchait en ôtant ses gants, car elle allait chanter les transports de Didon, quand la porte s'ouvrit encore une fois, et un jeune homme parut qui fixa tous les yeux. Il était grand, svelte, avec des favoris frisés, des cheveux blonds, courts et bouclés, un air absolument aristocrate. Mme Le Prieur elle-même semblait émue.

« Qui est-ce ? lui demanda Mariolle.

— Comment ! vous ne le connaissez pas ?

— Mais non.

— Le comte Rodolphe de Bernhaus.

— Ah ! celui qui s'est battu avec Sigismond Fabre.

— Oui. »

L'histoire avait fait grand bruit. Le comte de Bernhaus, conseiller de l'ambassade d'Autriche, diplomate du plus grand avenir, un Bismarck élégant, disait-on, ayant entendu, dans une réception officielle, un mot malsonnant sur sa souveraine, se battit le surlendemain avec celui qui l'avait prononcé, escrimeur célèbre, et le tua. Après ce duel par qui l'opinion publique avait été ravagée, le comte de Bernhaus acquit du jour au lendemain une célébrité à la Sarah Bernhardt, avec cette différence que son nom apparaissait dans une auréole de poésie chevaleresque. Il était, en outre, charmant, agréable causeur, excellemment distingué. Lamarthe disait de lui : « C'est le dompteur de nos belles féroces. »

Il s'assit auprès de Mme de Burne avec un air très galant, et Massival prit place devant le clavier, où ses doigts coururent quelques instants.

Presque tous les auditeurs changèrent de sièges, se rapprochèrent, de façon à bien entendre et à bien voir en même temps la chanteuse. Lamarthe se retrouva près de Mariolle épaule contre épaule.

Il y eut un grand silence plein d'attente, d'attention et de respect ; puis le musicien commença par une lente, une très lente succession de notes qui avaient l'air d'un récit musical. Il y avait des pauses, des reprises légères, des séries de petites phrases, tantôt languissantes, tantôt nerveuses, inquiètes semblait-il, mais d'une originalité imprévue. Mariolle rêvait. Il voyait une femme, la reine de Carthage, dans la force de sa jeunesse mûre et de sa beauté pleinement éclose, marchant à petits pas sur une côte baignée par la mer. Il devinait qu'elle souffrait, qu'elle avait dans l'âme un grand malheur ; et il examinait Mme de Bratiane.

Immobile, pâle sous ses pesants cheveux noirs, qui semblaient avoir été trempés dans la nuit, l'Italienne, le regard fixe devant elle, attendait. Il y avait dans son visage énergique, un peu dur, que ses yeux et ses sourcils marquaient comme des taches, dans tout son être brun, puissant et passionné, quelque chose de saisissant, une de ces menaces d'orage qu'on devine dans les ciels sombres.

Massival continuait, en balançant un peu sa tête

aux longs cheveux, l'histoire poignante qu'il contait sur les sonores touches d'ivoire.

Soudain un frisson parcourut la chanteuse ; elle entrouvrit la bouche, et il en sortit une plainte d'angoisse interminable et déchirante. Ce n'était point une de ces clameurs de désespoir tragique que les chanteurs exhalent sur la scène avec des gestes dramatiques, ce n'était pas non plus un de ces beaux gémissements d'amour trompé qui font éclater une salle en bravos, mais un inexprimable cri, sorti de la chair et non de l'âme, poussé comme un hurlement de bête écrasée, le cri de l'animal féminin trahi. Puis elle se tut ; et Massival recommença, vibrante, plus animée, plus tourmentée, l'histoire de cette misérable reine qu'un homme aimé avait abandonnée.

Alors, de nouveau, la voix de la femme s'éleva. Elle parlait maintenant, elle disait l'intolérable torture de la solitude, l'inapaisable soif des caresses enfuies et le supplice de savoir qu'Il est parti pour toujours.

Sa voix chaude et vibrante faisait tressaillir les cœurs. Elle semblait souffrir tout ce qu'elle disait, aimer ou du moins être capable d'aimer d'une ardeur furieuse, cette sombre Italienne avec sa chevelure de ténèbres. Quand elle se tut, elle avait les yeux pleins de larmes, et elle les essuya lentement. Lamarthe, penché vers Mariolle, et tout frémissant d'exaltation artiste, lui dit :

« Dieu ! qu'elle est belle en ce moment, mon cher : c'est une femme, la seule qui soit ici. »

Puis, après une courte réflexion, il ajouta :

« Au fait, qui sait ? Il n'y a peut-être là qu'un mirage de la musique, car rien n'existe que l'illusion ! Mais quel art pour en donner des illusions, celui-là, et toutes les illusions ! »

Il y eut alors un repos entre la première et la deuxième partie du poème musical, et on félicita chaudement le compositeur et son interprète. Lamarthe surtout fut très ardent dans ses compliments, et il était vraiment sincère, en homme doué pour sentir, pour comprendre, et que touchent également toutes les formes exprimées de la beauté. La façon dont il dit à Mme de Bratiane ce qu'il avait éprouvé en l'écoutant fut flatteur à la faire un peu rougir ; et les autres femmes qui l'entendirent en conçurent quelque dépit. Il n'était peut-être pas inconscient de l'effet qu'il avait produit. Quand il se retourna pour reprendre sa place, il aperçut le comte Rodolphe de Bernhaus qui s'asseyait auprès de Mme de Frémines. Elle eut l'air tout de suite de lui faire des confidences, et ils souriaient l'un et l'autre comme si cette causerie intime les eût enchantés et ravis. Mariolle, de plus en plus morne, était debout contre une porte. Le romancier alla le rejoindre. Le gros Fresnel, Georges de Maltry, le baron de Gravil et le comte de Marantin entouraient Mme de Burne, qui, debout, offrait du thé. Elle semblait enfermée dans une couronne d'adorateurs. Lamarthe le fit remarquer ironiquement à son ami, et il ajouta :

« Une couronne sans joyaux d'ailleurs, et je suis certain qu'elle donnerait tous ces cailloux du Rhin pour le brillant qui lui manque.

— Quel brillant ? demanda Mariolle.

— Mais Bernhaus, le beau, l'irrésistible, l'incomparable Bernhaus, celui pour qui cette fête est donnée, pour qui on a fait ce miracle de décider Massival à faire chanter ici sa *Didon* florentine. »

André, bien qu'incrédule, se sentit étreint par un poignant chagrin.

« Y a-t-il longtemps qu'elle le connaît ? dit-il.

— Oh ! non, dix jours tout au plus. Mais elle en a fait des efforts pendant cette courte campagne, et de la tactique de conquérante. Si vous aviez été ici, vous auriez bien ri.

— Ah ! pourquoi donc ?

— Elle l'a rencontré pour la première fois chez Mme de Frémines. J'y dînais ce soir-là. Bernhaus est très bien dans cette maison, comme vous pouvez voir ; il suffit de le regarder en ce moment ; et voilà, à la minute même qui suivit leur double salut, notre belle amie de Burne partie en guerre à la conquête de l'unique Autrichien. Et elle réussit, elle réussira, bien que la petite Frémines lui soit bien supérieure en rosserie, en indifférence réelle et en perversité peut-être. Mais notre amie de Burne est plus savante en coquetterie, plus femme, j'entends femme moderne, c'est-à-dire irrésistible par l'artifice de séduction qui remplace chez elle l'ancien charme naturel. Et ce n'est pas encore l'artifice qu'il faudrait dire, mais l'esthétique, le sens profond de l'esthétique féminin. Toute sa puissance est là. Elle se connaît admirablement, parce qu'elle se plaît à elle-même plus que tout, et elle ne se trompe jamais sur le meilleur moyen de conquérir un homme et de se mettre en valeur pour nous capter. »

Mariolle protesta.

« Je crois que vous exagérez ; avec moi elle a été toujours fort simple !

— Parce que la simplicité est le truc qui vous convient. D'ailleurs, je n'en veux pas dire de mal ; je la trouve supérieure à presque toutes ses semblables. Mais ce ne sont pas des femmes. »

Quelques accords de Massival les firent taire, et Mme de Bratiane chanta la seconde partie du poème, où elle fut vraiment une Didon superbe de passion physique et de désespoir sensuel.

Mais Lamarthe ne quittait pas des yeux le tête-à-tête de Mme de Frémines et du comte de Bernhaus.

Dès que la dernière vibration du piano se fut perdue dans les applaudissements, il reprit, irrité comme s'il eût continué une discussion, comme s'il eût répondu à quelque adversaire :

« Non, ce ne sont pas des femmes. Les plus honnêtes d'entre elles sont des rosses inconscientes. Plus je les connais, moins je trouve en elles cette sensation d'ivresse douce qu'une vraie femme doit nous donner. Elles grisent aussi, mais en exaspérant les nerfs, car elles sont frelatées. Oh ! c'est très bon à déguster, mais ça ne vaut pas le vrai vin d'autrefois. Voyez-vous, mon cher, la femme n'est créée et venue en ce monde que pour deux choses, qui seules peuvent faire épanouir ses vraies, ses grandes, ses excellentes qualités : l'amour et l'enfant. Je parle comme M. Prudhomme. Or celles-ci sont incapables d'amour, et elles ne veulent pas d'enfants ; quand elles en ont, par maladresse, c'est un malheur, puis un fardeau. En vérité, ce sont des monstres. »

Étonné du ton violent qu'avait pris l'écrivain et du regard de colère qui brillait dans ses yeux, Mariolle lui demanda :

« Alors, pourquoi passez-vous la moitié de votre vie dans leurs jupes ? »

Lamarthe répondit avec vivacité :

« Pourquoi ? Pourquoi ? Mais parce que ça m'intéresse, parbleu ! Et puis... et puis... allez-vous défendre aux médecins d'entrer dans les hôpitaux regarder des maladies ? C'est ma clinique à moi, ces femmes-là. »

Cette réflexion parut l'avoir calmé. Il ajouta :

« Puis, je les adore parce qu'elles sont bien d'aujourd'hui. Au fond je ne suis guère plus un homme qu'elles ne sont des femmes. Quand je me suis à peu près attaché à l'une d'elles, je m'amuse à découvrir et à examiner tout ce qui m'en détache avec une curiosité de chimiste qui s'empoisonne pour expérimenter des venins. »

Après un silence il reprit encore :

« De cette façon je ne serai jamais vraiment pincé par elles. Je joue leur jeu, aussi bien qu'elles, mieux qu'elles peut-être, et ça me sert pour mes livres, tandis que ça ne leur sert à rien, à elles, ce qu'elles font. Sont-elles bêtes ! Toutes des ratées, de délicieuses ratées qui n'arrivent, quand elles sont sensibles à leur manière, qu'à crever de chagrin en vieillissant. »

En l'écoutant, Mariolle sentait tomber sur lui une de ces tristesses pareilles aux humides mélancolies dont les pluies continues assombrissent la terre. Il savait bien qu'en général l'homme de lettres n'avait pas tort, mais il ne pouvait admettre qu'il eût tout à fait raison.

Alors, un peu irrité, il discuta, non pas tant pour défendre les femmes que pour découvrir les causes de leur mobilité désenchantée dans la littérature contemporaine.

« Au temps où les romanciers et les poètes les exaltaient et les faisaient rêver, disait-il, elles cherchaient et croyaient trouver dans la vie l'équivalent de ce que leur cœur avait pressenti dans leurs lectures. Aujourd'hui, vous vous obstinez à supprimer toutes les apparences poétiques et séduisantes, pour ne montrer que les réalités désillusionnantes. Or, mon cher, plus d'amour dans les livres, plus d'amour dans la vie. Vous étiez des inventeurs d'idéal, elles croyaient à vos inventions. Vous n'êtes maintenant que des évocateurs de réalités précises et derrière vous elles se sont mises à croire à la vulgarité de tout. »

Lamarthe, qu'amusaient toujours les discussions littéraires, commençait une dissertation quand Mme de Burne s'approcha d'eux.

Elle était vraiment dans un de ses beaux jours, habillée à ravir les yeux, avec cet air hardi et provocant que lui donnait la sensation de la lutte. Elle s'assit :

« Voilà ce que j'aime, dit-elle : surprendre deux hommes qui causent, sans qu'ils parlent pour moi. Vous êtes d'ailleurs les deux seuls intéressants à entendre ici. Sur quoi discutez-vous ? »

Lamarthe, sans embarras et d'un ton de gouaillerie galante, lui révéla la question soulevée. Puis il reprit ses arguments avec une verve accentuée par le désir de parade qui excite devant les femmes tous les buveurs de gloire.

Elle s'amusa tout de suite du motif de cette querelle, et, excitée elle-même par ce sujet, y prit part, en défendant les femmes modernes avec beaucoup d'esprit, de finesse et d'à-propos. Quelques phrases, incompréhensibles pour le romancier, sur la fidélité et l'attachement dont les plus suspectes pouvaient être capables, firent battre le cœur de Mariolle, et, quand elle fut partie pour aller s'asseoir à côté de Mme de Frémines, qui avait gardé près d'elle obstinément le comte de Bernhaus, Lamarthe et Mariolle, séduits par tout ce qu'elle leur avait montré de science féminine et de grâce, se déclarèrent l'un à l'autre qu'elle était incontestablement exquise.

« Et regardez-la ! » dit l'écrivain.

C'était le grand duel. De quoi parlaient-ils, à présent, l'Autrichien et les deux femmes ? Mme de Burne était arrivée juste au moment où le tête-à-tête trop prolongé de deux personnes, même quand elles se plaisent, devient monotone ; et elle le rompait en racontant d'un air indigné tout ce qu'elle venait d'entendre dans la bouche de Lamarthe. Tout cela certes pouvait s'appliquer à Mme de Frémines, tout cela venait de sa plus récente conquête, tout cela était répété devant un homme très fin qui savait tout comprendre. Le feu de nouveau prit à cette question éternelle de l'amour ; et la maîtresse de maison fit signe à Lamarthe et à Mariolle de les rejoindre. Puis, comme les voix s'élevaient, elle appela tout le monde.

Une discussion générale suivit, gaie et passionnée, où chacun dit son mot, et où Mme de Burne trouva le moyen d'être la plus fine et la plus amusante, en laissant traîner du sentiment, peut-être factice, en de drolatiques opinions, car elle était vraiment dans un jour de succès, plus animée, intelligente et jolie qu'elle n'avait jamais été.

IV

Dès qu'André Mariolle eut quitté Mme de Burne, le charme mordant de sa présence s'évanouissant, il sentit en lui et autour de lui, dans sa chair, dans son âme, dans l'air et dans le monde entier une espèce de disparition de ce bonheur de vivre qui le soutenait et l'animait depuis quelque temps.

Que s'était-il passé ? Rien, presque rien. Elle avait été charmante pour lui à la fin de cette réunion, lui disant, par un ou deux regards : « Il n'y a que vous ici pour moi. » Et pourtant il sentait qu'elle venait de lui faire des révélations qu'il aurait voulu toujours ignorer. Cela aussi n'était rien, presque rien ; et il demeurait cependant stupéfait comme un homme qui découvre de sa mère ou de son père une action suspecte, en apprenant que, depuis ces vingt jours, pendant ces vingt jours qu'il avait cru donnés entièrement, voués par elle, comme par lui, minute par minute, au sentiment si neuf et si vif de leur tendresse éclose, elle avait repris son existence ancienne, fait tant de visites, de démarches, de projets, recommencé ces odieuses luttes de galanterie, combattu ses rivales, pourchassé des hommes, reçu avec plaisir des compliments, et déployé toutes ses grâces pour d'autres que pour lui.

Déjà ! Elle avait fait tout cela, déjà ! Oh ! plus tard, il n'aurait pas été surpris. Il connaissait le monde, les femmes, les sentiments, il n'aurait jamais eu, étant assez intelligent pour tout comprendre, des exigences excessives, ni des inquiétudes ombrageuses. Elle était belle, née, faite pour plaire, pour recevoir des hommages, et entendre des fadeurs. Parmi tous elle l'avait choisi, s'était donnée hardiment, royalement. Il serait demeuré, il demeurerait quand même le serviteur reconnaissant de ses caprices et le spectateur résigné de sa vie de jolie femme. Mais quelque chose souffrait en lui, dans cette espèce de caverne obscure du fond de l'âme où sont blotties les sensibilités délicates.

Il avait tort sans doute, et il avait toujours eu tort ainsi depuis qu'il se connaissait. Il passait dans le monde avec trop de prudence sentimentale. La peau de son âme était trop tendre. De là l'espèce d'isolement dans lequel il avait vécu, par crainte des contacts et des froissements. Il avait tort, car ces froissements viennent presque toujours de ce qu'on n'admet pas, de ce qu'on ne tolère point chez les autres une nature très différente de la nôtre. Il le savait, l'ayant souvent observé ; mais il ne pouvait non plus modifier la vibration spéciale de son être.

Certes, il n'avait rien à reprocher à Mme de Burne ; car, si elle l'avait tenu éloigné de son salon et caché pendant ces jours de bonheur donné par elle, c'était pour égarer les regards, tromper les surveillances, être à lui plus sûrement ensuite. Pourquoi donc cette peine entrée en son cœur ? Ah ! pourquoi ? C'est qu'il l'avait crue à lui tout entière, et il venait de reconnaître, de deviner qu'il ne pourrait jamais saisir et posséder la si grande surface de cette femme qui appartenait à tout le monde.

Il savait d'ailleurs fort bien que toute la vie est faite d'à-peu-près, et il s'y était jusqu'ici résigné, cachant son mécontentement des satisfactions insuffisantes sous une sauvagerie volontaire. Mais il avait pensé cette fois qu'il allait obtenir enfin le « tout à fait » sans cesse espéré, sans cesse attendu. Le « tout à fait » n'est point de ce monde.

Sa soirée fut mélancolique, et il se consolait par des raisonnements de l'impression pénible qu'il avait éprouvée.

Quand il fut au lit, cette impression, au lieu de diminuer, s'accrut, et, comme il ne laissait en lui rien d'inexploré, il chercha les moindres origines des malaises nouveaux de son cœur. Ils passaient, s'en allaient, revenaient comme de petits souffles de vent glacé, éveillant en son amour une souffrance encore faible, lointaine, mais inquiétante à la façon de ces vagues névralgies que fait naître un courant d'air, menaces du mal aux horribles crises.

Il comprit d'abord qu'il était jaloux, non plus seulement comme un amoureux exalté, mais comme un mâle qui possède. Tant qu'il ne l'avait pas revue au milieu des hommes, de ses hommes, il avait ignoré cette sensation, tout en la prévoyant un peu, mais en la supposant différente, très différente de ce qu'elle allait devenir. En retrouvant la maîtresse qu'il supposait occupée de lui seul pendant ces jours de rendez-vous secrets et fréquents, pendant cette période des premières étreintes qui aurait dû être toute d'isolement et d'émotion ardente, en la retrouvant, autant et plus même qu'avant de se donner, amusée et passionnée par toutes ces anciennes et futiles coquetteries, par ce gaspillage de sa personne à tout venant, qui ne devait pas laisser grand-chose d'elle-même au préféré, il se sentit jaloux encore plus par la chair que par l'âme, non pas d'une façon vague, comme d'une fièvre qui couve, mais d'une façon précise, car il douta d'elle.

Il douta d'abord par l'instinct, par une sensation de méfiance glissée en ses veines plus qu'en sa pensée, par ce mécontentement presque physique de l'homme qui n'est pas sûr de sa compagne. Après avoir douté ainsi, il soupçonna.

Qu'était-il pour elle, après tout ? Un premier amant, ou le dixième ? Le successeur direct du mari M. de Burne, ou le successeur de Lamarthe, de Massival, de Georges de Maltry, et le prédécesseur du comte de Bernhaus, peut-être ? Que savait-il d'elle ? Qu'elle était jolie à ravir, élégante plus qu'aucune autre, intelligente, fine, spirituelle, mais changeante, vite lassée, fatiguée, dégoûtée, éprise d'elle-même avant tout et insatiablement coquette. Avait-elle eu un amant — ou des amants avant lui ? Si elle n'en avait pas eu, se serait-elle donnée avec cette crânerie ? Où aurait-elle pris l'audace d'ouvrir la porte de sa chambre, la nuit, dans une auberge ? Serait-elle venue ensuite avec cette facilité dans la maison d'Auteuil ? Avant de s'y rendre, elle avait posé seulement quelques questions de femme expérimentée et prudente. Il avait répondu en homme circonspect, accoutumé à ces rencontres ; et aussitôt elle avait dit « oui », confiante, rassurée, renseignée probablement par des aventures précédentes.

Comme elle avait frappé avec une autorité discrète, à cette petite porte derrière laquelle il attendait lui, défaillant, le cœur battant ! Comme elle était entrée sans émotion visible, préoccupée uniquement de constater si on ne pouvait pas la reconnaître des maisons voisines ! Comme elle s'était sentie chez elle, tout de suite, en ce logis suspect, loué et meublé pour ses abandons ! Une femme, même hardie, supérieure aux morales, dédaigneuse des préjugés, aurait-elle gardé cette tranquillité en pénétrant, novice, dans tout l'inconnu du premier rendez-vous ?

Le trouble mental, les hésitations physiques, la crainte instinctive des pieds qui ne savent pas où ils vont, n'aurait-elle pas senti tout cela si elle n'était point un peu experte en ces excursions d'amour, et si la pratique de ces choses n'avait usé déjà sa native pudeur ?

Enfiévré de cette fièvre irritante, intolérable, que les peines de l'âme éveillent dans la chaleur du lit, Mariolle s'agitait, entraîné comme un homme qui glisse sur une pente par l'enchaînement de ses suppositions. Parfois il essayait d'en arrêter la marche et d'en briser la suite ; il cherchait, il trouvait, il savourait des réflexions justes et rassurantes ; mais un germe de peur était en lui dont il ne pouvait entraver l'accroît.

Pourtant qu'avait-il à lui reprocher ? Rien autre chose que de n'être pas toute pareille à lui, de ne pas comprendre la vie comme lui, et de n'avoir pas dans le cœur un instrument de sensibilité tout à fait d'accord avec le sien.

Dès son réveil le lendemain, le désir de la revoir, de fortifier près d'elle sa confiance en elle grandit en lui comme une faim, et il attendit le moment convenable pour lui faire sa première visite officielle.

En le voyant entrer dans le salon des intimes, où, seule, elle écrivait quelques lettres, elle vint à lui les deux mains tendues :

« Ah ! bonjour, cher ami », dit-elle, avec un air de joie si vive et si sincère que tout ce qu'il avait pensé d'odieux, dont l'ombre flottait encore en son esprit, s'évapora sous cet accueil.

Il s'assit près d'elle, et il lui parla tout de suite de la façon dont il l'aimait, car ce n'était plus la même chose qu'avant. Il lui fit comprendre avec tendresse qu'il y a sur la terre deux races d'amoureux : ceux qui désirent comme des fous et dont l'ardeur s'affaiblit au lendemain du triomphe, et ceux que la possession asservit et capture, en qui l'amour sensuel, se mêlant aux immatériels et inexprimables appels que le cœur de l'homme jette parfois vers une femme, fait éclore la grande servitude de l'amour complet et torturant.

Torturant, certes, et toujours, quelque heureux qu'il soit, car rien ne rassasie, même aux heures les plus intimes, le besoin d'Elle que nous portons en nous.

Mme de Burne l'écoutait charmée, reconnaissante, et s'exaltant à l'entendre, s'exaltant comme au théâtre lorsqu'un acteur joue puissamment son rôle, et que ce rôle nous émeut par l'éveil d'un écho dans notre propre vie. C'était bien un écho, l'écho troublant d'une passion sincère ; mais ce n'était pas en elle que criait cette passion. Pourtant elle se sentait si contente d'avoir fait naître ce sentiment-là, si contente que ce fût dans un homme capable de l'exprimer ainsi, dans un homme qui lui plaisait décidément beaucoup, à qui elle s'attachait vraiment, dont elle avait de plus en plus besoin, non pour son corps, non pour sa chair, mais pour son mystérieux être féminin si avide de tendresse, d'hommages, d'asservissements, si contente, qu'elle avait envie de l'embrasser, de lui donner sa bouche, de se donner toute, pour qu'il continuât à l'adorer ainsi.

Elle lui répondit sans feinte et sans pruderie, avec

l'adresse profonde dont certaines femmes sont douées, en lui montrant qu'il avait fait aussi, en son cœur à elle, de grands progrès. Et, dans le salon, où par hasard, ce jour-là, personne ne vint jusqu'au crépuscule, ils demeurèrent en tête-à-tête à se parler de la même chose, en se caressant avec des mots qui n'avaient point le même sens pour leurs âmes.

On avait apporté les lampes quand Mme de Bratiane parut. Mariolle se retira, et, comme Mme de Burne l'accompagnait dans le premier salon, il lui demanda :

« Quand vous verrai-je là-bas ?

— Voulez-vous vendredi ?

— Mais oui. Quelle heure ?

— La même. Trois heures.

— A vendredi. Adieu. Je vous adore ! »

Pendant les deux jours d'attente qui le séparaient de ce rendez-vous, il découvrit, il sentit l'impression du vide qu'il n'avait jamais éprouvée ainsi. Une femme lui manquait, et rien qu'elle n'existait plus. Et, comme cette femme n'était pas loin, était trouvable, que de simples conventions sociales l'empêchaient de la rejoindre à tout instant, même de vivre près d'elle, il s'exaspérait dans sa solitude, dans l'interminable écoulement des moments qui passent parfois si lentement, de cette impossibilité absolue d'une chose si facile.

Il arriva au rendez-vous le vendredi, trois heures trop tôt ; mais attendre là où elle viendrait lui plaisait, soulageait son énervement, après avoir tant souffert déjà de l'attendre mentalement en des lieux où elle ne viendrait point.

Il s'installa près de la porte longtemps avant qu'eussent tinté les trois coups tant désirés, et, lorsqu'il les eut entendus, il commença à frémir d'impatience. Le quart sonna. Il regarda dans la ruelle, prudemment, en glissant sa tête entre le battant et le portant. Elle était déserte d'un bout à l'autre. Les minutes devenaient pour lui d'une lenteur torturante. Il tirait sans répit sa montre, et, lorsque l'aiguille eut atteint la demie, il avait dans l'âme l'impression d'être debout à cette place depuis un temps incalculable. Il perçut soudain un bruit léger sur les pavés, et les petits coups frappés par le doigt ganté sur le bois, lui faisant oublier son angoisse, l'émurent de reconnaissance pour elle.

Un peu essoufflée, elle demanda :

« Je suis bien en retard ?

— Non, pas trop.

— Figurez-vous que j'ai failli ne pas pouvoir venir. Ma maison était pleine, et je ne savais comment m'y prendre pour mettre tout ce monde à la porte. Dites-moi, êtes-vous sous votre nom ici ?

— Non. Pourquoi cette question ?

— Afin de pouvoir vous envoyer une dépêche si j'avais un empêchement invincible.

— Je m'appelle M. Nicolle.

— Très bien. Je ne l'oublierai pas. Dieu ! qu'il fait bon dans ce jardin ! »

Les fleurs, entretenues, renouvelées, multipliées par le jardinier qui voyait son client payer très cher sans résistance, bariolaient le gazon de cinq grandes taches parfumées.

S'arrêtant devant un banc, contre une corbeille d'héliotropes :

« Asseyons-nous un peu ici, dit-elle ; je vais vous raconter une histoire très drôle. »

Et elle raconta un potin[1] tout chaud dont elle était encore émue. On disait que Mme Massival, l'ancienne maîtresse épousée par l'artiste, exaspérée de jalousie, avait pénétré chez Mme de Bratiane au milieu d'une soirée, pendant que la marquise chantait, accompagnée par le compositeur, et avait fait une scène épouvantable : d'où fureur de l'Italienne, surprise et joie des invités.

Massival, affolé, essaya d'emmener, d'entraîner sa femme qui le frappait au visage, lui arrachait la barbe et les cheveux, le mordait et déchirait ses vêtements. Cramponnée à lui, elle l'immobilisait, tandis que Lamarthe et deux domestiques, survenus au bruit, s'efforçaient de l'arracher aux griffes et aux dents de cette furie.

Le calme ne se rétablit qu'après le départ du ménage. Depuis ce moment, le musicien était demeuré invisible, tandis que le romancier témoin de cette scène la racontait partout avec une fantaisie très spirituelle et amusante.

Mme de Burne en était fort agitée, tellement préoccupée que rien ne l'en pouvait distraire. Les noms de Massival et de Lamarthe, revenus sans cesse sur ses lèvres, agaçaient Mariolle.

« C'est tout à l'heure que vous avez appris cela ? dit-il.

— Mais oui, il y a une heure à peine. »

Il pensa avec amertume : « Et voilà pourquoi elle est en retard. »

Puis il demanda :

« Entrons-nous ? »

Docile et distraite, elle murmura encore :

« Mais oui. »

Quand elle l'eut quitté, une heure plus tard, car elle était fort pressée, il retourna seul dans la petite maison solitaire et s'assit sur une chaise basse, dans leur chambre. En tout son être, en toute son âme, l'impression de ne l'avoir pas plus possédée que si elle n'était point venue laissait une sorte de trou noir au fond duquel il regardait. Il n'y voyait rien : il ne comprenait pas ; il ne comprenait plus. Si elle n'avait point échappé à son baiser, elle venait du moins d'échapper à l'embrassement de sa tendresse par une absence mystérieuse de la volonté d'être à lui. Elle ne s'était pas refusée, elle ne s'était pas dérobée. Mais il semblait que son cœur ne fût point entré avec elle. Il était resté quelque part, très loin, flânant, distrait par de petites choses.

Il s'aperçut alors clairement qu'il l'aimait déjà avec ses sens autant qu'avec son âme, plus peut-être. La déception de ses caresses inutiles l'agitait d'une frénétique envie de courir derrière elle, de la ramener, de la reprendre. Mais pourquoi ? à quoi bon ? puisque le souci de cette mobile pensée était ailleurs ce jour-là ! Il devrait donc attendre les jours et les heures où viendrait à cette fuyante maîtresse, ainsi que ses autres caprices, le caprice d'être amoureuse.

Il rentra chez lui lentement, très las, à pas pesants, les yeux sur le trottoir, fatigué de vivre. Et il songea qu'ils n'avaient pris aucun rendez-vous prochain, ni chez elle, ni ailleurs.

V

Jusqu'au commencement de l'hiver elle fut à peu près fidèle aux rendez-vous. Fidèle, non pas exacte. Pendant les trois premiers mois, elle y vint avec des retards variant entre trois quarts d'heure et deux heures. Comme les averses d'automne forçaient Mariolle à attendre sous un parapluie, derrière la porte du jardin, les pieds dans la boue, en grelottant, il fit édifier une sorte de petit kiosque de bois, de vestibule couvert et fermé, derrière cette porte, afin de ne point s'enrhumer à chacune de leurs rencontres. Les arbres ne portaient plus de verdure. A la place des roses et de toutes les autres plantes, s'étalaient, maintenant, de hautes et larges plates-bandes de chrysanthèmes blancs, roses, violets, pourpres, jaunes, qui répandaient dans l'air humide, chargé de l'odeur mélancolique de la pluie sur les feuilles mortes, leur senteur un peu âcre et balsamique, un peu triste aussi, de grandes fleurs nobles d'arrière-saison. Devant la porte du petit logis, les espèces rares, aux nuances combinées, hypertrophiées par l'Art, formaient une grande croix de Malte aux tons délicats et changeants, invention du jardinier, et Mariolle ne pouvait plus passer devant cette plate-bande, où s'apanouissaient de nouvelles et surprenantes variétés, sans avoir le cœur étreint par la pensée que cette croix fleurie semblait indiquer une tombe.

Il les connaissait à présent les longs séjours dans le petit kiosque, derrière la porte. La pluie tombait sur le chaume dont il l'avait fait couvrir, puis s'égouttait le long de la cloison de planches ; et, à chaque station dans cette chapelle de l'Attente, il refaisait les mêmes réflexions, recommençait les mêmes raisonnements, repassait par les mêmes espérances, les mêmes inquiétudes et les mêmes découragements.

C'était pour lui une lutte imprévue, incessante, une lutte morale, acharnée, épuisante, avec une chose insaisissable, avec une chose qui peut-être n'existait pas : la tendresse de cœur de cette femme. Comme ils étaient bizarres, leurs rendez-vous !

Tantôt elle arrivait rieuse, animée d'envie de causer, et s'asseyait sans ôter son chapeau, sans ôter ses gants, sans lever son voile, sans même l'embrasser. Elle n'y pensait pas souvent, ces jours-là, à l'embrasser. Elle avait en tête un tas de préoccupations captivantes, plus captivantes que le désir de tendre ses lèvres au baiser d'un amoureux que rongeait une ardeur désespérée. Il s'asseyait à côté d'elle, le cœur et la bouche pleins de paroles brûlantes qui ne sortaient point ; il l'écoutait, il répondait, et, tout en paraissant s'intéresser beaucoup à ce qu'elle lui racontait, il essayait parfois de lui prendre une main, qu'elle abandonnait sans y songer, amicale et le sang calme.

Tantôt elle paraissait plus tendre, plus à lui ; mais lui, qui la regardait avec des yeux inquiets, avec des yeux perspicaces, avec des yeux d'amant impuissant à la conquérir tout entière, comprenait, devinait que cette affectuosité relative tenait à ce que sa pensée n'avait été agitée et détournée par personne et par rien, ces jours-là.

Ses constants retards d'ailleurs prouvaient à Mariolle combien peu d'empressement la poussait à ces rencontres. On se hâte vers ce qu'on aime, vers ce qui plaît, vers ce qui attire ; mais on arrive toujours trop tôt à ce qui ne séduit guère, et tout sert de prétexte alors pour ralentir et interrompre la marche, retarder l'heure vaguement pénible. Une singulière comparaison avec lui-même lui revenait sans cesse. Pendant l'été, le désir de l'eau froide lui faisait accélérer sa toilette quotidienne et sa sortie matinale vers la douche, tandis que, pendant les grandes gelées, il trouvait tant de petites choses à faire chez lui avant de partir, qu'il arrivait toujours à l'établissement une heure plus tard que d'habitude. Les rendez-vous d'Auteuil ressemblaient pour elle à des douches d'hiver.

Depuis quelque temps d'ailleurs elle espaçait souvent ces rendez-vous, les remettait au lendemain, envoyait des dépêches de la dernière heure, semblait à la recherche de prétextes d'impossibilité, qu'elle découvrait toujours acceptables, mais qui le jetaient en des agitations morales et dans un énervement physique intolérables.

Si elle avait laissé apparaître quelque refroidissement, quelque ennui de cette passion qu'elle voyait, qu'elle sentait toujours s'accroître, il se serait peut-être irrité, puis froissé, puis découragé, puis apaisé. Mais elle se montrait au contraire plus attachée à lui que jamais, plus flattée de son amour, plus désireuse de le conserver, sans y répondre autrement que par des préférences amicales qui commençaient à rendre jaloux tous ses autres admirateurs.

Chez elle, elle ne le voyait jamais assez, et le même télégramme qui annonçait à André un empêchement pour Auteuil le priait toujours avec insistance de venir dîner ou passer une heure dans la soirée. Il avait pris d'abord ces invitations-là pour des dédommagements, puis il avait dû comprendre qu'elle aimait beaucoup le voir, plus que tous les autres, qu'elle avait vraiment besoin de lui, de sa parole adoratrice, de son regard amoureux, de son affection enveloppante et proche, de la caresse discrète de sa présence. Elle en avait besoin, comme une idole, pour devenir vrai dieu, a besoin de prières et de foi. Dans la chapelle vide, elle n'est qu'un bois sculpé. Mais si seulement un croyant entre dans le sanctuaire, adore et implore, prosterné, et gémit de ferveur, ivre de sa religion, elle devient l'égale de Brahma, d'Allah ou de Jésus, car tout être aimé est une espèce de dieu.

Plus qu'aucune Mme de Burne se sentait née pour le rôle de fétiche, pour cette mission donnée aux femmes par la nature d'être adorées et poursuivies, de triompher des hommes par la beauté, la grâce, le charme et la coquetterie.

Elle était bien cette sorte de déesse humaine, délicate, dédaigneuse, exigeante et hautaine, que le culte amoureux des mâles enorgueillit et divinise comme un encens.

Cependant son affection pour Mariolle et sa vive prédilection, elle les lui témoignait presque ouvertement, sans souci du qu'en-dira-t-on, et peut-être avec le secret désir d'exaspérer et d'enflammer les autres. On ne pouvait plus guère venir chez elle sans l'y trouver, installé presque toujours dans un grand fauteuil que Lamarthe appelait « la stalle du desservant » ; et elle ressentait un sincère plaisir à demeurer seule avec lui pendant des soirées entières, causant et l'écoutant parler.

Elle prenait goût à cette vie intime qu'il lui révélait, à ce contact incessant avec un esprit agréable, éclairé, instruit, et qui lui appartenait, dont elle était aussi bien la maîtresse que des petits bibelots qui traînaient sur sa table. Elle lui abandonnait également peu à peu beaucoup d'elle-même, de sa pensée, de sa secrète personne, en ces confidences affectueuses qui sont aussi douces à faire qu'à recevoir. Elle se sentait avec lui plus libre, plus sincère, plus découverte, plus familière qu'avec les autres, et l'en aimait davantage. Elle éprouvait aussi cette impression chère aux femmes de donner vraiment quelque chose, de confier à quelqu'un tout le disponible d'elle, ce qu'elle n'avait jamais fait.

Pour elle c'était beaucoup, mais pour lui c'était peu. Il attendait, il espérait toujours la grande débâcle[1] définitive de l'être qui livre son âme dans ses caresses.

Les caresses, elle semblait les considérer comme inutiles, gênantes, plutôt pénibles. Elle s'y soumettait, non pas insensible, mais vite lassée ; et cette lassitude sans doute éveillait en elle de l'ennui.

Les plus légères, les plus insignifiantes, semblaient même la fatiguer et l'énerver. Quand, tout en causant, il s'emparait d'une de ses mains pour baiser ses doigts, qu'il gardait un peu, l'un après l'autre, entre ses lèvres, les attirant, par une petite aspiration, comme des bonbons, elle semblait toujours désireuse de les ôter de là, et dans tout son bras il sentait un effort secret de retraite.

Quand, à la fin de ses visites, il déposait sur son cou, entre le col de la robe et les cheveux d'or de la nuque, un long baiser qui cherchait l'arôme de son corps sous les plis des étoffes adhérentes à la chair, elle avait toujours un léger mouvement en arrière, puis une imperceptible fuite de sa peau sous cette bouche étrangère.

Il percevait cela comme des coups de couteau, et il s'en allait avec des plaies qui saignaient sans cesse dans la solitude de sa tendresse. Comment n'avait-elle pas eu au moins cette période d'entraînement qui succède chez presque toutes les femmes à l'abandon volontaire et désintéressé de leur corps ? Elle est courte souvent, suivie par la fatigue et puis par le dégoût. Mais il est si rare qu'elle n'existe pas du tout, pas une heure, pas un jour ! Cette maîtresse avait fait de lui non pas un amant, mais une sorte d'associé intelligent de sa vie.

De quoi se plaignait-il ? Celles qui se donnent tout entières ne donnent pas tant peut-être ?

Il ne se plaignait pas : il avait peur. Il avait peur de l'autre, de celui qui viendrait tout à coup, rencontré demain ou après-demain, quelconque, artiste, mondain, officier, cabotin, n'importe qui, né pour plaire à ses yeux de femme, et qui plairait sans autre raison, parce qu'il était *celui-là*, celui qui ferait pénétrer pour la première fois en elle l'impérieuse envie d'ouvrir les bras.

Il était déjà jaloux de l'avenir, comme il avait été, par moments, jaloux du passé inconnu ; et tous les intimes de la jeune femme commençaient à devenir jaloux de lui. Ils en jasaient entre eux, et faisaient même devant elle de très discrètes et obscures allusions. Pour les uns, il était son amant. Les autres, suivant l'opinion de Lamarthe, prétendaient qu'elle s'amusait, comme toujours, à l'affoler, lui, pour les énerver et les exaspérer, eux, et rien de plus. Son père s'émut, et lui fit des observations qu'elle reçut avec hauteur ; et plus elle voyait la rumeur croître autour d'elle, plus elle s'obstina à témoigner ouvertement ses préférences à Mariolle, par une bizarre contradiction avec toute la prudence de sa vie.

Mais lui s'inquiétait un peu de ces murmures de suspicion. Il lui en parla.

« Que m'importe ! dit-elle.

— Au moins si vous m'aimez d'amour !

— Est-ce que je ne vous aime pas, mon ami ?

— Oui, et non. Vous m'aimez bien chez vous, et mal ailleurs. Je préférerais le contraire pour moi, et même aussi pour vous. »

Elle se mit à rire, en murmurant :

« On fait ce qu'on peut. »

Il reprit :

« Si vous saviez dans quelle agitation me jettent les efforts que je tente pour vous animer. J'ai l'impression tantôt de vouloir enlacer de l'insaisissable, tantôt d'étreindre de la glace, qui me gèle en fondant dans mon bras. »

Elle ne répondit point, n'aimant guère ce sujet, et elle prit cet air distrait qu'elle avait souvent à Auteuil.

Il n'osa pas insister. Il la regardait comme on regarde les objets précieux des musées qui tentent si fort les amateurs et qu'on ne peut pas emporter chez soi.

Ses jours, ses nuits, n'avaient plus pour lui que des heures de souffrance, car il vivait avec cette idée fixe, encore plus avec le sentiment qu'avec l'idée qu'elle était sans être à lui, conquise et libre, prise et imprenable. Il vivait autour d'elle, tout près d'elle, sans arriver jusqu'à elle, et il l'aimait avec toutes les convoitises non rassasiées de son âme et de son corps. Comme il avait fait au début de leur liaison, il se remit à lui écrire. Une fois il avait vaincu avec de l'encre la première défense de sa vertu ; avec de l'encre il pourrait peut-être emporter encore cette dernière intime et secrète résistance. Espaçant un peu ses visites, il lui répéta en des lettres presque quotidiennes l'inanité de son effort d'amour. De temps en temps, quand il avait été fort éloquent, passionné, douloureux, elle lui répondait. Ses lettres à elle, datées, par chic, de minuit, une heure, deux heures ou trois heures du matin, étaient claires, nettes, bien pensées, dévouées, encourageantes et désolantes. Elle y raisonnait fort bien, y mettait de l'esprit, même de la fantaisie. Mais il avait beau les relire, il avait beau les trouver justes, intelligentes, bien tournées, gracieuses, satisfaisantes pour sa vanité d'homme, elles ne contentaient pas son cœur. Elles ne le contentaient pas plus que les baisers donnés dans la maison d'Auteuil.

Il cherchait pourquoi. Et, à force de les apprendre par cœur, il finit par les si bien connaître qu'il en trouva la raison, car c'est par l'écriture toujours qu'on pénètre le mieux les gens. La parole éblouit et trompe, parce qu'elle est mimée par le visage, parce qu'on la voit sortir des lèvres, et que les lèvres plaisent et que les yeux séduisent. Mais les mots noirs sur le papier blanc, c'est l'âme toute nue.

L'homme, par ses artifices de rhétorique, par des habiletés professionnelles, par l'habitude d'employer la plume pour traiter toutes les affaires de la vie, parvient souvent à déguiser sa nature propre dans sa prose impersonnelle, utilitaire ou littéraire. Mais la femme n'écrit guère que pour parler d'elle, et elle met un peu d'elle en chaque mot. Elle ne sait point les ruses du style, et elle se livre tout entière dans l'innocence des expressions. Il se rappela les correspondances et les mémoires des femmes célèbres qu'il avait lus. Comme elles apparaissaient nettement, les précieuses, les spirituelles, et les sensibles ! Ce qui le frappait le plus dans les lettres de Mme de Burne, c'est qu'aucune sensibilité ne s'y révélait jamais. Cette femme pensait et ne sentait pas. Il se rappela d'autres lettres. Il en avait reçu beaucoup. Une petite bourgeoise rencontrée en voyage, et qu'il aima trois mois, lui avait écrit des billets délicieux et vibrants, pleins de trouvailles et d'imprévu. Il s'était même étonné de la souplesse, de l'élégance colorée et de la variété de sa phrase. D'où lui venait ce don ? De ce qu'elle était très sensible, pas d'autre chose. La femme ne travaille point ses termes : c'est l'émotion directe qui les jette à son esprit ; elle ne fouille pas les dictionnaires. Quand elle sent très fort, elle exprime très juste, sans peine et sans recherche, dans la sincérité mobile de sa nature.

C'est la sincérité de la nature de sa maîtresse qu'il s'efforçait de pénétrer à travers les lignes qu'elle lui écrivait. C'était aimable et fin. Mais comment ne trouvait-elle pas autre chose pour lui ? Ah ! il en avait trouvé pour elle, des mots vrais et brûlants comme des charbons, lui !

Quand son valet de chambre apportait son courrier, il cherchait d'un coup d'œil l'écriture désirée sur une enveloppe, et, lorsqu'il l'avait reconnue, une involontaire émotion surgissait en lui, suivie par un battement de cœur. Il avançait la main et prenait le papier. De nouveau il regardait l'adresse, puis déchirait. Qu'allait-elle lui dire ? le mot « aimer » y serait-il ? Jamais elle ne l'avait écrit, jamais elle ne l'avait prononcé sans le faire suivre du mot « bien ». — « Je vous aime bien. » — « Je vous aime beaucoup. » — « Est-ce que je ne vous aime pas ? » Il les connaissait, ces formules, qui ne disent rien par ce qu'elles ajoutent. Peut-il exister des proportions quand on subit l'amour ? Peut-on juger si on aime bien ou mal ? Aimer beaucoup, comme c'est aimer peu ! On aime, rien de plus, rien de moins. On ne peut pas compléter cela. On ne peut rien imaginer, on ne peut rien dire au-delà de ce mot. Il est court, il est tout. Il devient le corps, l'âme, la vie, l'être entier. On le sent comme la chaleur du sang, on le respire comme l'air, on le porte en soi comme la Pensée, car il se fait l'unique Pensée. Rien n'existe plus que lui. Ce n'est pas un mot, c'est un inexprimable état, figuré par quelques lettres. Quoi qu'on fasse, on ne fait rien, on ne voit rien, on n'éprouve rien, on ne goûte rien, on ne souffre de rien comme avant. Mariolle était devenu la proie de ce petit verbe ; et son œil courait sur les lignes, y cherchant la révélation d'une tendresse pareille à la sienne. Il y trouvait en effet de quoi se dire : « Elle m'aime bien », jamais de quoi s'écrier : « Elle m'aime ! » Elle continuait dans sa correspondance le joli et poétique roman commencé au Mont-Saint-Michel. C'était de la littérature d'amour, pas de l'amour.

Quand il avait fini de lire et de relire, il enfermait dans un tiroir ces papiers chéris et désespérants, il s'asseyait dans son fauteuil. Il y avait déjà passé des heures bien dures.

Au bout de quelque temps elle répondit moins, un peu fatiguée sans doute de faire des phrases et de redire les mêmes choses. Elle traversait d'ailleurs une période d'agitation mondaine, qu'André avait senti venir avec ce surcroît de souffrance qu'apportent aux cœurs en peine les plus petits incidents désagréables.

C'était un hiver à fêtes. Une griserie de plaisir avait envahi Paris, secouait la ville, où les fiacres et les coupés roulaient tout le long des nuits, voiturant à travers les rues, derrière leurs glaces relevées, des apparitions blanches de femmes en toilette. On s'amusait ; on ne parlait que de comédies et de bals, de matinées et de soirées. La contagion, comme une épidémie de divertissements, avait gagné subitement toutes les classes de la société et Mme de Burne aussi en fut atteinte.

Cela commença par un succès de beauté qu'elle obtint au ballet dansé à l'ambassade d'Autriche. Le comte de Bernhaus avait établi des relations entre elle et l'ambassadrice, la princesse de Malten, que Mme de Burne séduisit tout à coup et tout à fait. Elle devint donc en peu de temps une amie intime de la princesse, et par là elle étendit ses relations avec une grande rapidité dans le monde diplomatique et dans l'aristocratie la plus choisie. Sa grâce, sa séduction, son élégance, son intelligence, son esprit rare la firent triompher bien vite, la mirent à la mode, au premier rang, et les femmes les plus titrées de France se firent présenter chez elle.

Tous les lundis une file de coupés armoriés stationna le long des trottoirs de la rue du Général-Foy, et les domestiques perdaient la tête, confondaient les duchesses avec les marquises, les comtesses avec les baronnes, en jetant les grands noms sonores à la porte des salons.

Elle en fut enivrée. Les compliments, les invitations, les hommages, le sentiment d'être devenue une de ces préférées, une de ces élues que Paris acclame, adule, adore tant que dure son entraînement, la joie d'être ainsi choyée, admirée, d'être appelée, attirée, recherchée partout, firent éclater dans son âme une crise aiguë de snobisme.

Son clan artiste essaya de lutter ; et cette révolution amena une alliance intime entre ses anciens amis. Fresnel lui-même fut accepté par eux, enrégimenté, devint une force de cette ligue, et Mariolle en fut la tête, car on n'ignorait point son ascendant sur elle et l'amitié qu'elle avait pour lui.

Mais lui la regardait s'envoler dans cette popularité flatteuse et mondaine, comme un enfant regarde disparaître son ballon rouge dont il a lâché le fil.

Il lui semblait qu'elle fuyait au milieu d'une foule élégante, bariolée, dansante, loin, bien loin de ce puissant bonheur secret qu'il avait tant espéré, et il fut jaloux de tout le monde et de tout, des hommes, des femmes et des choses. Il détesta toute la vie qu'elle menait, tous les gens qu'elle voyait, toutes les fêtes où elle allait, les bals, la musique, les théâtres, car tout cela la prenait par parcelles, absorbait ses jours et ses soirs ; et leur intimité n'avait plus que de rares heures de liberté. A force de souffrir de cette féroce rancune, il faillit tomber malade, et il apportait chez elle une figure si ravagée qu'elle lui demanda :

« Qu'avez-vous donc ? Vous changez et vous maigrissez beaucoup en ce moment.

— J'ai que je vous aime trop », dit-il.

Elle lui jeta un regard reconnaissant :

« On n'aime jamais trop, mon ami.

— C'est vous qui dites cela ?

— Mais oui.

— Et vous ne comprenez pas que je meurs de vous aimer vraiment ?

— D'abord, vous ne m'aimez pas vraiment. Et puis on ne meurt pas de ça. Enfin tous nos amis sont jaloux de vous, ce qui prouve que je ne vous traite pas trop mal en somme. »

Il prit sa main :

« Vous ne me comprenez pas !

— Si, je vous comprends très bien.

— Vous entendez l'appel désespéré que je jette incessamment à votre cœur ?

— Oui, je l'entends.

— Et ?...

— Eh... cela me fait beaucoup de peine, parce que je vous aime énormément.

— Alors ?

— Alors vous me criez : "Soyez pareille à moi ; pensez, sentez et exprimez comme moi." Mais je ne peux pas, mon pauvre ami. Je suis ce que je suis. Il faut m'accepter telle que Dieu m'a faite, puisque je me suis donnée ainsi à vous, que je ne le regrette pas, que je n'ai pas envie de me reprendre, que vous m'êtes le plus cher de tous les êtres que je connais.

— Vous ne m'aimez pas.

— Je vous aime avec toute la force d'aimer qui se trouve en moi. Si elle n'est pas différente ou plus grande, est-ce ma faute ?

— Si j'étais sûr de cela, je m'en contenterais peut-être.

— Qu'entendez-vous par ces mots ?

— J'entends que je vous crois capable d'aimer autrement, mais que je ne me crois plus capable, moi, de vous inspirer un véritable amour.

— Non, mon ami, vous vous trompez. Vous êtes pour moi plus que personne n'a jamais été et plus que personne ne sera jamais, je le pense du moins absolument. J'ai avec vous ce grand mérite de ne pas mentir, de ne pas simuler ce que vous désirez, alors que bien des femmes agiraient d'autre façon. Sachez-m'en gré, ne vous agitez pas, ne vous énervez point, ayez confiance en mon affection, qui vous est acquise entière et sincère. »

Il murmura, comprenant combien ils étaient loin l'un de l'autre :

« Ah ! quelle bizarre manière de comprendre l'amour et d'en parler ! Je suis pour vous quelqu'un que vous désirez, en effet, avoir souvent, sur une chaise, à votre côté. Mais pour moi vous emplissez le monde ; je n'y connais que vous, je n'y sens que vous, je n'y ai besoin que de vous. »

Elle eut un sourire bienveillant, et répondit :

« Je le sais, je le devine, je le comprends. J'en suis ravie, et vous dis : Aimez-moi toujours autant, si c'est possible, car cela m'est un vrai bonheur ; mais ne me forcez pas à vous jouer une comédie qui me ferait de la peine, qui ne serait pas digne de nous. Depuis quelque temps je sentais venir cette crise ; elle m'est très cruelle parce que je vous suis profondément attachée, mais je ne puis plier ma nature jusqu'à la rendre semblable à la vôtre. Prenez-moi comme je suis. »

Il demanda tout à coup :

« Avez-vous pensé, avez-vous cru, rien qu'un jour, rien qu'une heure, soit avant, soit après, que vous pourriez m'aimer autrement ? »

Elle fut embarrassée pour répondre et réfléchit quelques instants.

Il attendait avec angoisse, et reprit :

« Vous voyez bien, vous voyez bien que vous avez aussi rêvé autre chose. »

Elle murmura lentement.

« J'ai pu me tromper un instant sur moi-même. »

Il s'écria :

« Oh ! que de finesse et de psychologie ! On ne raisonne pas ainsi les élans du cœur. »

Elle songeait encore, intéressée par sa propre pensée, par cette recherche, par ce retour sur elle, et elle ajouta :

« Avant de vous aimer comm[illegible] vous aime, j'ai pu croire un moment, en effet, [illegible] j'aurais pour vous plus de... plus de... plus d'emba[illegible]ment... mais alors j'aurais été certainement moi[illegible] si[illegible]ple, moins franche... peut-être moins sincère, plu[illegible]ard.

— Pourquoi moins sincère, plus tard ?

— Parce que vous enfermez l'amour dans [illegible]tte formule : "Tout ou Rien", et ce "tout ou rien" signifie, à mon sens : "Tout d'abord, puis Rien ensuite." C'est quand le rien commence que la femme se met à mentir. »

Il répliqua, très énervé :

« Mais vous ne comprenez pas ma misère et la torture de penser que vous auriez pu m'aimer autrement ? Vous l'avez senti ; donc c'est un autre que vous aimerez ainsi. »

Elle répondit sans hésiter :

« Je ne crois pas.

— Et pourquoi ? oui pourquoi ? Du moment que vous avez eu le pressentiment de l'amour, que vous avez été effleurée par le soupçon de cette irréalisable et torturant espoir de mêler sa vie, son âme et sa chair avec celles d'un autre être, de disparaître en lui et de le prendre en soi, que vous avez senti la possibilité de cette inexprimable émotion, vous subirez cela un jour ou l'autre.

— Non. C'est mon imagination qui m'a trompée, et qui s'est trompée sur moi. Je vous donne tout ce que je peux donner. J'y ai beaucoup réfléchi depuis que je suis votre maîtresse. Remarquez que je n'ai peur de rien, pas même des mots. Vraiment je suis tout à fait convaincue que je ne peux pas aimer davantage ni mieux que je ne le fais en ce moment. Vous voyez que je vous parle comme je me parle à moi-même. Je fais cela parce que vous êtes très intelligent, que vous comprenez tout, que vous pénétrez tout et ne vous rien cacher est le meilleur, le seu yen de nous lier étroitement et pour longtem Voilà ce que j'espère, mon ami. »

Il l'écout omme on boit quand on meurt de soif, et il mba à genoux, le front sur sa robe. Il tenait es deux petites mains sous sa bouche, en répétant : « Merci ! merci ! » — Quand il eut relevé la tête pour la contempler, elle avait deux larmes dans les yeux ; puis, croisant à son tour ses bras sur le cou d'André, elle l'attira doucement, se pencha, et le baisa sur les paupières.

« Asseyez-vous, dit-elle ; ça n'est pas très prudent de vous agenouiller ici devant moi. »

Il s'assit et, après un silence de quelques instants pendant lesquel ils se regardèrent, elle lui demanda s'il voulait la conduire un jour ou l'autre à l'exposition du sculpteur Prédolé[1], dont on parlait avec enthousiasme. Elle avait de lui, dans son cabinet de toilette, un Amour de bronze, figurine charmante qui versait l'eau dans la baignoire, et elle désirait voir, assemblée dans la galerie Varin, l'œuvre complète de ce délicieux artiste, qui depuis huit jours passionnait Paris.

Ils prirent date, puis Mariolle se leva pour se retirer.

« Voulez-vous venir demain à Auteuil ? dit-elle tout bas.

— Oh ! je crois bien ! »

Et il s'en alla étourdi de joie, enivré de ce — « peut-être » — qui ne meurt jamais dans les cœurs épris.

VI

Le coupé de Mme de Burne roulait au grand trot des deux chevaux sur le pavé de la rue de Grenelle. La grêle d'une dernière giboulée, car on était aux premiers jours d'avril, battait avec bruit la vitre de la voiture et rebondissait sur la chaussée déjà sablée de grains blancs. Les passants, sous leurs parapluies, se hâtaient, la nuque cachée dans le col relevé des pardessus. Après deux semaines de beau temps un odieux froid de fin d'hiver glaçait de nouveau et gerçait la peau.

Les pieds sur une boule d'eau brûlante, le corps enveloppé en une fourrure dont la caresse velue et fine, immobile et douce, la réchauffait à travers sa robe, et plaisait délicieusement à sa peau craintive des contacts, la jeune femme songeait péniblement que dans une heure au plus, il lui faudrait prendre un fiacre pour rejoindre Mariolle à Auteuil.

Un vif désir d'envoyer un télégramme l'obsédait, mais elle s'était promis depuis plus de deux mois déjà d'agir ainsi avec lui le plus rarement possible, car elle venait de faire un grand effort pour l'aimer de la même façon qu'elle était aimée.

En le voyant souffrir tant, elle s'était apitoyée, et, après la conversation où elle lui baisa les yeux dans un élan vrai d'attendrissement, sa sincère affection pour lui devint en effet pendant quelque temps plus chaude et plus expansive.

Elle s'était demandé, surprise de sa froideur involontaire, pourquoi elle ne l'aimerait pas à la fin comme tant de femmes aiment leurs amants, puisqu'elle se sentait profondément attachée à lui, puisqu'il lui plaisait plus que tous les autres hommes.

Cette nonchalance de sa tendresse ne pouvait provenir que d'une paresse de cœur, qu'on pouvait peut-être dompter, comme toutes les paresses.

Elle essaya. Elle tenta de s'exalter en pensant à lui, de s'émouvoir aux jours de rendez-vous. Elle y parvint en vérité quelquefois, comme on se fait peur, la nuit, en songeant aux voleurs et aux apparitions.

Elle s'efforça même, s'animant un peu à ce jeu de la passion, d'être plus caressante, plus enlaçante. Elle y réussit d'abord assez bien, et l'affola d'ivresse.

Alors elle crut à l'éclosion en elle d'une fièvre un peu semblable à celle dont elle le sentait brûlé. Son ancien espoir intermittent d'amour, entrevu réalisable le soir où elle s'était décidée à se donner, en rêvant sous les brumes laiteuses de la nuit devant la baie du Saint-Michel, renaquit, moins séduisant, mais enveloppé de nuées poétiques et d'idéal, mais plus précis, plus humain, dégagé d'illusions après l'épreuve de la liaison.

Elle avait appelé alors et épié en vain ces grands élans de l'être entier vers un autre être, nés, dit-on, lorsque les corps entraînés par l'émotion des âmes se sont unis. Ces élans n'étaient point venus.

Elle s'obstina cependant à simuler de l'entraînement, à multiplier les rendez-vous, à lui dire : « Je sens que je vous aime de plus en plus. » Mais une fatigue l'envahissait, et une impuissance de se tromper et de le tromper plus longtemps. Elle constatait avec étonnement que les baisers reçus de lui l'importunaient à la longue, bien qu'elle n'y fût point tout à fait insensible. Elle constatait cela par la vague lassitude répandue en elle dès le matin des jours où elle devait le rejoindre. Pourquoi donc, ces matins-là, ne sentait-elle pas au contraire, comme tant d'autres femmes, sa chair émue par l'attente troublante et désirée des étreintes ? Elle les subissait, les acceptait tendrement résignée, puis vaincue, brutalement conquise, et vibrante malgré elle, mais jamais entraînée. Est-ce que sa chair si fine, si délicate, si exceptionnellement aristocrate et raffinée, gardait des pudeurs inconnues, des pudeurs d'animal supérieur et sacré, ignorées encore de son âme si moderne ?

Mariolle comprit peu à peu. Il vit décroître cette ardeur factice. Il devina cette tentative dévouée ; et un mortel, un inconsolable chagrin se glissa dans son âme.

Elle savait maintenant, comme lui, que l'épreuve était faite, et tout espoir perdu. Voilà même qu'aujourd'hui, chaudement serrée en sa fourrure, les pieds sur la bouillotte, frissonnante de bien-être en regardant la grêle fouetter les vitres du coupé, elle ne trouvait plus en elle le courage de sortir de cette tiédeur et de monter dans un fiacre glacé pour aller rejoindre le pauvre garçon.

Certes l'idée de se reprendre, de rompre, de se dérober aux caresses, ne l'effleura pas un moment. Elle savait bien que, pour captiver entièrement un homme épris et le garder pour soi seule, au milieu des rivalités féminines, il faut se donner à lui, il faut le tenir par cette chaîne que le corps attache au corps. Elle savait cela, car cela est fatal, logique, indiscutable. Il est même loyal d'agir ainsi, et elle voulait rester loyale avec lui en toute sa probité de maîtresse. Donc elle se donnerait encore, elle se donnerait toujours ; mais pourquoi si souvent ? Leurs rendez-vous mêmes ne prendraient-ils pas pour lui un charme plus grand, un attrait de renouveau à être espacés comme d'inappréciables et rares bonheurs offerts par elle et qu'il ne fallait point prodiguer ?

En chacune de ses courses à Auteuil, elle avait l'impression de lui porter la plus précieuse des offrandes, un inestimable cadeau. Quand on donne ainsi, la joie de donner est inséparable d'une certaine sensation de sacrifice ; ce n'est point l'ivresse d'être prise, c'est l'orgueil d'être généreuse et le contentement de rendre heureux.

Elle calcula même que l'amour d'André avait plus de chances d'être durable si elle se refusait un peu plus à lui, car toute faim augmente par le jeûne, et le désir sensuel n'est qu'un appétit. Dès que cette résolution fut prise, elle décida qu'elle irait à Auteuil le jour même, mais simulerait un malaise. Ce voyage, qui lui semblait, une minute plus tôt, si pénible par ce temps de giboulées, lui parut aisé tout à coup ; et elle comprit, souriant d'elle-même et de cette évolution subite, pousquoi elle avait tant de peine à supporter une chose pourtant si normale. Tout à l'heure, elle ne voulait point, maintenant elle voulait bien. Elle ne voulait point tout à l'heure, car elle passait à l'avance par les mille petits détails énervants du rendez-vous ! Elle se piquait les doigts aux épingles[1] d'acier, qu'elle maniait mal ; elle ne retrouvait plus rien de ce qu'elle avait jeté à travers la chambre en se dévêtant hâtivement, préoccupée déjà par cette corvée odieuse de se rhabiller toute seule.

Elle s'arrêta sur cette pensée, la fouillant, la pénétrant bien pour la première fois. N'était-ce pas un peu vulgaire, un peu répugnant tout de même, cet amour à heure fixe, prévu la veille ou l'avant-veille, comme un rendez-vous d'affaires ou une consultation de médecin ? Après un long tête-à-tête inattendu, libre et grisant, rien de plus naturel que le baiser jailli des lèvres, unissant deux bouches qui se sont charmées, qui se sont appelées, qui se sont séduites par de tendres et chaudes paroles. Mais comme cela était différent du baiser sans surprise, annoncé d'avance, qu'elle allait recevoir une fois par semaine, sa montre à la main. C'était si vrai que, par moments, elle avait senti s'éveiller en elle, aux jours où elle ne devait pas voir André, de vagues envies de le rejoindre, tandis que ce désir n'apparaissait qu'à peine quand elle allait à lui avec des ruses de voleur traqué, des contremarches suspectes, des fiacres malpropres, le cœur distrait de lui par toutes ces choses.

Ah ! l'heure d'Auteuil ! elle l'avait calculée sur toutes les pendules de toutes ses amies ; elle l'avait vue approcher, minute par minute, chez Mme de Frémines, chez la marquise de Bratiane, chez la belle Mme Le Prieur, quand elle usait ses après-midi d'attente à travers Paris, pour ne pas rester chez elle, où une visite imprévue, un obstacle inattendu aurait pu l'immobiliser.

Elle se dit tout à coup : « Aujourd'hui, jour de chômage, j'irai très tard pour ne pas trop l'énerver. » Alors elle ouvrit, sur le devant du coupé, une sorte de petit placard invisible, caché sous la soie noire, dont la voiture, vrai boudoir de jeune femme, était capitonnée. Dès que les deux portes mignonnes de cette cachette se furent rabattues sur les côtés, apparut une glace à charnières qu'elle fit glisser, en l'élevant à la hauteur de son visage. Derrière cette glace s'alignaient en des niches de satin quelques petits objets en argent : une boîte pour la poudre de riz, un crayon pour les lèvres, deux flacons à parfums, un encrier, un porte-plume, des ciseaux, un mignon couteau à papier pour couper le livre, le dernier roman qu'on lisait en route. Une exquise pendule, grande et ronde comme une noix d'or, était fixée dans l'étoffe : elle marquait quatre heures.

Mme de Burne pensa : « J'ai encore une heure au moins », et elle toucha un ressort, qui fit prendre au valet de pied, assis à côté du cocher, le tube acoustique pour recevoir l'ordre.

Elle attira l'autre bout, dissimulé dans la tenture, et, approchant ses lèvres du petit porte-voix taillé dans un cristal de roche :

« A l'Ambassade d'Autriche », dit-elle.

Puis elle se regarda dans la glace. Elle se regarda, comme elle se regardait toujours, avec ce contentement qu'on éprouve en rencontrant la personne la plus aimée, puis elle entrouvrit sa fourrure pour juger de nouveau le corsage de sa robe. C'était une toilette frileuse de fin d'hiver. Le col était garni d'un cordon de très fines plumes blanches, luisantes à force d'être claires. Elles s'étendaient un peu sur les épaules, en passant au gris léger comme sur une aile. Toute la taille aussi était enlacée par une bordure de ce duvet qui donnait à la jeune femme un air bizarre d'oiseau sauvage. Sur son chapeau, une espèce de toque, d'autres plumes se dressaient, aigrette hardie de couleurs plus vives, et sa si jolie figure blonde semblait parée ainsi pour s'envoler avec les sarcelles, par le ciel gris, sous la grêle.

Elle se contemplait encore quand la voiture tourna

brusquement sous la grande porte de l'Ambassade. Alors elle recroisa sa fourrure, abaissa la glace, referma les petites portes du placard, et, quand le coupé se fut arrêté, elle dit d'abord à son cocher :

« Retournez à la maison ; je n'ai plus besoin de vous. »

Puis elle demanda au valet de pied qui s'avançait sur les marches du perron :

« La princesse est-elle chez elle ?

— Oui, Madame. »

Elle entra, monta l'escalier, et pénétra dans un tout petit salon où la princesse de Malten écrivait des lettres.

En apercevant son amie, l'ambassadrice se leva avec un air de grande joie, les yeux rayonnants ; et elles s'embrassèrent deux fois de suite sur les joues, au coin des lèvres.

Puis elles s'assirent près l'une de l'autre sur deux petits sièges, devant le feu. Elles s'aimaient beaucoup, se plaisaient infiniment, se comprenaient sur tous les points, car elles étaient presque pareilles, de la même race féminine, écloses dans la même atmosphère, douées des mêmes sensations, bien que Mme de Malten fût une Suédoise épousée par un Autrichien. Elles exerçaient l'une sur l'autre une attraction mystérieuse et singulière, d'où naissait un vrai sentiment de bien-être et de contentement profond quand elles se trouvaient ensemble. Leur bavardage durait sans discontinuer pendant des demi-journées entières, futile et intéressant pour toutes les deux par le simple attrait des mêmes goûts révélés.

« Vous voyez comme je vous aime ! disait Mme de Burne. Vous dînerez chez moi ce soir et je n'ai pu cependant m'abstenir de venir vous voir. C'est une passion, ma chère.

— Je la partage », répondit en souriant la Suédoise.

Et, par habitude professionnelle, elles faisaient des frais l'une pour l'autre, coquettes comme en face d'un homme, mais différemment coquettes, livrées à une autre lutte, n'ayant plus devant elles l'adversaire, mais la rivale.

Mme de Burne, tout en causant, regardait par moments la pendule. Cinq heures allaient sonner. Il était là-bas depuis une heure. « C'est assez », pensa-t-elle, en se levant.

« Déjà ? » dit la princesse.

L'autre répondit hardiment :

« Oui, je suis pressée, je suis attendue. J'aimerais beaucoup mieux rester avec vous. »

Elles s'embrassèrent de nouveau, et Mme de Burne, ayant prié qu'on fît venir un fiacre, s'en alla.

Le cheval boitait, traînait avec une peine infinie la vieille voiture ; et cette boiterie, cette fatigue de l'animal, la jeune femme les sentait aussi en elle. Comme la bête poussive, elle trouvait le trajet long et dur. Puis le plaisir de voir André la consolait, puis le souci de ce qu'elle allait faire l'affligeait.

Elle le trouva gelé derrière la porte. Les fortes giboulées tournoyaient dans les arbres. La grêle sonnait sur leur parapluie, pendant qu'ils allaient vers le chalet. Leurs pieds enfonçaient dans la boue.

Le jardin était triste, lamentable, mort, fangeux. Et André était pâle. Il souffrait beaucoup.

Quand ils furent entrés :

« Dieu ! qu'il fait froid ! » dit-elle.

Un grand feu pourtant flambait dans les deux pièces. Mais, allumé seulement depuis midi, il n'avait pu sécher les murs imprégnés d'humidité ; et des frissons couraient sur la peau.

Elle ajouta :

« J'ai envie de ne pas quitter tout de suite ma fourrure. »

Elle l'entrouvrit seulement, et elle apparut dessous, frileuse dans son corsage garni de plumes, pareille aux oiseaux émigrants qui ne restent jamais au même endroit.

Il s'assit à côté d'elle.

Elle reprit :

« Ce soir, chez moi, dîner charmant, dont je me réjouis d'avance.

— Qui avez-vous donc ?

— Mais... vous d'abord ; puis Prédolé, que j'ai tant envie de connaître.

— Ah ! vous avez Prédolé ?

— Oui, Lamarthe me l'amène.

— Mais ce n'est pas du tout un homme pour vous, Prédolé ! Les sculpteurs, en général, ne sont pas faits pour plaire aux jolies femmes, et celui-là moins qu'aucun autre.

— Oh ! mon cher, c'est impossible. Je l'admire tant ! »

Depuis deux mois, à la suite de son exposition de la galerie Varin, le sculpteur Prédolé avait conquis et dompté Paris. On l'estimait déjà, on l'appréciait ; on disait de lui : « Il fait des figurines délicieuses. » Mais lorsque le public artiste et connaisseur fut appelé à juger son œuvre entière réunie dans les salles de la rue Varin, ce fut une explosion d'enthousiasme.

Il y avait là, semblait-il, la révélation d'un charme imprévu, un don si particulier pour traduire l'élégance et la grâce, qu'on croyait assister à la naissance d'une séduction nouvelle de la forme.

Il avait adopté la spécialité des statuettes un peu, très peu, vêtues, dont il exprimait les modelés délicats et voilés avec une perfection inimaginable.

Ses danseuses surtout, dont il avait fait de nombreuses études, montraient en leurs gestes, en leurs poses, par l'harmonie des attitudes et des mouvements, tout ce que le corps féminin recèle de beauté souple et rare.

Depuis un mois Mme de Burne faisait des efforts incessants afin de l'attirer chez elle. Mais l'artiste était sauvage, même un peu ours, disait-on. Elle venait enfin de réussir, par l'intermédiaire de Lamarthe, qui avait fait une réclame sincère et frénétique au sculpteur reconnaissant.

Mariolle demanda :

« Qui avez-vous encore ?

— La princesse de Malten. »

Il fut ennuyé. Cette femme lui déplaisait.

« Et encore ?

— Massival, Bernhaus et Georges de Maltry. C'est tout, rien que mon élite. Vous connaissez Prédolé, vous ?

— Oui, un peu.

— Comment le trouvez-vous ?

— Délicieux, c'est l'homme le plus amoureux de son art que j'aie rencontré et le plus intéressant quand il en parle. »

Elle était ravie et répéta :

« Ce sera charmant. »

Il avait pris sa main sous la fourrure. Il la serrait un peu, puis il la baisa. Alors elle s'aperçut tout à coup qu'elle avait oublié de se dire souffrante, et, cherchant soudain une autre raison, elle murmura :

« Dieu ! qu'il fait froid !

— Vous trouvez ?

— Je suis glacée jusqu'aux os. »

Il se leva pour voir le thermomètre, qui était assez bas en effet.

Alors il se rassit près d'elle.

Elle venait de dire : « Dieu ! qu'il fait froid ! » et il avait cru comprendre. Depuis trois semaines, il notait à chacune de leurs rencontres l'invincible apaisement de sa tentative de tendresse. Il la devinait lasse de ce simulacre à ne pas pouvoir le continuer, et il était lui-même tellement exaspéré de son impuissance, tellement mordu par un désir vain et enragé de cette femme, qu'il se disait en ses heures de solitude désespérée : « J'aime mieux rompre que de continuer à vivre ainsi. »

Il lui demanda, pour bien pénétrer sa pensée :

« Vous ne quittez même pas votre fourrure aujourd'hui ?

— Oh ! non, dit-elle, je tousse un peu depuis ce matin. Ce temps affreux m'a irrité la gorge. J'ai peur d'attraper du mal. »

Après un silence, elle ajouta :

« Si je n'avais pas tenu absolument à vous voir, je ne serais pas venue. »

Comme il ne répondait point, déchiré de chagrin et crispé de rage, elle reprit :

« Après les six beaux jours des deux dernières semaines, ce retour de froid est très dangereux. »

Elle regardait le jardin, où les arbres étaient déjà presque verts sous la poussière de neige fondue qui tournoyait dans les branches.

Lui, il la regardait, et il pensait : « Voilà donc l'amour qu'elle a pour moi ! » Pour la première fois, une espèce de haine de mâle déçu le soulevait contre elle, contre ce visage, contre cette âme insaisissable, contre ce corps de femme si fuyant et tant poursuivi.

« Elle prétend qu'elle a froid, se disait-il. Elle a froid seulement parce que je suis là. S'il s'agissait d'une partie de plaisir, d'un de ces imbéciles caprices qui agitent l'inutile existence de ces futiles créatures, elle braverait tout, et risquerait sa vie. Est-ce que pour montrer ses toilettes elle ne sort pas en voiture découverte par les plus grands froids ? Ah ! c'est ainsi qu'elles sont toutes, à présent. »

Il la regardait, si calme en face de lui. Et il savait que dans ce front, dans ce petit front adoré, il y avait une envie, l'envie de ne pas prolonger ce tête-à-tête qui devenait trop pénible.

Était-il vrai qu'il eût existé, qu'il existait encore des femmes passionnées, que l'émotion secoue, qui souffrent, pleurent, se donnent avec transport, enlacent, étreignent et gémissent, qui aiment avec leur chair autant qu'avec leur âme, avec la bouche qui parle et les yeux qui regardent, avec le cœur qui palpite et la main qui caresse, des femmes qui bravent tout parce qu'elles aiment, et vont, le jour ou la nuit, surveillées et menacées, intrépides et palpitantes, vers celui qui les prend en ses bras, folles de bonheur et défaillantes.

Oh ! l'horrible amour celui auquel il est maintenant enchaîné ; amour sans issue, sans fin, sans joie et sans triomphe, qui énerve, exaspère et ronge de souci ; amour sans douceur et sans ivresses, faisant seulement pressentir et regretter, souffrir et pleurer, et ne révélant l'extase des caresses partagées que par l'intolérable regret des baisers impossibles à éveiller sur des lèvres froides, stériles et sèches comme des arbres morts.

Il la regardait, emprisonnée et charmante en cette robe emplumée. N'étaient-ce point les grandes ennemies qu'il fallait vaincre plus encore que la femme, ses robes, gardiennes jalouses, barrières coquettes et précieuses qui enfermaient et défendaient contre lui sa maîtresse ?

« Votre toilette est ravissante, dit-il, car il ne voulait point parler de ce qui le torturait. »

Elle répondit en souriant :
« Vous verrez celle que j'aurai ce soir. »
mais elle toussa plusieurs fois de suite et reprit :
m'enrhume tout à fait. Laissez-moi partir,
comme Le soleil reviendra bien vite, et je ferai

Il n'insista, découragé, comprenant qu'aucun effort ne pourrait vaincre à présent l'inertie de cet être sans élan, que c'était fini, fini pour toujours d'espérer, d'attendre des mots balbutiés dans cette bouche tranquille, un éclair dans ces yeux calmes. Et soudain il sentit surgir en lui la résolution violente d'échapper à cette suppliciante domination. Elle l'avait cloué sur une croix ; il y saignait de tous ses membres, et elle le regardait agoniser sans comprendre sa souffrance, contente même d'avoir fait ça. Mais il s'arracherait de ce poteau mortel, en y laissant des morceaux de son corps, des lambeaux de sa chair et tout son cœur déchiqueté. Il se sauverait comme une bête que des chasseurs ont presque tuée, il irait se cacher dans une solitude où il finirait peut-être par cicatriser ses plaies et ne plus sentir que les sourdes douleurs dont tressaillent jusqu'à leur mort les mutilés.

« Adieu donc », lui dit-il.

Elle fut saisie par la tristesse de sa voix et reprit :

« A ce soir, mon ami. »

Il répéta :

« A ce soir... adieu. »

Puis il la reconduisit à la porte du jardin, et revint s'asseoir, seul, devant le foyer.

Seul ! Qu'il faisait froid en effet ! Et qu'il était triste ! C'était fini ! Ah ! quelle horrible pensée ! Fini d'espérer, d'attendre, de rêver d'elle avec cette brûlure au cœur qui nous fait vivre par moments, sur cette sombre terre, à la façon des feux de joie

allumés dans les soirs obscurs. Adieu les n[illegible]
d'émotion solitaire où presque jusqu'au j[illegible]
marchait à travers sa chambre en pensant [illegible] « Je
les réveils où il se disait en ouvrant les [illegible]
la verrai tantôt à notre petite maison [illegible] comme ce

Comme il l'aimait ! comme il l'a[illegible]lle ! Elle était
serait dur et long de se guér[illegible] la voyait, comme
partie parce qu'il faisait froi[illegible] l'ensorcelant, l'ensor-
tout à l'heure, le regardant [illegible] son cœur. Ah ! comme
celant pour mieux cre[illegible] de part en part, d'un seul et
elle l'avait bien crevé [illegible] le trou : une blessure ancienne
dernier coup. Il sentait le trou : une blessure ancienne
déjà, entrouverte puis pansée par elle, et qu'elle
venait de rendre inguérissable en y plongeant comme
un couteau sa mortelle indifférence. Il sentait même
que de ce cœur crevé quelque chose coulait en lui
qui emplissait son corps, montait à sa gorge et
l'étouffait. Alors, posant ses deux mains sur ses
yeux, comme pour se cacher à lui-même cette
faiblesse, il se mit à pleurer. Elle était partie parce
qu'il faisait froid ! Il aurait marché nu, dans la
neige, pour la rejoindre n'importe où. Il se serait
jeté du haut d'un toit, rien que pour tomber à ses
pieds. Le souvenir d'une vieille histoire lui vint,
dont on a fait une légende : celle de la Côte des
deux Amants, qu'on voit en allant à Rouen. Une
jeune fille, obéissant au caprice cruel de son père,
qui lui défendait d'épouser son amant si elle ne
parvenait à le porter elle-même au sommet de la
rude montagne, l'y traîna, marchant sur les mains
et les genoux, et mourut en arrivant. L'amour n'est
donc plus qu'une légende, faite pour être chantée
en vers ou contée en des romans trompeurs.

Sa maîtresse ne lui avait-elle pas dit elle-même,
dans une de leurs premières entrevues, une phrase
qu'il n'avait jamais oubliée : « Les hommes d'à

présent n'aiment pas les femmes d'aujourd'hui, jusqu'à s'en faire vraiment du mal. Croyez-moi, je connais les uns et les autres. » Elle s'était trompée pour lui, mais non pour elle, car elle avait dit encore : « En tout cas, je vous préviens que, moi, je suis incapable de m'éprendre vraiment de n'importe qui... »

De n'importe qui ? Était-ce bien sûr ? De lui, non. Il en demeurait certain maintenant, mais d'un autre ?

De lui ?... Elle ne pouvait pas l'aimer ! Pourquoi ?

Alors la sensation d'avoir tout manqué dans sa vie, sensation dont il était depuis longtemps obsédé, s'abattit sur lui et l'anéantit. Il n'avait rien fait, rien réussi, rien obtenu, rien vaincu. Les arts l'ayant tenté, il ne trouva pas en lui le courage nécessaire pour se donner tout à fait à l'un d'eux, ni l'obstination persévérante qu'il faut pour y triompher. Aucun succès ne l'avait réjoui, aucun goût exalté pour une belle chose ne l'avait anobli et grandi. Son seul effort énergique pour conquérir un cœur de femme venait d'avorter comme le reste. Il n'était au fond qu'un raté.

Il pleurait toujours sous ses mains appuyées sur ses yeux. Les larmes, glissant contre la peau, mouillaient sa moustache et salaient ses lèvres.

Leur amertume ainsi goûtée augmentait sa misère et sa désespérance.

Quand il releva la tête, il s'aperçut qu'il faisait nuit. Il n'avait que le temps de rentrer chez lui et de s'habiller pour dîner chez elle.

VII

André Mariolle entra le premier chez Mme Michèle de Burne. Il s'assit, et il contempla autour de lui ces murs, ces objets, ces tentures, ces bibelots, ces meubles qu'il chérissait à cause d'elle, tout cet appartement familier où il l'avait connue, trouvée et si souvent retrouvée, où il avait appris à aimer, où il avait découvert en lui et senti croître, de jour en jour, cette passion, jusqu'à l'heure de l'inutile victoire. Avec quelle ardeur il l'avait attendue quelquefois en ce lieu coquet, fait pour elle, cadre délicieux de cet être exquis ! Et comme il connaissait l'odeur de ce salon, de ces étoffes, une douce odeur d'iris, aristocrate et simple ! Là il avait tressailli de toutes les attentes, tremblé à toutes espérances, exploré toutes les émotions, et, pour finir, toutes les détresses. Il serrait, comme les mains d'un ami qu'on abandonne, les bras du large fauteuil où il avait si souvent causé avec elle en la regardant sourire et parler. Il aurait voulu qu'elle ne vînt pas, que personne ne vînt, et rester là, seul, toute la nuit, rêvant à son amour, comme on veille près d'un mort. Puis il serait parti, dès l'aurore, pour longtemps, peut-être pour toujours.

La porte de la chambre s'ouvrit. Elle parut, et vint à lui, la main tendue. Il se maîtrisa, et ne laissa rien voir. Ce n'était pas une femme, mais un bouquet vivant, un inimaginable bouquet.

Une ceinture d'œillets serrait sa taille et descendait autour d'elle jusqu'à ses pieds, en cascades. Autour des bras nus et des épaules courait une guirlande emmêlée de myosotis et de muguets, tandis que trois orchidées féeriques semblaient sortir de sa gorge et caressaient la chair pâle des seins de leur chair rose et rouge de fleurs surnaturelles. Ses cheveux blonds étaient poudrés de violettes d'émail où luisaient de minuscules diamants. D'autres brillants, tremblant sur des épingles d'or, scintillaient comme de l'eau dans la garniture embaumée du corsage.

« J'aurai la migraine, dit-elle, mais tant pis ! ça me va bien. »

Elle sentait bon, comme le printemps dans les jardins ; elle était plus fraîche que ses guirlandes. André la regardait, ébloui, et songeant qu'il serait aussi brutalement barbare de la prendre en ses bras en ce moment, que de piétiner un parterre épanoui. Leur corps ainsi n'était plus qu'un prétexte à parures, un objet à orner : ce n'était plus un objet à aimer. Elles ressemblaient à des fleurs, elles ressemblaient à des oiseaux, elles ressemblaient à mille autres choses autant qu'à des femmes. Leurs mères, toutes celles des générations passées, employaient l'art coquet pour aider la beauté, mais elles cherchaient d'abord à plaire par la séduction directe de leur corps, par la puissance naturelle de leur grâce, par l'irrésistible attrait que la forme féminine exerce sur le cœur des mâles. Aujourd'hui, la coquetterie était tout, l'artifice était devenu le grand moyen et aussi le but, car elles s'en servaient plutôt même afin d'irriter les yeux des rivales et de fouetter stérilement leur jalousie que pour la conquête des hommes.

A qui donc était destinée cette toilette, à lui l'amant, ou à humilier la princesse de Malten ?

La porte s'ouvrit : on l'annonça.

Mme de Burne eut un élan vers elle ; et, tout en veillant aux orchidées, elle l'embrassa, les lèvres entrouvertes, avec une petite moue de tendresse. Ce fut un joli, un désirable baiser donné et rendu à plein cœur par les deux bouches.

Mariolle tressaillit d'angoisse. Pas une fois elle n'était accourue à lui avec cette brusquerie heureuse ; jamais elle ne l'avait embrassé ainsi ; et par un revirement subi de sa pensée : « Ces femmes-là ne sont plus faites pour nous », se dit-il avec fureur.

Massival parut, puis derrière lui M. de Pradon, le comte de Bernhaus, puis Georges de Maltry, resplendissant de chic anglais.

On n'attendait plus que Lamarthe et Prédolé. On parla du sculpteur, et toutes les voix formulèrent des éloges.

« Il avait ressuscité la grâce, retrouvé la tradition de la Renaissance avec quelque chose de plus : la sincérité moderne ; c'était, d'après M. Georges de Maltry, l'exquis révélateur de la souplesse humaine. » Ces phrases, depuis deux mois, couraient tous les salons, allaient de toutes les bouches à toutes les oreilles.

Il parut enfin. On fut surpris. C'était un gros homme d'un âge indéterminable, avec des épaules de paysan, une forte tête aux traits accentués, couverte de cheveux et de barbe grisâtres, un nez puissant, des lèvres charnues, l'air timide et embarrassé. Il portait ses bras un peu loin du corps, avec une sorte de gaucherie, attribuable sans doute aux énormes mains qui sortaient des manches. Elles étaient larges, épaisses avec des doigts velus et musculeux, des mains d'hercule ou de boucher ; et elles semblaient maladroites, lentes, gênées d'être là, impossibles à cacher.

Mais la figure était éclairée par des yeux limpides, gris et perçants, d'une vivacité extraordinaire. Eux seuls semblaient vivre en cet homme pesant. Ils regardaient, scrutaient, fouillaient, jetaient partout leur éclair aigu rapide et mobile, et on sentait qu'une vive et grande intelligence animait ce regard curieux.

Mme de Burne, un peu déçue, indiqua poliment un siège, où l'artiste s'assit. Puis il resta là, confus, semblait-il, d'être venu dans cette maison.

Lamarthe, introducteur adroit, voulant rompre cette glace, s'approcha de son ami.

« Mon cher, dit-il, je vais vous montrer où vous êtes. Vous avez vu d'abord notre divine hôtesse ; regardez maintenant ce qui l'entoure. »

Il montrait sur la cheminée un buste authentique de Houdon, puis, sur un secrétaire de Boule, deux femmes enlacées et dansant, par Clodion, et enfin, sur une étagère, quatre statuettes de Tanagra[1] choisies parmi les plus parfaites.

Alors la figure de Prédolé s'éclaira soudain, comme s'il eût retrouvé ses enfants dans un désert. Il se leva, puis marcha vers les quatre antiques petites figures de terre ; et, quand il en saisit deux en même temps dans ses formidables mains qui semblaient faites pour tuer des bœufs, Mme de Burne eut peur pour elles. Mais, dès qu'il les eut touchées, on eût dit qu'il les caressait, car il les maniait avec une souplesse et une adresse surprenantes, en les faisant tourner dans ses doigts épais, devenus agiles comme ceux d'un jongleur. A le voir ainsi les contempler et les palper, on sentait qu'il avait dans l'âme et dans les mains, ce gros homme, une tendresse unique, idéale et délicate pour toutes les petites choses élégantes.

« Sont-elles jolies ? » demanda Lamarthe.

Alors le sculpteur les vanta comme s'il les eût félicitées, et il parla des plus remarquables qu'il connût, en quelques mots, d'une voix un peu voilée mais sûre, tranquille, au service d'une pensée claire qui savait bien la valeur des termes.

Puis, conduit par l'écrivain, il inspecta les autres bibelots rares que Mme de Burne avait réunis grâce aux conseils de ses amis. Il les appréciait avec des étonnements et des joies en les découvrant en ce lieu, et toujours il les prenait dans ses mains et les retournait légèrement en tous sens, comme pour se mettre en tendre contact avec eux. Une statuette de bronze était cachée dans un coin obscur, lourde comme un boulet ; il l'enleva d'un seul poignet, l'apporta près d'une lampe, l'admira longuement puis la remit en place sans effort visible.

Lamarthe dit :

« Est-il taillé pour lutter avec le marbre et la pierre, ce gaillard-là ! »

On le regardait avec sympathie.

Un domestique annonça :

« Madame est servie. »

La maîtresse de la maison prit le bras du sculpteur pour passer dans la salle à manger, et, lorsqu'elle l'eut fait asseoir à sa droite, elle lui demanda par courtoisie, comme elle eût interrogé l'héritier d'une grande famille sur l'origine exacte de son nom :

« Votre art, Monsieur, a aussi ce mérite, n'est-ce pas, d'être l'aîné de tous les autres ? »

Il répondit de sa voix tranquille :

« Mon Dieu ! Madame, les bergers bibliques jouaient de la flûte ; la musique semble donc plus ancienne, bien qu'à notre sens la véritable musique ne date pas de loin. Mais la véritable sculpture date de très loin. »

Elle reprit :

« Vous aimez la musique ? »

Il répondit avec une conviction grave :

« J'aime tous les arts. »

Elle demanda encore :

« Sait-on quel fut l'inventeur du vôtre ? »

Il réfléchit, et, avec une douceur d'accent, comme s'il eût conté une histoire attendrissante :

« D'après la tradition hellénique, ce fut l'Athénien Dédale. Mais la plus jolie légende est celle qui attribue cette découverte à un potier de Sicyone nommé Dibutades. Sa fille Kora ayant dessiné, au moyen d'un trait, l'ombre du profil de son fiancé, son père remplit cette silhouette d'argile et la modela. Mon art venait de naître. »

Lamarthe murmura : « Charmant. » Puis, après un silence, il reprit :

« Ah ! si vous vouliez, Prédolé. »

S'adressant ensuite à Mme de Burne :

« Vous ne vous figurez pas, Madame, comme cet homme est intéressant quand il parle de ce qu'il aime, comme il sait l'exprimer, le montrer et le faire adorer. »

Mais le sculpteur ne semblait pas disposé à poser ni à pérorer. Il avait introduit entre sa chemise et son cou un des coins de sa serviette pour ne pas tacher son gilet, et il mangeait son potage avec recueillement, avec cette espèce de respect que les paysans ont pour la soupe.

Puis il but un verre de vin et se redressa, l'air plus à l'aise, s'acclimatant.

De temps en temps, il essayait de se retourner, car il apercevait, reflété dans une glace, un groupe tout moderne placé derrière lui, sur la cheminée. Il ne le connaissait pas et cherchait à deviner l'auteur.

A la fin, n'y tenant plus, il demanda :

« C'est de Falguière, n'est-ce pas ? »

Mme de Burne se mit à rire.

« Oui, c'est de Falguière. Comment avez-vous reconnu cela dans une glace ? »

Il sourit à son tour.

« Ah ! Madame, je reconnais n'importe comment, d'un seul coup d'œil, la sculpture des gens qui font aussi de la peinture, et la peinture des gens qui font aussi de la sculpture. Ça ne ressemble pas du tout à l'œuvre d'un homme qui pratique exclusivement un seul art. »

Lamarthe, voulant faire briller son ami, demanda des explications, et Prédolé s'y prêta.

Il définit, raconta et caractérisa la peinture des sculpteurs et la sculpture des peintres d'une façon si claire, originale et neuve, avec sa parole lente et précise, que les regards l'écoutaient autant que les oreilles. Faisant reculer sa démonstration à travers l'histoire de l'art, et cueillant des exemples d'époque en époque, il remonta jusqu'aux premiers maîtres italiens, peintres et sculpteurs en même temps, Nicolas et Jean de Pise, Donatello, Lorenzo Ghiberti[1]. Il indiqua des opinions curieuses de Diderot sur le même sujet, et, pour conclure, cita les portes du baptistère de Saint-Jean de Florence, par Ghiberti, bas-reliefs si vivants et dramatiques qu'ils ont plutôt l'air de toiles peintes.

De ses lourdes mains agitées devant lui comme si

elles eussent été pleines de matière à modeler, et devenues dans leurs mouvements souples et légères à ravir les yeux, il reconstituait avec tant de conviction l'œuvre racontée qu'on suivait curieusement ses doigts, faisant surgir au-dessus des verres et des assiettes toutes les images exprimées par sa bouche.

Puis, comme on lui offrit des choses qu'il aimait, il se tut et se mit à manger.

Jusqu'à la fin du dîner il ne parla plus beaucoup suivant à peine lui-même la conversation, qui allait d'un écho de théâtre à une rumeur politique, d'un bal à un mariage, d'un article de *La Revue des Deux Mondes* au concours hippique récemment ouvert. Il mangeait bien et buvait sec, sans en paraître ému, ayant la pensée nette, saine, difficile à troubler, à peine excitable par le bon vin.

Lorsqu'on fut revenu dans le salon, Lamarthe, qui n'avait pas obtenu du sculpteur tout ce qu'il en attendait, l'attira près d'une vitrine pour lui montrer un objet inestimable, un encrier d'argent, pièce cotée, classée, historique, ciselée par Benvenuto Cellini.

Ce fut une espèce d'ivresse qui s'empara du sculpteur. Il contemplait cela comme on regarde le visage d'une maîtresse, et, saisi d'attendrissement, il énonça, sur l'œuvre de Cellini, des idées gracieuses et fines comme l'art du divin ciseleur ; puis, sentant qu'on l'écoutait, il se livra tout entier, et, assis sur un grand fauteuil, tenant et regardant sans cesse le bijou qu'on venait de lui présenter, il raconta ses impressions sur toutes les merveilles d'art connues par lui, mit à nu sa sensibilité, et rendit visible l'étrange griserie que la grâce des formes faisait entrer par ses yeux dans son âme. Pendant dix ans il avait parcouru le monde en ne regardant que du marbre, de la pierre, du bronze et du bois sculptés par des mains géniales, ou bien de l'or, de l'argent, de l'ivoire et du cuivre, vagues matières métamorphosées en chefs-d'œuvre sous les doigts de fées des ciseleurs.

Et lui-même il sculptait en parlant, avec des reliefs surprenants et de délicieux modelés obtenus par la justesse des mots.

Les hommes, debout autour de lui, l'écoutaient avec un intérêt extrême, tandis que les deux femmes, assises près du feu, paraissaient s'ennuyer un peu et causaient à voix basse, de temps en temps, déconcertées de ce qu'on pût prendre tant de goût à de simples contours d'objets.

Quand Prédolé se tut, Lamarthe, emballé et ravi, lui serra la main, et d'une voix amicale attendrie par l'émotion d'un amour commun :

« Vrai, j'ai envie de vous embrasser, dit-il. Vous êtes le seul artiste, le seul passionné et le seul grand homme d'aujourd'hui, le seul qui aimez vraiment ce que vous faites, qui y trouvez du bonheur, qui n'en êtes jamais las ni dégoûté. Vous maniez l'art éternel dans sa forme la plus pure, la plus simple, la plus haute et la plus inaccessible. Vous enfantez le beau par la courbe d'une ligne, et vous ne vous souciez pas d'autre chose. Je bois un verre d'eau-de-vie à votre santé. »

Puis la conversation redevint générale, mais languissante, étouffée par les idées qui avaient passé dans l'air de ce joli salon meublé d'objets précieux.

Prédolé s'en alla de bonne heure, en donnant pour raison qu'il était au travail tous les matins au lever du jour.

Lorsqu'il fut parti, Lamarthe, enthousiasmé, demanda à Mme de Burne :

« Eh bien ! comment le trouvez-vous ? »

Elle répondit, en hésitant, d'un air mécontent et peu séduit :

« Assez intéressant, mais raseur. »

Le romancier sourit, et pensa : « Parbleu, il n'a pas admiré votre toilette ; et vous êtes le seul de vos bibelots qu'il ait à peine regardé. » Puis, après quelques phrases aimables, il alla s'asseoir auprès de la princesse de Malten, afin de lui faire la cour. Le comte de Bernhaus s'approcha de la maîtresse de la maison, et, prenant un petit tabouret, parut s'affaisser à ses pieds. Mariolle, Massival, Maltry et M. de Pradon continuaient à parler du sculpteur, qui avait fait sur leurs esprits une forte impression. M. de Maltry le comparait aux maîtres anciens, dont toute la vie fut embellie et illuminée par l'amour exclusif et dévorant des manifestations de la Beauté ; et il philosophait là-dessus, avec des phrases subtiles, justes et fatigantes.

Massival, las d'écouter parler d'un art qui n'était point le sien, se rapprocha de Mme de Malten et s'assit auprès de Lamarthe, qui lui céda bientôt la place pour aller rejoindre les hommes.

« Partons-nous ? dit-il à Mariolle.

— Oui, bien volontiers. »

Le romancier aimait parler, la nuit, sur les trottoirs, en reconduisant quelqu'un. Sa voix brève, stridente, mordante, semblait s'accrocher et grimper aux murs des maisons. Il se sentait éloquent et clairvoyant, spirituel et imprévu en ces tête-à-tête nocturnes, où il monologuait plutôt qu'il ne causait. Il y obtenait pour lui-même des succès d'estime qui lui suffisaient, et il se préparait un bon sommeil par cette légère fatigue des poumons et des jambes.

Mariolle, lui, était à bout de forces. Toute sa misère, tout son malheur, tout son chagrin, toute son irrémédiable déception bouillonnaient en son cœur depuis qu'il avait franchi cette porte.

Il n'en pouvait plus, il n'en voulait plus. Il allait partir pour ne point revenir.

Quand il prit congé de Mme de Burne, elle lui dit adieu d'un air distrait.

Les deux hommes se trouvèrent seuls dans la rue. Le vent ayant tourné, le froid de la journée avait cessé. Il faisait chaud et doux, ainsi qu'il fait doux deux heures après une giboulée, au printemps. Le ciel, plein d'étoiles, vibrait, comme si, dans l'espace immense, un souffle d'été eût avivé le scintillement des astres.

Les trottoirs étaient redevenus gris et secs, tandis que, sur les chaussées, des flaques d'eau luisaient encore sous le gaz.

Lamarthe dit :

« Quel homme heureux, ce Prédolé !... Il n'aime qu'une chose, son art, ne pense qu'à cela, ne vit que pour cela, et cela emplit, console, égaye, fait heureuse et bonne son existence. C'est vraiment un grand artiste de la vieille race. Ah ! il ne s'inquiète guère des femmes, celui-là, de nos femmes à colifichets, à dentelles et à déguisements. Avez-vous vu comme il a fait peu d'attention à nos deux belles dames, qui étaient pourtant très séduisantes ? Mais il lui faut de la pure plastique, à lui, et non de l'artificiel. Il est vrai que notre divine hôtesse l'a jugé insupportable et imbécile. Pour elle un buste de Houdon, des statuettes de Tanagra ou un encrier de Benvenuto ne sont que les petites parures nécessaires à l'encadrement naturel et riche d'un chef-d'œuvre qui est Elle : Elle et sa robe, car sa robe fait partie d'Elle ; c'est la note nouvelle qu'elle donne chaque jour à sa beauté. Comme c'est futile et personnel, une femme ! »

Il s'arrêta, en frappant le trottoir d'un coup de canne si sec que le bruit courut quelque temps dans la rue. Puis il continua :

« Elles connaissent, comprennent et savourent ce qui les fait valoir : la toilette et le bijou qui changent de mode tous les dix ans ; mais elles ignorent ce qui est d'une sélection rare et constante, ce qui exige une grande et délicate pénétration artiste, et un exercice désintéressé, purement esthétique de leurs sens. Elles ont d'ailleurs des sens très rudimentaires, des sens de femelles, peu perfectibles, inaccessibles à ce qui ne touche pas directement l'égotisme féminin qui absorbe tout en elles. Leur finesse est de sauvage, d'indien, de guerre, de piège. Elles sont même presque impuissantes à goûter les jouissances matérielles d'ordre inférieur qui exigent une éducation physique et une attention raffinée d'un organe, comme la gourmandise. Quand elles arrivent, par exception, à respecter la bonne cuisine, elles demeurent toujours incapables de comprendre les grands vins, qui parlent seulement au palais des hommes, car le vin parle. »

Il donna sur le pavé un nouveau coup de canne, qui scanda ce dernier mot, et mit un point à sa phrase.

Puis il reprit :

« Il ne faut pas leur demander tant d'ailleurs. Mais cette absence de goût et de compréhension qui obscurcit leur vue intellectuelle quand il s'agit de choses élevées, les aveugle souvent bien davantage encore quand il s'agit de nous. Il est inutile, pour les séduire, d'avoir de l'âme, du cœur, de l'intelligence, des qualités et des mérites exceptionnels, comme autrefois, où on s'éprenait d'un homme pour sa valeur et son courage. Celles d'aujourd'hui sont des cabotines, les cabotines de l'amour, répétant de chic une pièce qu'elles jouent par tradition et à laquelle elles ne croient plus. Il leur faut des cabotins pour leur donner la réplique et mentir leur rôle comme elles. J'entends par cabotins les pitres du monde ou d'ailleurs. »

Ils marchèrent quelques moments en silence, l'un à côté de l'autre. Mariolle l'avait écouté avec attention, répétant mentalement ses phrases, l'approuvant de toute sa douleur. Il savait, d'ailleurs, qu'une sorte d'aventurier italien venu pour donner des assauts à Paris, le prince Epilati, gentilhomme de salles d'armes, dont on parlait partout et dont on vantait beaucoup l'élégance et la souple vigueur, exhibées au high-life et à la cocoterie d'élite sous des maillots collants de soie noire, accaparait en ce moment l'attention et la coquetterie de la petite baronne de Frémines.

Comme Lamarthe continuait à se taire, il lui dit :

« C'est notre faute ; nous choisissons mal, il y a d'autres femmes que celles-là ! »

Le romancier répliqua :

« Les seules encore capables d'attachement sont les demoiselles de magasin ou les petites bourgeoises sentimentales, pauvres et mal mariées. J'ai porté quelquefois secours à une de ces âmes en détresse. Elles sont débordantes de sentiment, mais de sentiment si vulgaire que le troquer contre le nôtre c'est faire l'aumône. Or je dis que dans notre jeune société riche, où les femmes n'ont envie et besoin de rien et n'ont d'autre désir que d'être un peu distraites, sans dangers à courir, où les hommes ont réglementé le plaisir comme le travail, je dis que l'antique, charmant et puissant attrait naturel qui poussait jadis les sexes l'un vers l'autre a disparu. »

Mariolle murmura :

« C'est vrai. »

Son envie de fuir s'accrut, de fuir loin de ces gens, de ces fantoches qui mimaient, par désœuvrement, la vie passionnée, belle et tendre d'autrefois et ne goûtaient plus rien de sa saveur perdue.

« Bonsoir ! dit-il, je vais me coucher. »

Il rentra chez lui, s'assit à sa table, et écrivit :

« Adieu, Madame. Vous rappelez-vous ma première lettre ? Je vous disais adieu aussi ; mais je ne suis pas parti. Comme j'ai eu tort ! J'aurai quitté Paris quand vous recevrez celle-ci. Ai-je besoin de vous expliquer pourquoi ? Les hommes comme moi ne devraient jamais rencontrer les femmes comme vous. Si j'étais un artiste et si mes émotions pouvaient être exprimées de manière à m'en soulager, vous m'auriez peut-être donné du talent ; mais je ne suis rien qu'un pauvre garçon en qui est entrée, avec mon amour pour vous, une atroce et intolérable détresse. Quand je vous ai rencontrée, je ne me serais pas cru capable de sentir et de souffrir de cette façon. Une autre, à votre place, aurait versé en mon cœur une allégresse divine en le faisant vivre. Mais vous n'avez pu que le torturer. C'est malgré vous, je le sais ; je ne vous reproche rien, et je ne vous en veux pas. Je n'ai même pas le droit de vous écrire ces lignes. Pardonnez-moi. Vous êtes ainsi faite que vous ne pouvez pas sentir comme je sens, que vous ne pouvez pas seulement deviner ce qui se passe en moi quand j'entre chez vous, quand vous me parlez et quand je vous regarde. Oui, vous consentez, vous m'acceptez, et vous m'offrez même un paisible et raisonnable bonheur dont je devrais vous remercier à genoux toute ma vie. Mais je n'en veux pas. Ah ! quel amour, horrible et torturant, celui qui demande sans cesse l'aumône d'une chaude parole ou d'une caresse émue, et qui ne la reçoit jamais ! Mon cœur est vide comme le ventre d'un mendiant qui courut longtemps, la main tendue, derrière vous. Vous lui avez jeté de belles choses, mais pas de pain. C'est du pain, c'est de l'amour qu'il me fallait. Je m'en vais misérable et pauvre, pauvre de votre tendresse, dont quelques miettes m'auraient sauvé. Je n'ai plus rien au monde qu'une pensée cruelle attachée à moi et qu'il faut tuer. C'est ce que je vais essayer de faire.

« Adieu, Madame. Pardon, merci, pardon. Ce soir encore, je vous aime de toute mon âme. Adieu, Madame.

« *André Mariolle*. »

TROISIÈME PARTIE

I[1]

Un matin radieux éclairait la ville. Mariolle monta dans la voiture qui l'attendait devant sa porte, avec un sac de voyage et deux malles dans la galerie. Il avait fait préparer, la nuit même, par son valet de chambre, le linge et les objets nécessaires pour une longue absence, et il s'en allait en donnant pour adresse provisoire : « Fontainebleau, poste restante. » Il n'emmenait personne, ne voulant pas voir une figure qui lui rappelât Paris, ne voulant plus entendre une voix entendue déjà pendant qu'il songeait à certaines choses.

Il cria au cocher : « Gare de Lyon ! » Le fiacre se mit en marche. Alors il pensa à cet autre départ pour le Mont-Saint-Michel, au printemps passé. Il y aurait un an dans trois mois. Puis, pour oublier cela, il regarda la rue.

La voiture déboucha dans l'avenue des Champs-Élysées, que baignait une ondée de soleil printanier. Les feuilles vertes, désemprisonnées déjà par les premières chaleurs des autres semaines, à peine arrêtées par les deux derniers jours de grêle et de froid, semblaient épandre, tant elles s'ouvraient vite, par cette matinée lumineuse, une odeur de verdure fraîche et de sève évaporée dans la délivrance de branches futures.

C'était un de ces matins d'éclosion où on sent que, dans les jardins publics et tout le long des avenues, les marronniers ronds vont fleurir en un jour à travers Paris, comme des lustres qui s'allument. La vie de la terre naissait pour un été, et la rue elle-même, aux trottoirs de bitume, frémissait sourdement, rongée par des racines.

Il pensait, secoué par les cahots du fiacre : « Enfin, je vais goûter un peu de calme. Je vais regarder naître le printemps dans la forêt encore déserte. »

Le trajet lui parut long. Il était courbaturé après ces quelques heures d'insomnie à pleurer sur lui, comme s'il eût passé dix nuits près d'un mourant. En arrivant dans la ville de Fontainebleau, il se rendit chez un notaire pour savoir s'il n'y avait point quelque chalet à louer meublé aux bords de la forêt. On lui en indiqua plusieurs. Celui dont la photographie le séduisit le plus venait d'être quitté par deux jeunes gens, homme et femme, qui étaient restés presque tout l'hiver dans le village de Montigny-sur-Loing. Le notaire, homme grave pourtant, souriait. Il devait flairer là une histoire d'amour. Il demanda :

« Vous êtes seul, Monsieur ?

— Je suis seul.

— Même sans domestiques ?

— Même sans domestiques. J'ai laissé les miens à Paris. Je veux prendre des gens du pays. Je viens ici pour travailler dans un isolement absolu.

— Oh ! vous l'aurez, à cette époque de l'année. »

Quelques minutes plus tard, un landau découvert emportait Mariolle et ses malles vers Montigny.

La forêt s'éveillait. Au pied des grands arbres, dont les têtes se couvraient d'une ombre légère de feuillage, les taillis étaient plus touffus. Les bouleaux hâtifs, aux membres d'argent, semblaient seuls habillés déjà pour l'été, tandis que les chênes immenses montraient seulement, au bout de leurs branchages, de légères taches vertes tremblotantes. Les hêtres, ouvrant plus vite leurs bourgeons pointus, laissaient tomber leurs dernières feuilles mortes de l'autre année.

Le long de la route l'herbe, que ne couvrait point encore l'ombre impénétrable des cimes, était drue, luisante, vernie de sève nouvelle ; et cette odeur de pousses naissantes, déjà perçue par Mariolle dans l'avenue des Champs-Élysées, l'enveloppait maintenant, le noyait dans un immense bain de vie végétale germant sous le premier soleil. Il respirait par grandes haleines, comme un libéré qui sort de prison et, avec la sensation d'un homme dont on vient de rompre les liens, il étendit mollement ses deux bras sur les deux côtés du landau, laissant pendre ses mains au-dessus des deux roues.

C'était bon d'aspirer ce grand air libre et pur ; mais comme il en devrait boire, et boire encore, longtemps, longtemps, de cet air, pour en être imprégné jusqu'à souffrir un peu moins, pour qu'à travers ses poumons il sentît enfin ce souffle frais glisser aussi sur la plaie vive de son cœur, et le calmer !

Il traversa Marlotte, où le cocher lui montra l'hôtel Corot, qu'on venait d'ouvrir et dont on vantait l'originalité. Puis, on suivit une route entre la forêt à gauche et, à droite, une grande plaine avec des arbres par places et des coteaux à l'horizon. Puis on pénétra dans une longue rue de village, une rue blanche, aveuglante, entre deux lignes interminables de petites maisons couvertes en tuiles. Par places, un énorme lilas fleuri jaillissait au-dessus d'un mur.

Cette rue suivait un étroit vallon qui descendait au petit cours d'eau. Quand Mariolle l'aperçut, il eut un ravissement. C'était un fleuve mince, rapide, agité et tournoyant, qui lavait sur une de ses rives le pied même des maisons et les murs des jardins, tandis que, sur l'autre, il baignait des prairies, où des arbres légers égrenaient leurs frêles feuillages à peine ouverts.

Mariolle trouva tout de suite la demeure indiquée, et en fut charmé. C'était une vieille maison restaurée par un peintre qui passa là cinq ans, puis s'en lassa, et la mit à louer. Elle était tout au bord de l'eau, séparée seulement du courant par un joli jardin que terminait une terrasse à tilleuls. Le Loing, qui venait de tomber d'un barrage par une chute haute d'un pied ou deux, filait le long de cette terrasse, en déroulant de grands remous. Par les fenêtres de la façade on apercevait, de l'autre côté, les prés.

« Je me guérirai ici », pensa Mariolle.

Tout avait été convenu avec le notaire pour le cas où cette maison lui plairait. Le cocher porta la réponse. Il fallut alors s'occuper de l'installation, qui fut rapide, le secrétaire de la mairie ayant fourni deux femmes, l'une pour la nourriture, l'autre pour faire la chambre et prendre soin du linge.

Il y avait en bas un salon, une salle à manger, la cuisine et deux petites pièces ; au premier, une belle chambre et une sorte de grand cabinet que l'artiste propriétaire avait disposé en atelier. Tout cela installé avec amour, comme on installe quand on s'éprend d'un pays et d'un logis. C'était maintenant un peu défraîchi, un peu dérangé, avec l'air veuf et délaissé des demeures dont le maître est parti.

On sentait pourtant que cette petite maison venait d'être habitée. Une douce odeur de verveine y flottait encore. Mariolle pensa : « Tiens, de la verveine, parfum simple. La femme d'avant moi ne devait pas être une compliquée... Heureux homme ! »

Le soir venait, toutes ces affaires ayant fait glisser la journée. Il s'assit près d'une fenêtre ouverte, buvant la fraîcheur humide et douce des herbages mouillés et regardant le soleil couchant faire de grandes ombres sur les prés.

Les deux servantes parlaient en préparant le dîner, et leurs voix paysannes montaient sourdement par l'escalier, tandis que, par la fenêtre, entraient des meuglements de vache, des aboiements de chien, des appels d'homme ramenant des bêtes ou causant avec un camarade à travers la rivière.

Cela était vraiment calme et reposant.

Mariolle se demandait pour la millième fois depuis le matin : « Qu'a-t-elle pensé en recevant ma lettre ?... Que va-t-elle faire ?... »

Puis il se dit : « Que fait-elle en ce moment ? »

Il regarda l'heure à sa montre : — six heures et demie —. « Elle est rentrée, elle reçoit. »

Il eut la vision du salon et de la jeune femme causant avec la princesse de Malten, Mme de Frémines, Massival et le comte de Bernhaus.

Son âme soudain tressaillit d'une espèce de colère. Il aurait voulu être là-bas. C'était l'heure où presque chaque jour il entrait chez elle. Et il sentait en lui un malaise, non pas un regret, car sa volonté était ferme, mais une sorte de souffrance physique pareille à celle d'un malade à qui on refuse la piqûre de morphine au moment accoutumé.

Il ne voyait plus les prairies, ni le soleil disparaissant derrière les collines de l'horizon. Il ne voyait qu'elle, au milieu d'amis, elle en proie à ces soucis mondains qui la lui avaient volée : « N'y pensons plus ! » se dit-il.

Il se leva, descendit au jardin, marcha jusqu'à la terrasse. La fraîcheur de l'eau secouée par le barrage montait en brumes de la rivière ; et cette froide sensation, glaçant son cœur déjà si triste, le fit revenir sur ses pas. Son couvert était mis dans la salle à manger. Il dîna vite ; puis, n'ayant rien à faire, sentant grandir dans son corps et grandir dans son âme ce malaise dont il avait subi tout à l'heure l'atteinte, il se coucha, et ferma les yeux pour dormir : ce fut en vain. Sa pensée voyait, sa pensée souffrait, sa pensée ne quittait point cette femme.

A qui serait-elle, à présent ? Au comte de Bernhaus sans doute ! C'était bien l'homme qu'il fallait à cette créature d'apparat, l'homme en vue, élégant, recherché. Il lui plaisait, car, pour le conquérir, elle avait employé toutes ses armes, bien qu'étant la maîtresse d'un autre.

Sous l'obsession de ces idées rongeuses, son âme pourtant s'engourdissait, s'égarait en des divagations somnolentes où sans cesse ils reparaissaient, cet homme et elle. Le vrai sommeil ne vint point ; et toute la nuit il les vit errer autour de lui, le bravant et l'irritant, disparaissant comme pour lui permettre de s'endormir enfin, et, dès que l'oubli l'avait enveloppé, reparaissant et le réveillant par un spasme aigu de jalousie au cœur.

Il sortit de son lit aux premières heures de l'aube et s'en alla dans la forêt, une canne à la main, une forte canne oubliée dans sa nouvelle maison par le dernier habitant.

Le soleil levé tombait à travers les cimes presque chauves encore des chênes, sur le sol tapissé par places d'herbe verdoyante, plus loin d'un tapis de feuilles mortes, plus loin de bruyères roussies par l'hiver ; et des papillons jaunes voltigeaient le long de la route, comme de petites flammes dansantes.

Un coteau, presque un mont, couvert de pins et de rocs bleuâtres, apparut à droite du chemin. Mariolle le gravit lentement, et, quand il fut au sommet, s'assit sur une grosse pierre, car il était déjà haletant. Ses jambes ne le soutenaient plus, défaillantes de faiblesse ; son cœur battait ; tout son corps semblait meurtri par une inconcevable courbature.

Cet accablement, il le savait, ne venait point de fatigue : il venait d'Elle, de cet amour pesant sur lui comme un poids intolérable ; et il murmura : « Quelle misère ! Pourquoi me tient-elle ainsi, moi qui n'ai jamais pris de l'existence que ce qu'il en fallait prendre pour la goûter sans en souffrir ? »

Son attention, surexcitée, aiguisée par la peur de ce mal qui serait peut-être si difficile à vaincre, se fixa sur lui-même et fouilla son âme, descendit dans son être intime, cherchant à le mieux connaître, à le mieux comprendre, à dévoiler à ses propres yeux le pourquoi de cette inexplicable crise.

Il se disait : « Je n'avais jamais subi d'entraînement. Je ne suis pas un exalté, je ne suis pas un passionné ; j'ai plus de jugement que d'instinct, de curiosités que d'appétits, de fantaisie que de persévérance. Je ne suis au fond qu'un jouisseur délicat, intelligent et difficile. J'ai aimé les choses de la vie sans m'y attacher jamais beaucoup, avec des sens d'expert qui savoure et ne se grise point, qui comprend trop pour perdre la tête. Je raisonne tout, et j'analyse d'ordinaire trop bien mes goûts pour les subir aveuglément. C'est même là mon grand défaut, la cause unique de ma faiblesse. Et voilà que cette femme s'est imposée à moi, malgré moi, malgré ma peur et ma connaissance d'elle ; et elle me possède comme si elle avait cueilli une à une toutes les aspirations diverses qui étaient en moi. C'est cela peut-être. Je les éparpillais vers des choses inanimées, vers la nature qui me séduit et m'attendrit, vers la musique, qui est une espèce de caresse idéale, vers la pensée, qui est la gourmandise de l'esprit, vers tout ce qui est agréable et beau sur la terre.

« Puis, j'ai rencontré une créature qui a ramassé tous mes désirs un peu hésitants et changeants, et, les tournant vers elle, en a fait de l'amour. Élégante et jolie elle a plu à mes yeux ; fine, intelligente et rusée, elle a plu à mon âme ; et elle a plu à mon cœur par un agrément mystérieux de son contact et de sa présence, par une secrète et irrésistible émanation de sa personne qui m'ont conquis comme engourdissent certaines fleurs.

« Elle a tout remplacé pour moi, car je n'aspire plus à rien, je n'ai plus besoin, envie ni souci de rien.

« Autrefois, comme j'aurais tressailli et vibré dans cette forêt qui renaît ! Aujourd'hui je ne la vois pas, je ne la sens pas, je n'y suis point ; je suis toujours près de cette femme, que je ne veux plus aimer.

« Allons ! Il faut que je tue mes idées par la fatigue ; sans quoi je ne me guérirai pas. »

Il se leva, descendit le coteau rocheux, et se remit en marche à grands pas. Mais l'obsession l'écrasait comme s'il l'eût portée sur ses reins.

Il allait hâtant toujours sa marche et rencontrant

parfois, à la vue du soleil plongeant dans les feuillages ou bien au passage d'un souffle résineux tombé d'un bouquet de sapins, une courte sensation de soulagement, pareille au pressentiment de la consolation lointaine.

Tout à coup il s'arrêta : « Je ne me promène plus, se dit-il : je fuis. » Il fuyait, en effet, devant lui, n'importe où ; il fuyait, poursuivi par l'angoisse de cet amour rompu.

Puis il repartit à pas plus tranquilles. La forêt changeait d'aspect, devenait plus épanouie et plus ombrée, car il entrait dans la partie la plus chaude, dans l'admirable région des hêtres. Aucune sensation de l'hiver ne restait plus. C'était un printemps extraordinaire, qui semblait né dans la nuit même, tant il était frais et jeune.

Mariolle pénétra dans les fourrés, sous les arbres gigantesques qui s'élevaient de plus en plus, et il alla devant lui longtemps, une heure, deux heures, à travers les branches, à travers l'innombrable multitude des petites feuilles luisantes, huilées et vernies de sève. La voûte immense des cimes voilait tout le ciel, supportée par de longues colonnes, droites ou penchées, parfois blanchâtres, parfois sombres sous une mousse noire attachée à l'écorce. Elles montaient indéfiniment, les unes derrière les autres, dominant les jeunes taillis emmêlés et poussés à leur pied, et les couvrant d'un nuage épais que traversaient cependant des cataractes de soleil. La pluie de feu glissait, coulait dans tout ce feuillage épandu qui n'avait plus l'air d'un bois, mais d'une éclatante vapeur de verdure illuminée de rayons jaunes.

Mariolle s'arrêta, ému d'une inexprimable surprise. Où était-il ? Dans une forêt ou bien tombé au fond d'une mer, d'une mer toute en feuilles et toute en lumière, d'un océan doré de clarté verte ?

Il se sentit mieux, plus loin de son malheur, plus caché, plus calme, et il se coucha par terre sur le tapis roux de feuillage mort que ces arbres ne laissent tomber qu'au moment où ils se couvrent d'une vêture nouvelle.

Jouissant du contact frais de la terre et de la pure douceur de l'air, il fut bientôt envahi par une envie vague d'abord, puis plus précise, de n'être pas seul en ce lieu charmant, et il se dit : « Ah ! si je l'avais ici, avec moi ! »

Il revit brusquement le Mont-Saint-Michel, et, se rappelant combien elle avait été différente, là-bas, de ce qu'elle était à Paris, en cet éveil d'affection éclose au vent du large, en face des sables blonds, il pensa que ce jour-là seulement elle l'avait aimé un peu, pendant quelques heures. Certes, sur la route où fuyait le flot, dans le cloître où, murmurant son prénom seul : « André », elle avait semblé dire : « Je suis à vous », et sur le chemin des Fous où il l'avait presque portée dans l'espace, elle avait eu pour lui une sorte d'entraînement, jamais revenu depuis que son pied de coquette avait retrouvé le pavé parisien.

Mais ici, avec lui, dans ce bain verdoyant, dans cette autre marée faite de sève nouvelle, ne serait-elle pas rentrée en son cœur, l'émotion fugace et douce rencontrée sur la côte normande ?

Il demeurait allongé sur le dos, toujours meurtri par sa songerie, le regard perdu dans l'onde ensoleillée des cimes ; et, peu à peu, il fermait les yeux, engourdi sous la grande tranquillité des arbres. A la fin, il s'endormit, et, quand il se réveilla, il s'aperçut qu'il était plus de deux heures de l'après-midi.

S'étant relevé, il se sentit un peu moins triste, un peu moins malade, et se remit en route. Il sortit enfin de l'épaisseur du bois, et entra dans un large carrefour où aboutissaient, comme les rayons d'une couronne, six avenues incroyablement hautes, qui se perdaient en des lointains feuillus et transparents, dans un air teinté d'émeraude. Un poteau indiquait le nom de ce lieu : « Le Bouquet du Roi. » C'était vraiment la capitale du royal pays des hêtres.

Une voiture passa. Elle était vide et libre. Mariolle la prit et se fit conduire à Marlotte, d'où il regagnerait à pied Montigny, après avoir mangé à l'auberge, car il avait faim.

Il se rappelait avoir vu la veille cet établissement qu'on venait d'ouvrir : l'hôtel Corot, guinguette artiste à décor moyen âge, sur le modèle du cabaret du Chat Noir, à Paris. On l'y déposa, et il pénétra par une porte ouverte dans une vaste salle où des tables d'un genre ancien et des escabeaux incommodes semblaient attendre des buveurs d'un autre siècle. Au fond de la pièce, une femme, une jeune bonne sans doute, debout sur le sommet d'une petite échelle double, accrochait de vieilles assiettes à des clous trop élevés pour elle. Tantôt dressée sur la pointe des deux pieds, tantôt se haussant sur un seul, elle s'allongeait, une main sur le mur, l'assiette dans l'autre, avec des mouvements adroits et jolis, car sa taille était fine, et la ligne ondulant de son poignet à sa cheville prenait des grâces changeantes à chacun de ses efforts. Comme elle tournait le dos, elle n'entendit point entrer Mariolle qui s'arrêta pour la regarder. Le souvenir de Prédolé lui vint : « Tiens c'est gentil cela ! se dit-il. Elle est très souple, cette fillette. »

Il toussa. Elle faillit tomber de surprise ; mais, dès qu'elle eut retrouvé son équilibre, elle sauta sur le sol, du haut de l'échelle, avec une légèreté de danseuse de corde, puis vint, souriante, vers le client. Elle interrogea :

« Monsieur désire ?

— Déjeuner, Mademoiselle. »

Elle osa dire :

« Ce serait plutôt dîner, car il est trois heures et demie. »

Il reprit :

« Disons dîner, si vous le voulez. Je me suis perdu dans la forêt. »

Alors elle énonça les plats à la disposition des voyageurs. Il fit son menu et s'assit.

Elle alla donner la commande, puis revint mettre le couvert.

Il la suivait du regard, la trouvant gentille, vive et propre. Vêtue pour le travail, jupe retroussée, manches relevées, le cou au vent, elle avait un petit air alerte plaisant à voir ; et son corset moulait bien sa taille, dont elle devait être très fière.

La figure, un peu rouge, vermillonnée par le grand air, semblait trop joufflue, empâtée encore, mais d'une fraîcheur de fleur qui s'ouvre, avec de beaux yeux bruns luisants dans lesquels tout semblait briller, une bouche largement ouverte, pleine de belles dents, et des cheveux châtains dont l'abondance révélait l'énergie vivace de ce jeune corps vigoureux[1].

Elle apportait des radis et du beurre, et il se mit à manger, cessant de la voir. Voulant s'étourdir, il demanda une bouteille de champagne et la but tout entière, puis deux verres de kummel après son café ; et, comme il était presque à jeun, n'ayant mangé avant de partir qu'un peu de viande froide et du pain, il se sentit envahi, engourdi, soulagé par un étourdissement puissant qu'il prenait pour de l'oubli. Ses idées, son chagrin, ses angoisses semblaient délayées, noyées dans le vin clair, qui avait fait, en si peu de temps, de son cœur torturé un cœur presque inerte.

Il revint à Montigny à pas lents, rentra chez lui, et, très las, très somnolent, il se coucha dès le soir tombé, et s'endormit tout de suite.

Mais il se réveilla en pleines ténèbres, mal à l'aise, tourmenté comme si un cauchemar chassé pendant quelques heures avait reparu furtivement pour interrompre son sommeil. Elle était là, elle, Mme de Burne, revenue, rôdant encore autour de lui, toujours accompagnée de M. de Bernhaus. « Tiens ! se dit-il, je suis jaloux à présent ; pourquoi donc ? »

Pourquoi était-il jaloux ? Il le comprit bien vite. Malgré ses craintes et ses angoisses, tant qu'il avait été son amant, il la sentait fidèle, fidèle sans élan, sans tendresse, mais avec une résolution loyale. Or, il venait de tout briser, il l'avait faite libre : c'était fini. Resterait-elle maintenant sans liaison ? Oui, pendant quelque temps, sans doute... Et puis ?... Cette fidélité même qu'elle lui avait gardée jusqu'ici sans qu'il en pût douter, ne venait-elle pas du vague pressentiment que, si elle le quittait, lui Mariolle, par lassitude, il faudrait bien qu'un jour ou l'autre, après un repos plus ou moins long, elle le remplaçât, non par entraînement, mais par fatigue de la solitude, comme elle l'aurait rejeté par fatigue de son attachement. N'y a-t-il pas des amants qu'on garde toujours avec résignation par peur du suivant ? Et puis, changer de bras n'eût pas paru propre à une femme comme celle-là, trop intelligente pour subir le préjugé de la faute et du déshonneur, mais douée d'une délicate pudeur morale qui la préservait des vraies souillures. Mondaine philosophe et non prude bourgeoise, elle ne s'effrayait pas d'une attache secrète, tandis que sa chair indifférente eût tressailli de dégoût à la pensée d'une suite d'amants.

Il l'avait faite libre... et maintenant ?... Maintenant certainement elle en prendrait un autre ! Et ce serait le comte de Bernhaus. Il en était sûr, et il en souffrait, à présent, d'une inimaginable façon.

Pourquoi avait-il rompu ? Il l'avait quittée fidèle, amicale et charmante ! Pourquoi ? Parce qu'il était une brute sensuelle qui ne comprenait pas l'amour sans les entraînements physiques ?

Était-ce bien cela ? Oui... Mais il y avait autre chose ! Il y avait, avant tout, la peur de souffrir. Il avait fui devant la douleur de n'être pas aimé comme il aimait, devant le dissentiment cruel, né entre eux, de leurs baisers inégalement tendres, devant le mal inguérissable dont son cœur, durement atteint, ne devait peut-être jamais guérir. Il avait eu peur de trop souffrir, d'endurer pendant des années l'angoisse pressentie pendant quelques mois, subie seulement pendant quelques semaines. Faible, comme toujours, il avait reculé devant cette douleur, ainsi que, durant toute sa vie, il avait reculé devant les grands efforts.

Il était donc incapable de faire une chose jusqu'au bout, de se jeter dans la passion comme il aurait dû se jeter dans une science, ou dans un art, car il est peut-être impossible d'avoir beaucoup aimé sans avoir beaucoup souffert.

Jusqu'à l'aurore, il remua ces mêmes idées qui le mordaient comme des chiens ; puis il se leva et descendit au bord de la rivière.

Un pêcheur jetait l'épervier près du petit barrage. L'eau tournoyait sous la lumière, et, quand l'homme en retirait son grand filet rond pour l'étaler sur le bout ponté du bateau, les minces poissons frétillaient sous les mailles comme de l'argent vivant[1].

Mariolle se calmait dans la tiédeur de l'air matinal, dans la buée de la chute d'eau où voltigeaient de légers arcs-en-ciel ; et le courant qui coulait à ses pieds lui paraissait emporter un peu de son chagrin dans sa fuite incessante et rapide.

Il se dit : « Vraiment j'ai bien fait ; j'aurais été trop malheureux ! »

Retournant alors à la maison prendre un hamac aperçu dans le vestibule, il l'accrocha entre deux tilleuls, et, s'étant couché dedans, il essaya de ne songer à rien en regardant glisser l'onde.

Il gagna ainsi le déjeuner, dans une torpeur douce, dans un bien-être du corps qui se répandait jusqu'à l'âme, et il fit durer le repas le plus possible pour ralentir la fuite du jour. Mais une attente l'énervait : celle du courrier. Il avait télégraphié à Paris et écrit à Fontainebleau pour qu'on lui renvoyât ses lettres. Il ne recevait rien, et la sensation d'un grand abandon commençait à l'oppresser. Pourquoi ? Il ne pouvait rien espérer d'agréable, de consolant, de rassérénant dans la petite boîte noire pendue au flanc du facteur, rien que des invitations inutiles et des communications banales. Alors pourquoi désirer ces papiers inconnus, comme si le salut de son cœur était dedans ?

Ne cachait-il par au fond de lui le vaniteux espoir qu'elle lui écrirait ?

Il demanda à l'une de ses vieilles femmes :

« A quelle heure arrive la poste ?

— A midi, Monsieur. »

C'était le moment juste. Il se mit à écouter les bruits du dehors avec une grandissante inquiétude. Un coup frappé sur la porte extérieure le souleva. Le piéton n'apportait en effet que des journaux et trois lettres sans importance. Mariolle lut les feuilles publiques, les relut, s'ennuya et sortit.

Que ferait-il ? Il retourna vers le hamac, et s'y étendit de nouveau : or au bout d'une demi-heure un impérieux besoin de changer de place le saisit. La forêt ? Oui, la forêt était délicieuse, mais la solitude y semblait encore plus profonde qu'en sa maison, que dans le village, où passaient parfois quelques bruits de vie. Et cette solitude silencieuse des arbres et des feuilles l'imprégnait de mélancolie et de regrets, le noyait dans sa misère. Il recommença dans sa pensée sa longue promenade de la veille, et, quand il revit la petite bonne alerte de l'hôtel Corot, il se dit : « Tiens ! je vais aller jusque-là, et j'y dînerai ! » Cette idée lui fit du bien ; c'était une occupation, un moyen de gagner quelques heures ; et il se mit en route tout de suite.

La longue rue du village s'allongeait toute droite dans le vallon, entre ses deux rangées de maisons blanches, basses, couvertes en tuiles, les unes alignées contre le chemin, les autres au fond d'une petite cour où fleurissait un lilas, où rôdaient des poules sur le fumier chaud, où des escaliers à rampes de bois grimpaient en plein air à des portes dans le mur. Des paysans travaillaient lentement devant leur logis à des besognes domestiques. Une vieille femme courbée, avec des cheveux grisâtres et jaunes malgré son âge, car les ruraux n'ont presque jamais les cheveux vraiment blancs, passa près de lui, la taille dans un caraco déchiré, les jambes maigres et noueuses dessinées sous une espèce de jupon de laine que soulevait la saillie de la croupe. Elle regardait devant elle avec des yeux sans idées, des yeux qui n'avaient jamais vu que les quelques simples objets utiles à sa pauvre existence[1].

Une autre, plus jeune, étendait du linge devant sa porte. Le mouvement des bras retroussant la jupe montrait en des bas bleus de grosses chevilles et des os au-dessus, des os sans chair, tandis que la taille et la gorge, plates et larges comme une poitrine d'homme, révélaient un corps sans formes qui devait être horrible à voir.

Mariolle pensa : « Des femmes ! Ce sont des femmes ! Voilà des femmes ! » La silhouette de Mme de Burne se dessina devant ses yeux. Il l'aperçut exquise d'élégance et de beauté, bijou de chair humaine, coquette et parée pour des regards d'hommes ; et il tressaillit de l'angoisse d'une irréparable perte.

Alors il marcha plus vite pour secouer son cœur et sa pensée.

Quand il entra dans l'hôtel de Marlotte, la petite bonne le reconnut aussitôt, et, presque familière, lui dit :

« Bonjour, Monsieur.

— Bonjour, Mademoiselle.

— Voulez-vous boire quelque chose ?

— Oui, pour commencer ; puis je dînerai ici. »

Ils discutèrent sur ce qu'il boirait d'abord, sur ce qu'il mangerait ensuite. Il la consultait pour la faire parler, car elle s'exprimait bien, avec l'accent bref de Paris et une aisance d'élocution aussi facile que son aisance de mouvement.

Il pensait en l'écoutant : « Elle est fort agréable, cette fillette ; ça m'a l'air de la graine de cocotte. »

Il lui demanda :

« Vous êtes Parisienne ?

— Oui, Monsieur.

— Il y a longtemps que vous êtes ici ?

— Quinze jours, Monsieur.

— Vous vous y plaisez ?

— Pas jusqu'à présent, mais c'est trop tôt pour savoir ; et puis j'étais fatiguée de l'air de Paris, et la campagne m'a rétablie ; c'est ça surtout qui m'a décidée à venir. Alors je vous apporte un vermouth, Monsieur ?

— Oui, Mademoiselle, et vous direz au chef ou à la cuisinière de bien soigner mon dîner.

— Ne craignez rien, Monsieur. »

Elle sortit, le laissant seul.

Il gagna le jardin de l'hôtel et s'installa sous une tonnelle, où son vermouth lui fut servi. Il y resta jusqu'à la fin de la journée, écoutant siffler un merle dans une cage, et regardant passer parfois la petite bonne, qui coquetait et faisait des grâces pour le monsieur, ayant compris qu'il la trouvait à son goût.

Il s'en alla comme la veille avec une bouteille de champagne dans le cœur ; mais, les ténèbres de la route et la fraîcheur de la nuit dissipant vite son léger étourdissement, une invincible tristesse entra de nouveau dans son âme. Il pensait : « Que vais-je faire ? Resterai-je ici ? Serai-je condamné longtemps à traîner cette vie désolée ? » Et il s'endormit fort tard.

Le lendemain, il se balança de nouveau dans le hamac ; et la présence constante de l'homme jetant l'épervier lui donna l'idée de se mettre à pêcher. Un épicier qui vendait des lignes le renseigna sur ce sport tranquille, offrit même de guider ses premiers essais. La proposition fut acceptée, et de neuf heures à midi, Mariolle, avec de grands efforts et une attention toujours tendue, parvint à prendre trois petits poissons.

Après le repas, il se rendit de nouveau à Marlotte. Pourquoi ? Pour tuer le temps.

La petite bonne de l'auberge se mit à rire en l'apercevant.

Il sourit aussi, amusé par cette reconnaissance, et il essaya de la faire causer.

Plus familière que la veille, elle parla. Elle s'appelait Élisabeth Ledru.

Sa mère, couturière en chambre, était morte l'année précédente ; alors le mari, employé comptable, toujours ivre et sans place, et qui vivait du labeur de sa femme et de sa fille, disparut, car la fillette, restée seule tout le jour à coudre dans sa mansarde, ne pouvait subvenir aux besoins de deux personnes. Lasse à son tour de sa besogne solitaire, elle entra comme bonne dans un bouillon[1], y resta près d'un an, et, comme elle se sentait fatiguée, le fondateur de l'hôtel Corot, à Marlotte, ayant été servi par elle, l'engagea pour l'été avec deux autres jeunes personnes qui viendraient un peu plus tard. Ce patron assurément savait attirer la clientèle.

Cette histoire plut à Mariolle, qui fit dire à la jeune fille, en l'interrogeant avec adresse et en la traitant comme une demoiselle, beaucoup de détails curieux sur ce sombre et pauvre intérieur ruiné par un ivrogne. Elle, être perdu, errant, sans liens, gaie quand même parce qu'elle était jeune, sentant réel l'intérêt de cet inconnu, et vive son attention, parla avec confiance, avec l'expansion de son âme, qu'elle ne pouvait guère plus contenir que l'agilité de ses membres.

Il lui demanda quand elle eut fini :

« Et... vous serez bonne toute votre vie ?

— Je ne sais pas, moi, Monsieur. Est-ce que je peux deviner ce qui m'arrivera demain ?

— Pourtant il faut penser à l'avenir. »

Elle avait pris un air méditatif, vite effacé sur ses traits, puis elle répondit :

« Je prendrai ce qui me tombera. Tant pis ! »

Ils se quittèrent bons amis.

Il revint quelques jours plus tard, puis une autre fois, puis souvent, vaguement attiré par la causerie naïve de la fillette abandonnée, dont le léger bavardage distrayait un peu son chagrin.

Mais quand il retournait à pied, le soir, à Montigny, il avait, en pensant à Mme de Burne, des crises épouvantables de désespoir. Avec l'aurore, son cœur s'égayait un peu. Avec la nuit retombaient sur lui les déchirants regrets et la jalousie féroce. Il n'avait aucune nouvelle. Il n'avait écrit à personne, et personne ne lui avait écrit. Il ne savait rien. Alors, seul, sur la route noire, il imaginait les progrès de la liaison prochaine qu'il avait prévue entre sa maîtresse d'hier et le comte de Bernhaus. Cette idée fixe entrait en lui plus profondément chaque jour. Celui-là, pensait-il, lui donnera juste ce qu'elle demande : un amant distingué, assidu, sans exigences, satisfait et flatté d'être le préféré de cette délicieuse et fine coquette.

Il le comparait à lui-même. L'autre, certes, n'aurait pas ces énervements, ces impatiences fatigantes, ce besoin acharné de tendresse rendue, qui avait détruit leur entente amoureuse. Il se contenterait de peu en homme du monde très souple, avisé et discret, car il ne semblait guère appartenir non plus à la race des passionnés.

Or, un jour, comme André Mariolle arrivait à Marlotte, il aperçut sous l'autre tonnelle de l'hôtel Corot deux jeunes gens barbus, coiffés de bérets, et qui fumaient des pipes.

Le patron, un gros homme à face épanouie, vint aussitôt le saluer, car il éprouvait pour ce dîneur fidèle une sympathie intéressée, puis il dit :

« J'ai deux nouveaux clients, deux peintres, depuis hier.

— Ces messieurs là-bas ?

— Oui, ils sont déjà connus. Le plus petit a eu une seconde médaille, l'an dernier. »

Et, ayant raconté tout ce qu'il savait de ces artistes en éclosion, il demanda :

« Que prenez-vous aujourd'hui, monsieur Mariolle ?

— Envoyez-moi un vermouth, comme toujours. »

Le patron s'éloigna.

Élisabeth parut portant le plateau, le verre, la carafe et la bouteille. Et aussitôt un des peintres cria :

« Eh bien ! petite, est-on toujours fâchée ? »

Elle ne répondit pas, et quand elle approcha de Mariolle il vit qu'elle avait les yeux rouges.

« Vous avez pleuré ? » dit-il.

Elle répondit simplement.

« Oui, un peu.

— Que s'est-il passé ?

— Ces deux messieurs là-bas se sont mal conduits avec moi.

— Qu'est-ce qu'ils ont fait ?

— Ils m'ont prise pour une pas grand-chose.

— Vous vous êtes plainte au patron ? »

Elle eut un haussement d'épaules désolé.

« Oh ! Monsieur... le patron... le patron... je le connais... maintenant, le patron !... »

Mariolle, ému, un peu irrité, lui dit :

« Contez-moi tout ça ? »

Elle conta les tentatives immédiates et brutales de ces deux rapins arrivés la veille. Puis elle se remit à pleurer, se demandant ce qu'elle allait faire, perdue en ce pays, sans protection, sans appui, sans argent, sans ressources.

Mariolle lui proposa soudain :

« Voulez-vous entrer à mon service ? Vous serez bien traitée chez moi ; et, quand je retournerai à

Paris, vous demeurerez libre de faire ce qu'il vous plaira. »

Elle le regardait en face, avec des yeux interrogateurs.

Puis tout à coup :

« Je veux bien, Monsieur.

— Combien gagnez-vous ici ?

— Soixante francs par mois. »

Elle ajouta, prise d'inquiétude.

« Et j'ai ma petite part des pourboires en plus. Ça fait environ soixante-dix.

— Je vous en donnerai cent. »

Surprise, elle répéta :

« Cent francs par mois ?

— Oui. Ça vous va ?

— Je crois bien que ça me va !

— Vous aurez simplement à me servir, à prendre soin de mes effets, linge et habits, et à faire ma chambre.

— C'est entendu, Monsieur.

— Quand viendrez-vous ?

— Demain, si vous voulez. Après ce qui s'est passé ici, j'irai trouver le maire, et je m'en irai de force. »

Mariolle tira deux louis de sa poche, et, les lui donnant :

« Voilà votre denier à Dieu. »

Une joie éclaira son visage, et elle dit d'un ton décidé :

« Je serai chez vous demain, avant midi, Monsieur. »

II

Élisabeth arriva le lendemain à Montigny, suivie d'un paysan qui portait sa malle dans une brouette. Mariolle s'était débarrassé d'une de ses vieilles en la dédommageant généreusement, et la nouvelle venue prit possession d'une petite chambre, au second étage, à côté de la cuisinière.

Quand elle se présenta devant son maître, elle lui parut un peu différente de ce qu'elle était à Marlotte, moins expansive, plus humble, devenue la domestique du monsieur dont elle était presque la modeste amie sous la tonnelle de son auberge.

Il lui indiqua en quelques mots ce qu'elle aurait à faire. Elle écouta avec grand soin, s'installa et prit son service.

Une semaine s'écoula sans apporter dans l'âme de Mariolle un appréciable changement. Il remarqua seulement qu'il quittait moins sa maison, car il n'avait plus le prétexte des promenades à Marlotte, et qu'elle lui semblait peut-être moins lugubre que dans les premiers jours. La grande ardeur de son chagrin se calmait un peu, comme tout se calme ; mais, à la place de cette brûlure, naissait en lui une tristesse insurmontable, une de ces mélancolies profondes pareilles aux maladies chroniques et lentes, dont on finit quelquefois par mourir. Toute son activité passée, toute la curiosité de son esprit, tout son intérêt pour les choses qui l'avaient jusqu'ici occupé et amusé étaient morts en lui, remplacés par un dégoût de tout et une nonchalance invincible qui ne lui laissait pas même la force de se lever pour une sortie. Il ne quittait plus guère sa maison, allant de son salon à son hamac, de son hamac à son salon. Ses plus grandes distractions consistaient à regarder couler le Loing et le pêcheur jeter son épervier.

Après ces premiers jours de réserve et de retenue, Élisabeth s'enhardissait un peu, et, remarquant, avec son flair féminin, l'abattement constant de son maître, elle lui demandait parfois, quand l'autre bonne n'était pas là :

« Monsieur s'ennuie beaucoup ? »

Il répondait avec résignation :

« Oui, pas mal.

— Monsieur devrait se promener.

— Ça ne m'amuserait pas davantage. »

Elle avait pour lui des attentions secrètes et dévouées. Chaque matin, en entrant dans son salon il le trouvait plein de fleurs et parfumé comme une serre. Élisabeth assurément devait mettre à contribution les courses des gamins qui lui rapportaient de la forêt des primevères, des violettes, des genêts d'or, ainsi que les petits jardinets du village, où les paysannes arrosaient, le soir, quelques plantes. Lui, dans son abandon, dans sa détresse, dans sa torpeur, lui savait gré, un gré attendri, de cette reconnaissance ingénieuse et du souci deviné sans cesse en elle de lui être agréable dans les moindres choses.

Il lui semblait aussi qu'elle devenait plus jolie,

plus soignée, que sa figure était un peu pâlie et pour ainsi dire affinée. Il s'aperçut même un jour, comme elle lui servait son thé, qu'elle n'avait plus des mains de bonne, mais des mains de dame, avec des ongles bien taillés irréprochablement propres. Il remarqua, une autre fois, qu'elle portait des chaussures presque élégantes. Puis, une après-midi, comme elle était montée à sa chambre, elle en redescendit avec une charmante petite robe grise simple et d'un goût parfait. Il s'écria en la voyant paraître :

« Tiens, comme vous devenez coquette ! Élisabeth ! »

Elle rougit jusqu'aux yeux, et balbutia :

« Moi ? mais non, Monsieur. Je m'habille un peu mieux, parce que j'ai un peu plus d'argent.

— Où avez-vous acheté cette robe-là ?

— Je l'ai faite moi-même, Monsieur.

— Vous l'avez faite ? Quand donc ? Je vous vois travailler toute la journée dans la maison.

— Mais le soir, Monsieur.

— L'étoffe, où l'avez-vous eue ? Et puis qui vous l'a coupée ? »

Elle raconta que le mercier de Montigny lui avait rapporté des échantillons de Fontainebleau. Elle avait choisi, puis payé la marchandise avec les deux louis donnés par Mariolle comme denier à Dieu. Quant à la coupe et à la façon, ça ne l'embarrassait guère, ayant travaillé pendant quatre ans, avec sa mère, pour un magasin de confections.

Il ne put s'empêcher de lui dire :

« Ça vous va très bien. Vous êtes très gentille. »

Et elle s'empourpra de nouveau jusqu'à la racine des cheveux.

Quand elle fut partie, il se demanda : « Est-ce qu'elle serait amoureuse de moi, par hasard ? » Il y réfléchit, hésita, douta, puis finit par se convaincre que c'était possible, après tout. Il avait été bon, compatissant, secourable, presque amical. Quoi d'étonnant à ce que cette fillette se fût éprise de son maître après ce qu'il avait fait pour elle. L'idée d'ailleurs ne lui semblait pas désagréable, la petite personne étant vraiment bien, et n'ayant plus rien d'une servante. Sa vanité d'homme, si froissée, si blessée, si meurtrie, si écrasée par une autre femme, se trouvait flattée, soulagée, presque réconfortée. C'était une compensation, très légère, imperceptible, mais enfin c'était une compensation, car, lorsque l'amour vient à un être, d'où qu'il lui vienne, c'est que cet être peut l'inspirer. Son égoïsme inconscient en était aussi satisfait. Cela l'occuperait et lui ferait peut-être un peu de bien de regarder ce petit cœur s'animer et battre pour lui. La pensée ne l'effleura pas d'éloigner cette enfant, de la préserver de ce danger dont il souffrait si cruellement lui-même, d'avoir pitié d'elle plus qu'on n'avait eu pitié de lui, car aucune compassion ne se mêle jamais aux victoires sentimentales.

Il l'observa donc et reconnut bientôt qu'il ne s'était point trompé. Chaque jour, de menus détails le lui révélaient davantage. Comme elle le frôlait un matin en le servant à table, il flaira dans ses vêtements une odeur de parfum, de parfum commun, fourni sans doute aussi par le mercier ou par le pharmacien. Alors il lui fit cadeau d'une bouteille d'eau de toilette au chypre qu'il avait adoptée depuis longtemps pour ses lavages, et dont il emportait toujours une provision. Il lui offrit encore des savons fins, de l'eau dentifrice, de la poudre de riz. Il l'aidait subtilement à cette transformation, chaque jour plus apparente, chaque jour plus complète, en la suivant d'un œil et curieux et flatté.

Tout en demeurant pour lui la fidèle et discrète domestique, elle devenait une femme émue, éprise, chez qui tous les instincts coquets se développaient naïvement.

Lui-même s'attachait à elle tout doucement. Il était amusé, touché et reconnaissant. Il jouait avec cette tendresse naissante comme on joue, aux heures tristes, avec tout ce qui peut distraire. Il n'éprouvait pour elle aucune autre attraction que ce vague désir qui pousse tout homme vers toute femme avenante, fût-elle une jolie servante ou une paysanne faite en déesse, une sorte de Vénus rustique. Il était surtout attiré vers elle parce qu'il trouvait maintenant en elle de la femme. Il avait besoin de cela, un besoin confus et irrésistible venu de l'autre, de celle qu'il aimait, qui avait éveillé en lui ce goût invincible et mystérieux de la nature, du voisinage, du contact des femmes, de l'arôme subtil, idéal ou sensuel que toute créature séduisante, du peuple ou du monde, brute d'Orient aux grands yeux noirs, ou fille du Nord au regard bleu et à l'âme rusée, dégage vers les hommes en qui survit encore l'immémorial attrait de l'être féminin.

Cette attention tendre, incessante, caressante et secrète, plutôt perceptible que visible, enveloppait sa blessure d'une sorte de ouate isolante qui la rendait un peu moins sensible aux retours de ses angoisses. Elles subsistaient pourtant, rôdant et voletant comme des mouches autour d'une plaie. Il suffisait qu'une d'elles s'y posât pour qu'il se remît à souffrir. Comme il avait interdit de donner son adresse, ses amis respectaient sa fuite, et il était surtout tourmenté par l'absence de nouvelles et de renseignements. De temps en temps il lisait dans un journal le nom de Lamarthe ou celui de Massival dans la liste des gens qui avaient pris part à un grand dîner ou assisté à une grande fête. Un jour, il aperçut celui de Mme de Burne, citée comme une des plus élégantes, des plus jolies et des mieux habillées au bal de l'Ambassade d'Autriche. Un frisson le parcourut des pieds à la tête. Le nom du comte de Bernhaus apparaissait quelques lignes plus bas. Et jusqu'au soir la jalousie revenue déchira le cœur de Mariolle. Cette liaison présumée était maintenant presque hors de doute pour lui ! C'était une de ces convictions imaginaires, plus harcelantes que le fait certain, car on ne s'en débarrasse et on ne s'en guérit jamais.

Ne pouvant plus tolérer d'ailleurs cette ignorance de tout et cette incertitude dans ses soupçons, il se décida à écrire à Lamarthe, qui, le connaissant assez pour deviner la misère de son âme, répondrait peut-être à ses suppositions, même sans être questionné.

Un soir donc, sous la lampe, il rédigea cette lettre, longue, habile, vaguement triste, pleine d'interrogations dissimulées et de lyrisme sur la beauté du printemps à la campagne.

Quatre jours après, en recevant son courrier, il reconnut du premier coup d'œil l'écriture droite et ferme du romancier.

Lamarthe lui envoyait mille renseignements désolants, de grande importance pour son angoisse. Il parlait d'un tas de gens également, mais, sans donner plus de détails sur Mme de Burne et sur Bernhaus que sur n'importe qui, il semblait les mettre en vedette par un de ces artifices de style qui lui étaient familiers et qui conduisent l'attention juste au point où il voulait l'attirer sans que rien révélât son dessein.

Il résultait en somme de cette lettre que tous les soupçons de Mariolle étaient au moins fondés. Sa crainte serait demain réalisée, si elle ne l'avait pas été hier.

La vie de son ancienne maîtresse était toujours la même, agitée, brillante et mondaine. On avait un peu parlé de lui après sa disparition, comme on parle des disparus, avec une curiosité indifférente. On le croyait très loin, parti par lassitude de Paris.

Après avoir reçu cette lettre, il demeura jusqu'au soir étendu dans son hamac. Puis il ne put dîner ; puis il ne put dormir ; et il eut la fièvre pendant la nuit. Le lendemain, il se sentit si fatigué, si découragé, tellement dégoûté des jours monotones, entre cette forêt profonde et silencieuse, noire de verdure à présent, et la petite rivière agaçante fluant sous ses fenêtres, qu'il ne quitta pas son lit.

Lorsque Élisabeth entra, au premier coup de sonnette, et qu'elle le vit encore couché, elle demeura surprise, debout dans la porte ouverte, pâlie soudain, et elle demanda :

« Monsieur est malade ?

— Oui, un peu.

— Faut-il faire venir le médecin ?

— Non. Je suis sujet à ces malaises-là.

— Qu'est-ce qu'il faut faire pour Monsieur ? »

Il commanda son bain quotidien, des œufs seulement pour son déjeuner, et du thé le long du jour. Mais, vers une heure de l'après-midi, il fut saisi par un ennui si violent qu'il eut envie de se lever. Élisabeth, appelée sans cesse par une espèce de manie de faux malade, et qui revenait inquiète, attristée, pleine d'envie de lui être utile et secourable, de le soigner et de le guérir, le voyant agité et nerveux, lui proposa, toute rouge de son audace, de lui faire la lecture.

Il demanda :

« Vous lisez bien ?

— Oui, Monsieur ; dans les écoles de la ville j'ai eu tous les prix de lecture, et j'ai lu à maman tant de romans que je n'en sais plus seulement les titres. »

Une curiosité lui vint, et il l'envoya chercher dans l'atelier, parmi les livres qu'il s'était fait adresser, celui qu'il préférait à tous : *Manon Lescaut*[1].

Puis elle l'aida à s'asseoir dans son lit, disposa derrière son dos deux oreillers, prit une chaise, et commença. Elle lisait bien, en effet, très bien même, douée d'une espèce de don spécial d'accentuation juste et de prononciation intelligente. Elle prit intérêt, dès le début, à ce récit, et elle avançait dans l'histoire avec tant d'émotion, qu'il l'interrompait parfois pour l'interroger et causer un peu avec elle.

Par la fenêtre ouverte, entraient avec la brise tiède pleine de senteurs de feuillages, des chants, des trilles, des roulades de rossignols vocalisant autour de leurs femelles, dans tous les arbres du pays, en cette saison des amours revenues.

André regardait cette jeune fille, troublée aussi, qui suivait avec ses yeux luisants l'aventure déroulée de page en page.

Aux questions qu'il posait, elle répondait avec un sens inné des choses de la tendresse et de la passion, un sens juste, mais un peu flottant dans son ignorance populaire. Et il pensait : « Elle deviendrait intelligente et fine si elle était instruite, cette gamine-là. »

Ce charme féminin déjà senti en elle lui faisait vraiment du bien dans cette après-midi chaude et tranquille, et se mêlait étrangement en son esprit au charme si mystérieux et si puissant de cette Manon qui apporte à nos cœurs la plus étrange saveur de femme évoquée par l'art humain.

Il était bercé par la voix, séduit par la fable tant

connue et toujours neuve, et il rêvait d'une maîtresse volage et séduisante comme celle de Des Grieux, infidèle et constante, humaine et tentante jusqu'en ses infâmes défauts, créée pour faire sortir de l'homme tout ce qu'il a en lui de tendresse et de colère, d'attachement et de haine passionnée, de jalousie et de désir.

Ah ! si celle qu'il venait de quitter avait eu seulement dans les veines la perfidie enamourée et sensuelle de cette irritante courtisane, peut-être ne serait-il jamais parti ! Manon trompait, mais elle aimait ; elle mentait, mais elle se donnait !

Après cette journée de paresse, Mariolle s'assoupit, quand le soir vint, dans une espèce de songerie où toutes ces femmes se confondaient. N'ayant subi, depuis la veille, aucune fatigue, et n'ayant même fait aucun mouvement, son sommeil était léger, et il fut troublé par un bruit inaccoutumé entendu dans la maison.

Une fois ou deux déjà, pendant la nuit, il avait cru distinguer des pas et des mouvements imperceptibles au rez-de-chaussée, non point au-dessous de lui, mais dans les petites pièces attenantes à la cuisine : la lingerie et la salle de bains. Il n'y avait point pris garde.

Mais ce soir-là, las d'être couché, incapable de se rendormir avant longtemps, il prêta l'oreille et distingua des frôlements inexplicables et une sorte de clapotement. Alors il se décida à aller voir, alluma sa bougie, regarda l'heure : dix heures à peine. Il s'habilla, mit en sa poche un revolver et descendit à pas de renard avec des précautions infinies.

En entrant dans la cuisine, il reconnut avec stupeur que le fourneau était allumé. On n'entendait plus rien, puis il crut percevoir un mouvement dans la salle de bains, toute petite pièce peinte à la chaux, contenant juste la baignoire.

Il s'approcha, fit tourner la clef sans aucun bruit, et, poussant brusquement la porte, il aperçut allongé dans l'eau, les bras flottants et les seins frôlant la surface de leurs fleurs, le plus joli corps de femme qu'il eût aperçu de sa vie.

Elle poussa un cri, affolée, ne pouvant fuir.

Il était à genoux déjà au bord de la baignoire, la dévorant de ses yeux ardents et la bouche tendue vers elle.

Elle comprit, et, levant soudain ses deux bras ruisselants, Élisabeth les referma derrière la tête de son maître.

III

Lorsqu'elle parut devant lui le lendemain, apportant le thé, et que leurs yeux se rencontrèrent, elle se mit à trembler si fort que la tasse et le sucrier se heurtèrent plusieurs fois de suite.

Mariolle alla vers elle, prit entre ses mains le plateau, le posa sur la table, et lui dit, comme elle baissait les paupières :

« Regarde-moi, petite. »

Elle le regarda, les cils pleins de larmes.

Il reprit :

« Je ne veux pas que tu pleures. »

Comme il la pressait contre lui, il la sentit frémir de la tête aux pieds ; et elle murmura : « Oh ! mon Dieu ! » Il comprit que ce n'était pas de la peine, que ce n'était pas du regret, que ce n'était pas du remords, qui lui faisaient balbutier ces trois mots, mais du bonheur, du vrai bonheur. Ce fut en lui un contentement étrange, égoïste, plutôt physique que moral, de sentir serrée contre sa poitrine cette petite personne qui l'aimait enfin. Il l'en remerciait comme ferait, au bord d'une route, un blessé secouru par une femme qui passe ; il l'en remerciait de tout son cœur meurtri, trahi dans ses inutiles élans, affamé de tendresse par l'indifférence d'une autre ; et il la plaignait un peu, au fond de sa pensée. La regardant ainsi, pâlie et larmoyante, avec ses yeux brûlés d'amour, il se dit tout à coup : « Mais elle est belle ! Comme une femme se transforme vite, devient ce qu'il faut qu'elle soit, suivant les désirs de son âme ou les besoins de sa vie ! »

« Assieds-toi », lui dit-il.

Elle s'assit. Il prit ses mains, ses pauvres mains de travailleuse, devenues blanches, devenues fines pour lui, et, tout doucement, avec des phrases adroites, il lui parla de l'attitude qu'ils devaient garder l'un envers l'autre. Elle n'était plus sa domestique, mais en conserverait un peu l'apparence, afin de ne pas apporter de scandale dans le village. Elle vivrait près de lui comme une gouvernante, et lui ferait souvent la lecture, ce qui servirait de prétexte à cette situation nouvelle. Dans quelque temps même, lorsque ses fonctions de lectrice seraient tout à fait établies, il la ferait manger à sa table.

Quand il eut fini de parler, elle lui répondit simplement :

« Non, Monsieur : je suis et je resterai votre servante. Je ne veux pas qu'on jase et qu'on apprenne ce qui s'est passé. »

Elle ne céda point, bien qu'il insistât beaucoup ; et, quand il eut bu son thé, elle remporta le plateau, pendant qu'il la suivait d'un regard attendri.

Quand elle fut partie, il songea : « C'est une femme. Toutes les femmes sont égales quand elles nous plaisent. J'ai fait de ma bonne ma maîtresse. Jolie, elle deviendra peut-être charmante ! Elle est, en tout cas, plus jeune et plus fraîche que les mondaines et que les cocotes. Qu'importe, après tout ! Beaucoup d'actrices célèbres ne sont-elles pas des filles de concierges ? On les reçoit cependant comme des dames, on les adore comme des héroïnes de roman, et des princes les traitent comme des souveraines. Est-ce à cause de leur talent, souvent douteux, ou de leur beauté, souvent contestable ? Non. Mais une femme a toujours, en vérité, la situation qu'elle impose par l'illusion qu'elle sait produire. »

Il fit ce jour-là une longue promenade, et, bien qu'au fond de son cœur il sentît toujours le même mal, et que ses jambes fussent pesantes comme si le chagrin eût détendu tous les ressorts de son énergie, quelque chose gazouillait en lui à la façon d'un petit chant d'oiseau. Il était moins seul, moins perdu, moins abandonné. La forêt lui paraissait moins déserte, moins silencieuse et moins vide. Et il rentra avec l'envie de voir, souriante à son approche et le regard plein de tendresse, Élisabeth venir vers lui.

Ce fut pendant près d'un mois une vraie idylle au bord de la petite rivière, Mariolle fut aimé comme bien peu d'hommes peut-être l'ont été, animalement et follement, comme un enfant par sa mère, comme un chasseur par son chien.

Il était tout pour elle, le monde et le ciel, le plaisir et le bonheur. Il répondait à toutes ses attentes ardentes et naïves de femme, lui donnant dans un baiser tout ce qu'elle pouvait éprouver d'extase. Elle n'avait plus que lui dans le regard, dans l'âme, dans le cœur et dans la chair, enivrée à la façon d'un adolescent qui boit pour la première fois. Il s'endormait dans ses bras, il se réveillait sous ses caresses, et elle s'enlaçait à lui avec des abandons inimaginables. Il savourait, surpris et séduit, cette offrande absolue, et il avait l'impression que c'était là de l'amour bu à sa source même, aux lèvres de la nature.

Il demeurait toujours triste cependant, triste et désenchanté d'une façon constante et profonde. Sa petite maîtresse lui plaisait ; mais une autre lui manquait. Et quand il se promenait dans les prairies, sur les bords du Loing, se demandant : « Pourquoi ce souci qui ne s'en va pas[1] ? » il trouvait en lui, dès que le souvenir de Paris l'effleurait, un si intolérable énervement, qu'il rentrait pour n'être plus seul.

Alors il se balançait dans le hamac, et Élisabeth, assise sur un pliant, lisait. Tout en l'écoutant et en la regardant, il se rappelait les causeries dans le salon de son amie, quand il passait, seul, des soirées près d'elle. Alors d'abominables envies de pleurer lui mouillaient les paupières ; un si cuisant regret lui tiraillait le cœur, qu'il éprouvait sans cesse des besoins intolérables de partir sur-le-champ, de retourner à Paris, ou de s'en aller pour toujours.

Le voyant sombre et mélancolique, Élisabeth lui demandait :

« Est-ce que vous souffrez ? Je sens que vous avez des larmes dans les yeux. »

Il répondait :

« Embrasse-moi, petite ; tu ne comprendrais pas. »

Elle l'embrassait, inquiète, pressentant quelque drame qu'elle ne savait point. Mais lui, oubliant un peu sous les caresses, pensait : « Ah ! une femme qui serait ces deux-là, qui aurait l'amour de l'une et le charme de l'autre ! Pourquoi ne trouve-t-on jamais ce qu'on rêve, et ne rencontre-t-on toujours que des à peu près ? »

Il songeait indéfiniment, bercé par le bruit monotone de la voix inécoutée, à tout ce qui l'avait séduit, conquis, vaincu, dans la maîtresse abandonnée. Il se disait, sous l'obsession de son souvenir, de sa présence imaginaire, dont il était hanté comme un visionnaire d'un fantôme : « Est-ce que je suis un damné qui ne se délivrera plus d'elle ? »

Il se remit à faire de longues promenades, à rôder par les fourrés, avec l'espoir obscur de la perdre quelque part, au fond d'un ravin, derrière un rocher, dans quelque taillis, comme un homme, pour se débarrasser d'une bête fidèle qu'il ne veut pas tuer, essaye de l'égarer en une course lointaine.

Un jour, à la fin d'une de ces promenades, il revint au pays des Hêtres. C'était maintenant une sombre forêt, presque noire, avec des feuillages impénétrables. Il allait sous la voûte immense, humide et profonde, regrettant la brume verdoyante, ensoleillée et légère des petites feuilles à peine ouvertes ; et, comme il suivait un étroit sentier, il s'arrêta, saisi d'étonnement, devant deux arbres enlacés.

Aucune image de son amour plus violente et plus émouvante ne pouvait frapper ses yeux et son âme : un hêtre vigoureux étreignait un chêne élancé.

Comme un amoureux désespéré au corps puissant et tourmenté, le hêtre, tordant ainsi que des bras deux branches formidables, enserrait le tronc du chêne en les refermant sur lui. L'autre, tenu par cet embrassement, allongeait dans le ciel, bien au-dessus du front de son agresseur, sa taille droite, lisse et mince, qui semblait dédaigneuse. Mais, malgré cette fuite vers l'espace, cette fuite hautaine d'être outragé, il portait dans le flanc les deux entailles profondes et depuis longtemps cicatrisées que les branches irrésistibles du hêtre avaient creusées dans son écorce. Soudés à jamais par ces blessures fermées, ils poussaient ensemble en mêlant leurs sèves, et dans les veines de l'arbre violé coulait et montait jusqu'à sa cime le sang de l'arbre vainqueur.

Mariolle s'assit pour les regarder plus longtemps. Ils devenaient, en son âme malade, symboliques, effrayants et superbes, ces deux lutteurs immobiles qui racontaient aux passants l'histoire éternelle de son amour.

Puis il se remit en marche, plus triste encore, et soudain, comme il allait, les yeux à terre et lentement, il aperçut, cachée sous l'herbe, tachée de boue et de pluie anciennes, une vieille dépêche jetée ou perdue par une promeneur. Il s'arrêta. Qu'avait apporté de doux ou de pénible à quelque cœur ce papier bleu traînant là sous son pied ?

Il ne put s'empêcher de le ramasser, et, avec des doigts curieux et dégoûtés, il le déplia. On pouvait lire encore à peu près : « Venez... moi... quatre heures. » Les noms avaient été effacés par l'humidité du chemin.

Des souvenirs l'assaillirent, cruels et délicieux, ceux de toutes les dépêches qu'il avait reçues d'elle, tantôt pour lui fixer le moment d'un rendez-vous, tantôt pour lui dire qu'elle ne viendrait pas. Jamais rien n'avait fait entrer en lui plus d'émotion, ne l'avait fait tressaillir plus violemment, n'avait arrêté plus net et fait rebondir plus fort son pauvre cœur que la vue de ces messagères enfiévrantes ou désespérantes.

Il demeurait presque perclus de désolation à la pensée que jamais plus il n'en ouvrirait de pareilles.

De nouveau il se demandait ce qui s'était passé en elle depuis qu'il l'avait quittée. Avait-elle souffert, regretté l'ami chassé par son indifférence, ou avait-elle pris son parti de cet abandon, froissée seulement dans sa vanité ?

Et son désir de savoir devint si violent, si tenaillant, qu'une pensée audacieuse et bizarre, encore hésitante, surgit en lui. Il prit la route de Fontainebleau. Quand il eut gagné la ville, il se rendit au télégraphe, l'âme agitée d'hésitation et vibrante d'inquiétude. Mais une force semblait le pousser, une force irrésistible venue de son cœur.

Il souleva donc d'une main tremblante un imprimé sur la table, puis écrivit à la suite du nom et de l'adresse de Mme Michèle de Burne.

« Je voudrais tant savoir ce que vous pensez de moi ! Moi je ne peux rien oublier.

« André Mariolle.

« Montigny. »

Il sortit ensuite, prit une voiture, et regagna Montigny, troublé et tourmenté par ce qu'il avait fait, et le regrettant déjà.

Il avait calculé que, si elle daignait lui répondre, il recevrait sa lettre deux jours plus tard ; mais il ne quitta pas sa villa le lendemain, dans la crainte et dans l'espérance de recevoir une dépêche d'elle.

Il se balançait sous les tilleuls de la terrasse, vers trois heures de l'après-midi, quand Élisabeth vint le prévenir qu'une dame demandait à lui parler.

Son saisissement fut si grand qu'il eut une courte suffocation, et il s'en vint vers la maison avec des jambes brisées et un cœur palpitant. Il n'espérait pas cependant que ce fût elle.

Quand il eut ouvert la porte du salon, Mme de Burne, assise sur un canapé, se leva, et, souriante, d'un sourire un peu réservé, avec une légère contrainte dans le visage et dans l'attitude, elle lui tendit la main en disant :

« Je viens prendre de vos nouvelles, le télégraphe ne m'en donnant pas d'assez complètes. »

Il était devenu si pâle devant elle, qu'elle eut dans

les yeux une lueur de joie ; et il demeurait si oppressé d'émotion qu'il ne pouvait encore parler et qu'il tenait seulement sur sa bouche la main qu'elle lui avait offerte.

« Dieu ! que vous êtes bonne ! dit-il enfin.

— Non, mais je n'oublie pas mes amis, et je m'en inquiète. »

Elle le regardait bien en face, profondément, de ce premier regard de femme qui surprend tout, fouille les pensées jusqu'aux racines, et dévoile toutes les feintes. Elle fut sans doute satisfaite, car sa figure s'éclaira d'un sourire.

Elle reprit :

« C'est gentil votre ermitage. On est heureux là-dedans ?

— Non, Madame.

— Est-ce possible ? Dans ce joli pays, dans cette belle forêt, sur ce petit ruisseau charmant ? Mais vous devez être tranquille et tout à fait content ici !

— Non, Madame.

— Pourquoi donc ?

— Parce qu'on n'y oublie pas.

— Et il vous est indispensable d'oublier quelque chose pour être heureux ?

— Oui, Madame.

— Peut-on savoir quoi ?

— Vous le savez.

— Et alors ?...

— Alors je suis très misérable. »

Elle dit avec une fatuité apitoyée :

« Je l'ai deviné en recevant votre télégramme, et c'est pour cela que je suis venue, avec la résolution de m'en aller tout de suite si je m'étais trompée. »

Après un petit silence, elle ajouta :

« Puisque je ne m'en retourne pas immédiatement, peut-on visiter votre propriété ? Voilà une petite allée de tilleuls, là-bas, qui m'a l'air ravissante. On y sera plus au frais que dans ce salon. »

Ils sortirent. Elle portait une toilette mauve qui s'harmonisa tout à coup si complètement avec la verdure des arbres et le ciel bleu, qu'elle lui parut stupéfiante comme une apparition, séduisante et jolie d'une façon inattendue et nouvelle. Sa longue taille si souple, son visage si fin et si frais, la petite flambée blonde des cheveux sous un grand chapeau mauve aussi, que nimbait légèrement une longue plume d'autruche enroulée dessus, ses bras minces, dont les deux mains portaient, en travers devant elle, son ombrelle fermée, et sa démarche un peu droite, hautaine et fière, apportaient dans ce petit jardin paysan quelque chose d'anormal, d'imprévu, d'exotique, la sensation bizarre et savoureuse d'une figure de conte, de rêve, de gravure, de tableau à la Watteau, sortie de l'imagination d'un poète ou d'un peintre pour s'en venir à la campagne, par fantaisie, montrer combien elle était belle.

Mariolle, en la regardant avec le frémissement profond de toute sa passion revenue, se rappelait les deux femmes aperçues dans le chemin de Montigny.

Elle lui dit :

« Qu'est-ce que c'est que cette petite personne qui m'a ouvert la porte ?

— Ma domestique.

— Elle n'a pas l'air... d'une bonne.

— Non. Elle est en effet très gentille.

— Où l'avez-vous trouvée ?

— Tout près d'ici, dans un hôtel de peintres où les clients menaçaient sa vertu.

— Que vous avez sauvée ? »

Il rougit, et répondit :

« Que j'ai sauvée.

— A votre profit peut-être ?

— A mon profit certainement, car j'aime mieux regarder circulant autour de moi une jolie figure qu'une laide.

— C'est tout ce qu'elle vous inspire ?

— Elle m'a inspiré peut-être aussi encore l'irrésistible besoin de vous revoir, car toute femme, quand elle attire mes yeux, même une seconde, rejette ma pensée vers vous.

— C'est très habile ce que vous dites là ! Aime-t-elle son sauveur ? »

Il rougit plus fort. Avec la rapidité d'un éclair qui passe, la certitude que toute jalousie est bonne pour stimuler le cœur des femmes le décida à ne mentir qu'à moitié.

Il répondit donc en hésitant :

« Je n'en sais rien. C'est possible. Elle a beaucoup de soins et de sollicitude pour moi. »

Un imperceptible dépit fit murmurer à Mme de Burne :

« Et vous ? »

Il fixa sur elle ses yeux enflammés d'amour et il dit :

« Rien ne pourrait me distraire de vous. »

C'était encore très habile, mais elle ne le remarqua plus, tant cette phrase lui parut l'expression d'une indiscutable vérité. Une femme comme elle pouvait-elle douter de cela ? Elle n'en douta point, en effet, et, satisfaite, ne s'occupa plus d'Élisabeth.

Ils s'assirent sur deux chaises de toile, sous l'ombre des tilleuls, au-dessus de l'eau qui coulait.

Alors il demanda :

« Qu'est-ce que vous avez pu penser de moi ?

— Que vous étiez très malheureux.

— Par ma faute ou par la vôtre ?

— Par notre faute.

— Et puis ?

— Et puis, vous sentant très excité, très exalté, j'ai réfléchi que le plus sage parti consistait à vous laisser d'abord vous calmer. Et j'ai attendu.

— Qu'est-ce que vous attendiez ?

— Un mot de vous. Je l'ai reçu, et me voici. Nous allons causer maintenant comme des gens sérieux. Donc vous m'aimez toujours... je ne vous demande pas ça en coquette... je vous demande ça en amie ?

— Je vous aime toujours.

— Et quelles sont vos prétentions ?

— Est-ce que je sais ? Je suis entre vos mains.

— Oh ! moi j'ai des idées très nettes, mais je ne vous les dirai pas sans savoir les vôtres. Parlez-moi de vous, de ce qui s'est passé dans votre cœur et dans votre esprit depuis que vous vous êtes sauvé.

— J'ai pensé à vous, je n'ai guère fait autre chose.

— Oui, mais comment ? en quel sens ? avec quelles conclusions ? »

Il raconta sa résolution de se guérir d'elle, sa fuite, son arrivée dans ce grand bois où il n'avait trouvé qu'elle, ses jours poursuivis par le souvenir, ses nuits rongées par la jalousie ; il dit tout, avec une bonne foi complète, sauf l'amour d'Élisabeth, dont il ne prononça plus le nom.

Elle l'écoutait, sûre qu'il ne mentait point, convaincue par le pressentiment de sa domination sur lui plus encore que par la sincérité de sa voix, et ravie de triompher, de le reprendre, car elle l'aimait bien, tout de même.

Puis il se désola de cette situation sans fin, et, s'exaltant à parler de ce dont il avait tant souffert après y avoir tant songé, il lui reprocha de nouveau, dans un lyrisme passionné, mais sans colère, sans amertume, révolté et vaincu par la fatalité, cette impuissance d'aimer dont elle était frappée.

Il répétait :

« D'autres n'ont pas le don de plaire : vous, vous n'avez pas le don d'aimer... »

Elle l'interrompit animée, pleine de raisons et de raisonnements :

« J'ai du moins celui d'être constante, dit-elle. Seriez-vous moins malheureux si, après vous avoir adoré pendant dix mois, j'étais éprise aujourd'hui d'un autre ? »

Il s'écria :

« Est-il donc impossible à une femme de n'aimer qu'un seul homme ? »

Mais elle, vivement :

« On ne peut pas aimer toujours ; on peut seulement être fidèle. Croyez-vous même que le délire exalté des sens doive durer plusieurs années ? Non, non. Quant à la plupart des femmes à passions, à caprices violents, longs ou courts, elles mettent tout simplement leur vie en romans. Les héros sont différents, les circonstances et les péripéties imprévues et changeantes, le dénouement varié. C'est amusant et distrayant pour elles, je le confesse, car les émotions du début, du milieu et de la fin se renouvellent chaque fois. Mais quand c'est fini, c'est fini... pour lui... Comprenez-vous ?

— Oui, il y a du vrai. Mais je ne vois pas où vous voulez en venir.

— A ceci : il n'y a point de passion qui persiste très longtemps, je veux dire de passion brûlante, torturante, comme celle dont vous souffrez encore. C'est une crise que je vous ai rendue pénible, très pénible, je le sais et je le sens, par... l'aridité de ma tendresse et ma paralysie d'expansion. Mais cette crise passera, car elle ne peut durer éternellement. »

Elle se tut. Anxieux, il interrogea :

« Et alors ?

— Alors je considère que pour une femme raisonnable et calme comme moi vous pouvez devenir un amant tout à fait agréable, car vous avez beaucoup de tact. Vous seriez, par contre, un atroce mari. Mais il n'existe pas, il ne peut pas exister de bons maris. »

Il demanda, surpris, un peu froissé :

« Pourquoi garder un amant qu'on n'aime pas, ou qu'on n'aime plus ? »

Elle répliqua vivement :

« J'aime à ma façon, mon ami. J'aime sèchement, mais j'aime. »

Il reprit, résigné :

« Vous avez surtout le besoin qu'on vous aime et qu'on le montre. »

Elle répliqua :

« C'est vrai. J'adore ça. Mais mon cœur aussi a besoin d'un compagnon caché. Ce goût vaniteux des hommages publics ne m'empêche pas de pouvoir être dévouée et fidèle, et de croire que je saurais donner à un homme quelque chose d'intime qu'aucun autre n'aurait : mon affection loyale, l'attachement sincère de mon cœur, la confiance absolue et secrète de mon âme, et, en échange, recevoir de lui, avec toute sa tendresse d'amant, la si rare et si douce impression de n'être pas tout à fait seule. Ce n'est point de l'amour comme vous l'entendez ; mais cela vaut bien quelque chose aussi ! »

Il se pencha vers elle, tremblant d'émotion, et balbutiant :

« Voulez-vous que je sois cet homme-là ?

— Oui, un peu plus tard, quand vous aurez moins mal. En attendant, résignez-vous à souffrir un peu, par moi, de temps en temps. Ça passera. Puisque vous souffrez de toute façon, il vaut mieux que ce soit près de moi que loin de moi, n'est-ce pas ? »

De son sourire elle semblait lui dire : « Ayez donc un peu de confiance » ; et, comme elle le voyait palpitant de passion, elle sentait en tout son corps une sorte de bien-être, de contentement, qui la faisait heureuse à sa manière, comme est heureux un épervier dont le vol s'abat sur une proie fascinée.

« Quand revenez-vous ? » demanda-t-elle.

Il répondit :

« Mais... demain.

— Demain, soit. Vous dînerez chez moi ?

— Oui, Madame.

— Et moi, il faut que je m'en aille bientôt, reprit-elle en regardant la montre cachée dans la pomme de son ombrelle.

— Oh ! pourquoi si vite ?

— Parce que je prends le train de cinq heures. J'ai à dîner plusieurs personnes, la princesse de Malten, Bernhaus, Lamarthe, Massival, Maltry, et un nouveau, M. de Charlaine, l'explorateur qui revient du haut Cambodge après un voyage admirable. On ne parle que de lui. »

Mariolle eut un court serrement de cœur. Tous ces noms l'un après l'autre lui firent mal, comme des piqûres de guêpe. Ils contenaient du venin.

« Alors, dit-il, voulez-vous partir tout de suite, et nous ferons un bout de route ensemble, dans la forêt ?

— Très volontiers. Offrez-moi d'abord une tasse de thé et un peu de pain grillé. »

Quand il fallut servir le thé, Élisabeth fut introuvable.

« Elle est en course », dit la cuisinière.

Mme de Burne ne s'en étonna point. Quelle crainte, en effet, aurait pu maintenant lui inspirer cette bonne ?

Puis ils montèrent dans le landau arrêté devant

la porte, et Mariolle fit prendre au cocher un chemin un peu plus long, mais qui passait près de la Gorge-aux-Loups.

Lorsqu'on fut sous les hauts feuillages qui répandaient leur ombre calme, leur fraîcheur enveloppante et des chants de rossignol, elle dit, saisie par l'inexprimable sensation dont la toute-puissante et mystérieuse beauté du monde sait émouvoir la chair par les yeux :

« Dieu ! qu'on est bien ! Que c'est beau, bon, et reposant ! »

Elle respirait avec un bonheur et une émotion de pécheur qui communie, pénétrée d'alanguissement, d'attendrissement. Et elle posa sa main sur celle d'André.

Mais lui pensa : « Ah oui ! la nature, c'est encore le Mont-Saint-Michel » ; car devant ses yeux, dans une vision, passait un train s'en allant vers Paris. Il la conduisit jusqu'à la gare.

En le quittant, elle lui dit :

« A demain, huit heures.

— A demain, huit heures, Madame. »

Elle le quitta, radieuse ; et il revint chez lui dans le landau, satisfait, bien heureux, mais tourmenté toujours, car ce n'était pas fini.

Mais pourquoi lutter ? Il ne le pouvait plus. Elle lui plaisait par un charme qu'il ne comprenait pas, plus fort que tout. La fuir ne le délivrait pas, ne le séparait pas d'elle, mais l'en privait intolérablement, tandis que, s'il parvenait à se résigner un peu, il aurait d'elle au moins tout ce qu'elle lui avait promis, car elle ne mentait pas.

Les chevaux trottaient sous les arbres, et il songea que pendant toute cette entrevue elle n'avait pas eu l'idée, pas eu l'impulsion de lui tendre une fois ses lèvres. Elle était toujours la même. Rien ne changerait jamais en elle, et toujours, peut-être, il souffrirait par elle, de la même façon. Le souvenir des heures si dures qu'il avait passées déjà, de ses attentes, avec l'intolérable certitude que jamais il ne pourrait l'émouvoir, lui serrait de nouveau le cœur, lui faisait pressentir et redouter les luttes à venir et de pareilles détresses pour demain. Pourtant il était résigné à tout souffrir plutôt que de la perdre encore, résigné à cet éternel désir devenu dans ses veines une sorte d'appétit féroce jamais rassasié, et qui brûlait sa chair.

Ces rages si souvent subies en revenant tout seul d'Auteuil recommençaient déjà, et faisaient vibrer son corps dans le landau qui courait sous la fraîcheur des grands arbres, quand soudain la pensée d'Élisabeth l'attendant, fraîche aussi et jeune et jolie, avec de l'amour plein le cœur et des baisers plein la bouche, répandit en lui un apaisement. Tout à l'heure il la tiendrait dans ses bras, et, les yeux fermés, se trompant lui-même comme on trompe les autres, confondant, dans l'ivresse de l'étreinte, celle qu'il aimait et celle dont il était aimé, il les posséderait toutes les deux. Certes, même en ce moment, il avait du goût pour elle, cet attachement reconnaissant de la chair et de l'âme dont la sensation de la tendresse inspirée et celle du plaisir partagé pénètrent toujours l'animal humain. Cette enfant séduite ne serait-elle pas, pour son amour aride et desséchant, la petite source trouvée à l'étape du soir, l'espoir d'eau fraîche qui soutient l'énergie, quand on traverse le désert ?

Mais, lorsqu'il rentra dans sa maison, la jeune fille n'ayant pas reparu, il eut peur, fut inquiet, et dit à l'autre bonne :

« Vous êtes sûre qu'elle est sortie ?

— Oui, Monsieur. »

Alors il sortit aussi, espérant qu'il la rencontrerait.

Quand il eut fait quelques pas, avant de tourner dans la rue qui monte du vallon, il aperçut devant lui la vieille église large et basse, coiffée d'un court clocher, accroupie sur un mamelon, et couvant, comme une poule ses poussins, les maisons de son petit village.

Un soupçon, un pressentiment, le poussèrent. Sait-on les étranges divinations qui peuvent naître dans un cœur de femme ? Qu'avait-elle pensé, qu'avait-elle compris ? Où s'était-elle réfugiée, sinon là, si l'ombre de la vérité avait passé devant ses yeux.

Le temple était très sombre, car le soir tombait. Seule la petite lampe au bout de son fil révélait dans le tabernacle l'idéale présence du Consolateur divin. Mariolle, à pas légers, passait le long des bancs. Quand il arriva près du chœur, il aperçut une femme à genoux, la figure dans ses mains. Il s'approcha, la reconnut, lui toucha l'épaule. Ils étaient seuls.

Elle eut une grande secousse en retournant la tête. Elle pleurait.

Il dit :

« Qu'avez-vous ? »

Elle murmura :

« J'ai bien compris. Vous êtes ici parce qu'elle vous avait fait de la peine. Elle est venue vous chercher. »

Il balbutia, ému de la douleur qu'il faisait naître à son tour :

« Tu te trompes, petite. Je vais, en effet, retourner à Paris, mais je t'emmène avec moi. »

Elle répéta, incrédule :

« Ça n'est pas vrai, ça n'est pas vrai !

— Je te le jure.

— Quand ça ?

— Demain. »

Se remettant à sangloter, elle gémit : « Mon Dieu ! mon Dieu ! »

Alors il la prit par la taille, la souleva, l'entraîna, lui fit descendre le coteau dans l'ombre épaissie de la nuit ; et, lorsqu'ils furent au bord de la rivière, il l'assit sur l'herbe et s'assit près d'elle. Il entendait battre son cœur et haleter son souffle, et, troublé de remords, la serrant contre lui, il lui parlait dans l'oreille avec des mots très doux qu'il ne lui avait jamais dits. Attendri de pitié et brûlant de désir, il mentait à peine et ne la trompait point ; et il se demandait, surpris lui-même de ce qu'il exprimait et de ce qu'il sentait, comment, tout vibrant de la présence de l'autre dont il serait à jamais l'esclave, il pouvait frémir ainsi de convoitise et d'émotion en consolant cette peine d'amour.

Il promettait de l'aimer bien — il ne dit pas « aimer » tout court — de lui donner, tout près de lui, un joli logis de dame, avec des meubles fort gentils et une bonne pour la servir.

Elle s'apaisait en l'écoutant, rassurée peu à peu, ne pouvant croire qu'il l'abusât ainsi, comprenant d'ailleurs, à l'accent de sa voix, qu'il était sincère. Convaincue enfin et éblouie par la vision d'être une dame à son tour, par ce rêve de fillette née si pauvre, servante d'auberge, devenue tout à coup la bonne amie d'un homme si riche et si bien, elle fut grisée de convoitises, de reconnaissance et d'orgueil, qui se mêlaient à son attachement pour André.

Jetant ses bras sur son cou, elle balbutiait, en couvrant son visage de baisers :

« Je vous aime tant ! Je n'ai plus que vous en moi. »

Il murmura, très attendri et rendant ses caresses :
« Chère, chère petite ! »
Elle oubliait déjà presque tout à fait l'apparition de cette étrangère qui lui avait apporté tant de chagrin tantôt. Cependant un doute inconscient flottait encore en elle, et elle demanda de sa voix câline :
« Bien vrai, vous m'aimerez comme ici ? »
Il répondit hardiment :
« Je t'aimerai comme ici. »

COMMENTAIRES

par

Francis Marcoin

Vie de Maupassant
(1850-1893)

1850. — 5 août. Naissance de Guy de Maupassant, à Fécamp ou au château de Miromesnil ? La critique a fait de cette hésitation, de cet intervalle, un des ressorts de l'écriture maupassantienne. Nous proposerions de dire Fécamp *et* Miromesnil, Maupassant ayant toujours refusé de trancher définitivement sur quelque sujet que ce soit. Fécamp, c'est le salé, comme l'indique dès la première page de *La Maison Tellier* « le grand marais salant appelé *la Retenue* », ce sont les histoires salées, de gaudriole ou de mer. Miromesnil se voudrait plus aristocratique, plus éthéré. On notera cette obsession du sel dans les dernières lettres, avant le suicide.

1856. — Naissance d'Hervé, frère de Guy.

1862. — Les parents de Maupassant se séparent. Guy se range du côté de la mère, qu'il verra comme une « martyre ». Faisant comme s'il n'avait pas de père, il trouvera pourtant que celui-ci n'en fait jamais assez pour lui.

1868. — Guy termine ses études au lycée de Rouen et a pour correspondant Louis Bouilhet, le grand ami de Flaubert. Il écrit des vers, rencontre à Étretat Swinburne qui lui fait don d'une main d'écorché. Ce sera le titre d'une nouvelle (*La Main d'écorché*, 1875), mais à ce fantastique un peu convenu Maupassant substituera en 1883 une version plus personnelle, celle d'*En mer*, où le bras d'un marin est conservé dans le sel. Plus importante, la rencontre avec Flaubert grâce à Bouilhet. Flaubert qui avait eu un autre grand ami, Alfred Le Poittevin, frère de Laure, la mère de Guy. En celui-ci Flaubert retrouve son compagnon de jeunesse. Il écoute ses vers, les corrige, le fait travailler. Dans cette nouvelle amitié particulièrement forte, d'aucuns ont voulu voir un signe de paternité.

1870. — Justement le père, Gustave de Maupassant n'oublie pas son fils en ces moments de guerre : il parvient à le faire entrer dans les services de l'intendance. Mais Guy n'oubliera pas cette débâcle sur laquelle il ouvrira et fermera son œuvre fictionnelle.

1872. — Grâce à son père encore, Guy entre au ministère de la Marine, où il restera jusqu'en 1878, pour passer à celui de l'Instruction publique. Ce travail l'ennuie profondément, mais il mène joyeuse vie dès qu'il peut s'évader sur les bords de Seine, tout en apprenant son métier d'écrivain sous la rude poigne de Flaubert. Il rencontre Edmond de Goncourt, Tourgueniev, Zola...

1875. — L'obscur *Almanach lorrain de Pont-à-Mousson* figure à jamais dans l'histoire des Lettres pour être le premier journal à avoir publié un récit de Maupassant, cette fameuse *Main d'écorché*. Il fait jouer pour les intimes une pièce « pornographique », *A la feuille de rose, maison turque*, tout en ambitionnant de devenir poète et en fréquentant les jeudis de Mallarmé, qu'il avouera ne pas comprendre.

1877. — Introduit peu à peu dans le monde des journaux et des revues, il a maintenant publié quelques études et des poésies. Fier d'avoir attrapé la grande vérole, il entreprend sa première cure, à Loëche-les-Bains.

1880. — Parution chez Charpentier du recueil collectif *Les Soirées de Médan*, où la nouvelle de Maupassant, *Boule de suif*, côtoie et surplombe celles de Zola, Alexis, Céard, Hennique et Huysmans. La carrière de Maupassant prend assise sur la défaite (le recueil devait s'intituler *L'Invasion comique*). Le thème même de la nouvelle semble emblématique de la situation de l'aspirant-écrivain : comment démarrer ? Dans la débâcle, le talent semble se libérer, n'a plus rien à voir avec ce que Guy écrivait naguère. Ainsi, son recueil *Des vers*, édité la même année, relève du symptôme plus que de la littérature. Grâce au procès engagé contre *Une fille*, l'un des poèmes publié en revue, il a cependant le bonheur de subir le même sort que son maître, poursuivi autrefois à cause de *Madame Bovary*. Pour sa défense, il reçoit une *Lettre de Flaubert à Guy de Maupassant*, conclue par une phrase digne du *Dictionnaire des idées reçues* : « cependant, qui sait ? La terre a des limites, mais la bêtise humaine est infinie ! » Phrase-héritage, puisque Flaubert mourra bientôt après avoir laissé son virus, la peur de la bêtise. Ainsi se développe le double mal de Maupassant, une double névrose, l'une affectant tour à tour la tête, le cœur, l'œil droit, et d'une manière générale les « nerfs », l'autre s'attaquant à toute croyance, à toute conviction, à toute pensée qui pourrait donner prise à l'autre.

Mais voici Maupassant livré tout entier à l'écriture : nouvelles et chroniques (que l'on a tort de séparer), romans. « Et cette vie dura dix ans » *(La Parure)*. Après 1890, ce « météore » ne produira plus rien.

1881. — *La Maison Tellier* paraît chez Havard. Le temps de la rédaction n'a rien eu d'euphorique. Maupassant se plaint du froid, des névralgies, du « rien éternel ». En même temps, dans sa correspondance avec Gisèle d'Estoc, il se présente « plus faune que jamais ». Obtenant plusieurs congés, il part pour l'Algérie à la recherche du « factieux, héroïque et insaisissable Bou Amama ». Son retour par la Corse et la Côte d'Azur marque le début d'une attirance de plus en plus forte pour le soleil. Maupassant est aussi un des premiers voyageurs modernes, un touriste qui s'émerveille et sait dire son émerveillement.

1882. — *Mademoiselle Fifi*, chez l'éditeur belge Kistemaeckers cette fois-ci. La correspondance de Maupassant atteste de son aptitude à gérer ses affaires : ainsi, il refuse d'être lié par un traité avec Charpentier.

1883. — Parution simultanée chez Havard de son premier roman, *Une vie*, et d'une nouvelle édition de *Mademoiselle Fifi*. Il traite en même temps avec Rouveyre et Blond pour *Les Contes de la Bécasse*. Début des relations, encore amicales et épisodiques, avec Hermine Lecomte du Noüy, « marraine » de sa maison d'Étretat, La Guillette. Relations qui, en changeant de nature, resteront discrètes au fil des ans. Ce couple fort de son secret inspire celui de *Notre cœur*, et plus encore celui de *Fort comme la mort*. Dans *Amitié amoureuse*, d'Hermine Lecomte de Noüy, apparaît la face délicate de Maupassant, qui connut plusieurs vies. Nous ignorons presque tout de celle qu'il mena avec Joséphine Litzelmann : pourtant, le 27 février était né Lucien, premier des trois enfants de Guy et de cette donneuse d'eau à Châtelguyon.

1884. — Maupassant se fait un devoir d'infidélité envers les éditeurs : Havard pour *Au soleil*, qui rassemble les chroniques du voyage en Italie ; Monnier pour *Clair de lune* ; Ollendorff pour *Les Sœurs Rondoli*. Il échange une correspondance éphémère et acide avec Marie Bashkirtseff, une jeune Russe poitrinaire qui s'adresse à lui sans se nommer, juste avant de mourir. Ainsi Maupassant apparaît-il furtivement dans le *Journal* qu'elle laissera. De là vient la fascination des biographes pour ce personnage simple et brutal, ce petit taureau qui se retrouve dans un entrecroisement de liaisons mystérieuses ou à peine ébauchées, de lettres, de confidences tronquées. Un Maupassant qui en cette année 1884 est particulièrement « empoigné » par *La Joie de vivre* de Zola et par son paysage de mer qui lui rappelle celui d'*Une vie* et qui lui inspirera *L'Ivrogne*, nouvelle recueillie dans *Les Contes du jour et de la nuit*.

1885. — Au mitan de la carrière, un sommet avec trois recueils de nouvelles et un roman, *Bel-Ami*, dont la vente déçoit Guy. « La mort de Victor Hugo lui a porté un coup terrible » (lettre à sa mère). Les yeux vont mal, cure à

Châtelguyon où il prépare « tout doucement » son prochain roman, *Mont-Oriol.*

1886. — *La Petite Roque, Monsieur Parent.* La production de nouvelles commence sa pente descendante au profit des romans. Encore dans le monde par son travail, ses relations, ses voyages, ses consultations médicales, il trouve une certaine jouissance à s'en retirer. En novembre, de son yatch « Bel-Ami », il écrit à Hermine Lecomte du Noüy : « je ne vois personne, personne, ni le jour, ni le soir. Je suis dans un bain de repos, de silence, dans un bain d'adieu ». Fin décembre, le *Gil Blas* commence la publication en feuilleton de *Mont-Oriol.*

1887. — L'année des hantises : Maupassant se porte en première ligne contre le projet de la tour Eiffel, monument qu'il poursuivra d'une haine maladive ; *Le Horla* (2e version) paraît directement en recueil. Et puis, « les temps sont très mauvais pour nous : on ne vend rien » (lettre à sa mère, fin septembre). Que faire, quand on ne peut plus faire de journalisme ? « seuls les théâtres sont en pleine vogue et gagnent beaucoup ».

1888. — *Pierre et Jean, Sur l'eau* (un vrai-faux journal intime, un chef-d'œuvre sans doute méconnu), *Le Rosier de Madame Husson.* Son frère Hervé donne de sérieux signes de dérangement et Guy souffre de plus en plus de ses migraines. En septembre, cure à Aix-les-Bains, suivie d'un voyage en Afrique du Nord.

1889. — *Fort comme la mort, La Main gauche.* Aux souffrances morales de Bertin, Maupassant peut confronter les siennes, qu'il attribue à un dérèglement nerveux, à « cet odieux régulateur des fonctions physiques des organes qu'on appelle stupidement "le grand sympathique" » et qui lui ferme un de ses réseaux quand le climat ne lui plaît pas. Hervé de Maupassant est interné, « je viens de retrouver un misérable dément qui a fait cent lieues vers la mort » (lettre à la comtesse Potocka).

1890. — *La Vie errante, L'Inutile Beauté, Notre cœur.* D'Aix-les-Bains à Plombières puis à Aix, Maupassant fait son chemin de croix.

1891. — De plus en plus malade, Maupassant souffre de l'estomac, des yeux, à tel point qu'il lui est interdit d'écrire. En décembre, sa dernière lettre — à Henri Cazalis — est déchirante : « Je suis absolument perdu. Je suis même à l'agonie. [...] Il s'est produit dans le cerveau une fermentation de sel et toutes les nuits mon cerveau coule par le nez et la bouche. [...] Ma tête bat la campagne. Adieu, ami, vous ne me reverrez pas. »

1892. — Janvier. Tentative de suicide à Cannes, au chalet de l'Isère. Internement dans la clinique du Dr Blanche à Passy.

1893. — Les délires de Maupassant nous sont rapportés par ses proches. La presse manque pour lui de cette charité qu'il appelait pour les malheureux, les misérables. Le 6 juillet, « la mort entière de Maupassant (on sait que, sur l'écrivain, depuis dix-huit mois, se fermait une cellule de maison de santé au mur comme la page désormais blanche) a ému et même délivré le sentiment public » (Mallarmé, *Deuil*).

Histoire du texte

Paru dans *La Revue des Deux Mondes* entre mai et juin 1890, *Notre cœur* est immédiatement édité en volume par Ollendorff. On peut consulter à la Bibliothèque nationale le manuscrit, accessible sur micro-fiches. Il présente des différences sensibles avec le texte original.

Longtemps présent avec les autres œuvres de Maupassant dans les collections « populaires », comme les fascicules de la « Sélect-Collection » de Flammarion, *Notre cœur* n'a été réédité en format de poche que très récemment. Il fallait se reporter soit à la belle édition des *Romans* sur papier bible chez Flammarion, procurée en 1959 par Albert-Marie Schmidt, et assortie de très courtes notices, soit à l'excellente édition des mêmes *Romans* dans la Bibliothèque de La Pléiade (Gallimard, 1987), préfacée et annotée par Louis Forestier.

L'édition critique de Pierre Cogny (Société des Textes français modernes, Marcel Didier, 1962) présente toutes les variantes du texte.

Cette présente édition ne signale que certaines variantes significatives, les notes s'attachant davantage aux particularités de la langue.

Éléments bibliographiques

Ouvrages sur Maupassant

BONNEFIS Philippe, *Comme Maupassant*, Presses Universitaires de Lille, 1983.

LANOUX Armand, *Maupassant le Bel-Ami*, Fayard, 1967 ; Le Livre de Poche, 1983.

MORAND Paul, *Vie de Guy de Maupassant*, Flammarion, 1942.

SAVINIO Alberto, *Maupassant et l'« Autre »*, Gallimard, 1977 (traduction en français de *Maupassant e l'« altro »*, datant de 1944).

SCHMIDT Albert-Marie, *Maupassant par lui-même*, Seuil, 1962.

THUMEREL Thérèse et Fabrice, *Maupassant*, Armand Colin, 1992.

VIAL André, *Maupassant et l'Art du Roman*, Nizet, 1954. — *Faits et Significations*, Nizet, 1973.

Études

BONNEFIS Philippe, Préface et commentaires de *Mont-Oriol*, Le Livre de Poche, 1988.

CHARLE Christophe, « Situation sociale et position spatiale, essai de géographie sociale du champ littéraire à la fin du XIXe siècle », *Actes de la recherche en sciences sociales*, n° 13, février 1977.

FORESTIER Louis, « Notice » de *Notre cœur, Romans*, Gallimard, Bibliothèque de La Pléiade, 1987.

MALLARMÉ Stéphane, « Deuil », *National Observer*, Londres, 1893 (*Œuvres complètes*, Gallimard, Bibliothèque de La Pléiade, 1970).

MARCOIN Francis, « Le Nom du fantôme », *Cahiers du Double*, nos 3-4, 1979. — « Vagations chez Maupassant », *Lendemains*, n° 52, Berlin, 1988.

PERROT Jean, « Le Tour d'écrou du cœur : de Maupassant à Henry James », *Maupassant miroir de la nouvelle*, textes réunis et présentés par Jacques Lecarme et Bruno Vercier, Presses Universitaires de Vincennes, 1988.

PONTON Rémy, « Naissance du roman psychologique », *Actes de la recherche en sciences sociales*, n° 1, janvier 1975.

RAIMOND Michel, *La Crise du roman. Des lendemains du naturalisme aux années vingt*, Librairie José Corti, 1966.

THUMEREL Fabrice et Thérèse, « Le Prince à la tour abolie », *Revue des Sciences Humaines*, n° 218, 1990.

THUMEREL-PERQUIS Thérèse, « Maupassant ou le double saturnien de Nerval », *Cahiers naturalistes*, n° 64, septembre 1990.

La réception de *Notre cœur*

Le succès critique fut exceptionnel. Le 20 mai, Maupassant écrit à sa mère : « Mon roman s'annonce comme un succès dans la *Revue des Deux Mondes*. Il étonne par la nouveauté du genre et j'en augure bien. » En juillet, il évoque un « tas d'articles » dont il doit remercier les auteurs, mais « la publication dans la *Revue* fait tout de même du tort à la vente », et le 5 août, le ton n'est plus à l'optimisme : « la vente ne marche pas malgré le *gros* succès de ce livre. Cela tient à ce que la *Revue des Deux Mondes* m'a enlevé comme acheteurs tous les gens du monde de Paris, et en province, dans toutes les villes, le monde officiel, le monde des professeurs et des magistrats. Soit, de l'avis d'Ollendorff et des commissionnaires en librairie, 25 à 30 mille acheteurs au moins. Ça eu *(sic)* d'autres résultats avantageux comme pénétration en des publics différents. Mais c'est une perte ».

Parmi les articles qui saluèrent la publication du roman, celui d'Anatole France (*Le Temps*, 22 juin) insiste sur la franchise de l'auteur et son « talent si ferme ». Il opère le rapprochement avec *Flirt*, de

Paul Hervieu, et *Un cœur de femme*, de Paul Bourget. Dans *Le Moniteur universel* du 27 juin, René Doumic revient sur cette comparaison avec Bourget, qui fera le fond du discours critique à venir.

Paul Ginisty (*Gil Blas*, 28 juin), particulièrement élogieux, retient avant tout l'étude psychologique, la plus subtile et la plus poussée qu'ait écrite Maupassant : « C'est toujours, dans l'ensemble, la même manière, large, franche et vigoureuse, mais, dans le détail, l'analyse arrive à des témérités singulières. » Quant à André Hallays, dans *Le Journal des Débats* du 20 juillet, après avoir rappelé la leçon de Flaubert, il conclut : « Il me semble même qu'il y a dans sa dernière œuvre une finesse d'expression et une souplesse de style auxquelles M. de Maupassant n'avait pas encore atteint. »

Avec le temps, cet enthousiasme va laisser la place au dédain ou à l'oubli. Il est même devenu difficile de trouver le texte de *Notre cœur* en édition courante. En 1959, dans son édition des *Romans*, Albert-Marie Schmidt rédigeait une courte notice élogieuse par exception, louant « l'admirable et décisive rapidité » avec laquelle le roman fut écrit et l'incomparable maîtrise d'un auteur « qui s'y prive volontairement de toutes les facilités que pourraient lui procurer une intrigue captieuse et une narration astucieusement développée ».

Nos contemporains partagent plus souvent l'opinion de Michel Raimond : « Maupassant, par une large déviation, aboutissait à cette littérature "à talons coquets" qu'il avait jadis fustigée. Il était passé de la campagne normande au boudoir parisien [...] dix ans après, il était passé dans l'autre camp. » Plus mesuré, Armand Lanoux observe quelques passages admirables dans un ensemble qui a mal vieilli et qui témoignerait autant d'une déperdition des facultés créatrices que d'un reniement. Ce qui ne rencontre pas le jugement d'André Vial. Au travers d'une comparaison serrée avec l'œuvre de Bourget, il conclut à la nette supériorité de Maupassant et à la vitalité de son talent : « Maupassant ne s'était nullement voué à demeurer le romancier des boudoirs de la rue Murillo et de l'avenue de Friedland. Il dit ce qu'il croyait avoir à dire et passa. »

Louis Forestier, dans sa « Notice » de l'édition de la Pléiade, accorde à *Notre cœur* « l'exemplarité et le dépouillement de la tragédie ». Obéissant à une nécessité intérieure, allant vers la simplicité et le dénuement, Maupassant s'ouvre à l'impression : « Ne plus faire poids sur le monde, mais le recevoir. »

C'est bien en se tournant vers cette « aspiration » que Thérèse et Fabrice Thumerel nous ont offert très récemment quelques aperçus sur les personnages de Mariolle et de Michèle de Burne, ainsi replacés dans le mouvement de l'œuvre entière.

NOTES

Page 45.

1. *Rébecca.* Si l'on ne connaît pas d'œuvre musicale de ce nom, la peinture a souvent célébré ce personnage d'épouse fidèle qui semble dès l'abord s'opposer aux femmes modernes. Ce nom suggère une noble image de la femme juive, sur fond biblique, différente en tout cas des « Juives de la haute banque » évoquées un peu plus loin.

2. *Mis au monde.* Monde, un mot fréquent chez Maupassant. C'est quelquefois « tout le monde », mais bien plus souvent le grand ou le demi-monde, le monde des mondains (« messieurs du monde », « femmes du monde », « figurants mondains », « philosophe mondain », « la plus extravagante des mondaines du vrai monde »...). Ici, la formule est curieuse, et le mot retrouve sa fraîcheur originelle, celle d'une naissance : l'être maupassantien n'arrête pas de naître et de renaître.

3. *Salon.* Un autre mot à double sens, pris entre l'intimité du logis et le caractère public de la mondanité : ce qui nous mène au Salon (de peinture), où s'expose la même société dans ses tableaux. Quand Mariolle attribue à Michèle de Burne une jalousie de « salonnière » (p. 144), il crée en quelque sorte un néologisme (nous dirions « salonnarde »). « Salonnier », qui existait, désignait un écrivain qui rend compte des expositions artistiques au Salon (Larousse).

4. *Très artiste.* Un des traits de la langue de Maupassant, et qui lui donne son caractère très actuel, est le glissement des substantifs pris comme adjectifs, des adjectifs pris comme substantifs. L'emploi d'« artiste » comme adjectif, ici renforcé par l'adverbe, semble venir de Flaubert. Le « clan artiste » de Michèle de Burne s'oppose au monde diplomatique, même s'il existe des « artistes mondains [...] que les salons se disputent » *(Fort comme la mort).* D'où la nuance péjorative de « goût artiste », de « sans-gêne

artiste »... et d'« écriture artiste », raillée dans le texte sur *Le Roman* (1888) qui apparaît comme une critique de Goncourt, tandis qu'« une de ces maisons d'artistes », faisant écho à *La Maison d'un artiste*, du même Edmond de Goncourt, inspire du respect. Goncourt, sur le terrain duquel Maupassant essaie de se placer lorsqu'il s'agit de décoration, n'essuyant que sa raillerie dans le fameux *Journal*.

5. *Potinières*. Mot du registre mondain, ignoré par Littré qui recense « potin », d'origine populaire et même régionale (Nord de la France, Normandie, Boulonnais pour le même Littré). Dans *Un cœur de femme*, Mme de Tillières et Mme de Candale « papotent » beaucoup, elles « potinnent enfin — pour employer le vilain mot actuel qui sert à désigner ce jolie gazouillis d'oiseaux moqueurs ».

Page 48.

1. *Raté*. Hermine Lecomte de Noüy prêtera à Philippe de Luzy la même absence d'énergie créative : « Mon amie, faites-vous à cette pensée d'affectionner un *raté*. » Denise le pousse à écrire, lui suggérant des idées de nouvelles (comme Maupassant lui-même en demandait à sa mère, ou comme Mme Forestier écrivait pour Bel-Ami).

2. *Saint-Augustin*. Cette église, terminée vers 1870 par Baltard, est nouvelle à tous points de vue puisqu'elle est la première à comporter une armature métallique. Nouvelle aussi, la rue du Général-Foy, tracée entre le parc Monceau et la place de l'Europe. Elle indique une grande aisance car le 8e arrondissement est le premier des beaux quartiers. On y constate cependant des écarts de loyers importants, bien connus de Maupassant, que ses déménagements successifs conduisent jusqu'aux Champs-Élysées, l'endroit le plus cher.

3. *D'un goût pur et sobre et d'une grande valeur*. Cette formule reste une pétition de principe et la description, singulièrement vague, semble indiquer une sorte de prudence, voire d'inconfort en la matière. Le manuscrit, très raturé à cet endroit, trahit la difficulté à caractériser cette élégance. Maupassant a surtout retenu que rien ne valait la simplicité, qualité dont manquaient ses intérieurs de jeunesse (voir Albert-Marie Schmidt, « Philosophie de l'ameublement », dans *Maupassant par lui-même*).

Page 51.

1. *Son père, M. de Pradon*. Maupassant avait d'abord écrit : « sa mère, une bonne mère, convenable, comme il faut, soumise aux désirs de sa fille, présidait avec complaisance ces petites réunions ». La présence de ce galantin apporte une touche XVIIIe, ce siècle dernier affectionné par Maupassant, qui lui emprunte la

rouerie, le marivaudage, et *Manon Lescaut*, peut-être son roman préféré. Pourtant, avouant manquer d'imagination pour ses noms, il retrouve ici celui d'un dramaturge et poète rival de Racine.

2. *Le public de l'Éden ou des Folies-Bergère.* Ces établissements « musicaux, chorégraphiques et acrobatiques », selon l'expression de l'époque, se multipliaient. A la salle de spectacle s'ajoutaient de vastes promenoirs servant de café. Plus que les ballets ou opérettes, le public appréciait les pantomimes ou les exhibitions de gymnastes et d'équilibristes. Type d'artistes tout à fait dans le ton de ce roman dédié aux mannequins et aux marionnettes. Voir la nouvelle *Le Masque* (dans *L'Inutile Beauté*), qui commence par une évocation étourdissante de l'Élysée-Montmartre.

Page 52.

1. *Psychologue.* Mot qui semble faire allégeance à Bourget et à ses *Essais de psychologie contemporaine* (1883). La grande idée de Bourget, c'est la différence entre le roman de mœurs *(Madame Bovary)* et le roman d'analyse *(Le Rouge et le Noir)*. Gaston de Lamarthe semble un adepte de cette « psychologie vivante » que Bourget emprunte à Taine, et qui caractérise « notre âge d'analyse sans métaphysique ». Cette étude de l'âme humaine, il ne craint pas de la comparer au travail du naturaliste (« Réflexions sur l'art du roman », dans *Portraits d'écrivains et notes d'esthétique*).

2. *Détraquées.* Du verbe détraquer, un terme de chasse, de la même famille que « traquer ». Littéralement, mises hors de la trace, ce qui vaudrait plutôt pour les hommes, dans ce roman. Mariolle ne se sent-il pas « dérouté » ? (p. 84). Le *Trésor de la Langue française* illustre l'emploi tout neuf du mot comme substantif par cette phrase de *Notre cœur.*

Page 53.

1. *Hystériques.* Maupassant n'emploie pas ce mot tout à fait au hasard, ni plus loin celui de « névrosées ». La fréquence du mot « nerf » atteste de son intérêt pour le système nerveux, celui de sa mère étant bien atteint. On verra une preuve de sa compétence en ce domaine dans le fait qu'il l'associe avec les stupéfiants, point de départ de la recherche de Freud. Plus généralement, c'est toute la littérature de l'époque qui s'empare du sujet (voir, par exemple, la nouvelle d'Édouard Rod, *Névrosée,* parue en 1887).

2. *Ce bataillon d'élite.* Le manuscrit présente ici de grandes différences avec le texte définitif, tant dans l'organisation générale que dans le détail. Mariolle y est nommé Landely ou Maltry (et plus loin, Darlande). L'ambivalence des sentiments portés par

Mme de Burne à sa coterie y est davantage marquée, puisqu'elle lui paraît à la fois une « académie » et une « ménagerie ».

Page 54.

1. *Son camarade.* Ce mot, qui n'a pas encore de résonance révolutionnaire, illustre l'affectation de simplicité, par laquelle une Mme Verdurin se croira compliquée (« Mais au fur et à mesure que les "camarades" avaient pris plus de place dans la vie de Mme Verdurin »... Proust, *Un amour de Swann*). Mot éminemment masculin (les camarades sont d'abord des soldats de la même chambrée), mis au féminin par Michèle de Burne, lorsqu'elle dira à André Mariolle : « Je vous parle en camarade » (p. 81). Dans *Ma camarade*, comédie de Henri Meilhac et Philippe Gille (1883), Adrienne de Boisfûté se contentait d'être la « camarade » de son mari Gaston.

Page 56.

1. *Microbiologistes.* C'est ici que prenait place le passage cité dans notre introduction (p. 30). La microbiologie, qui doit son formidable essor à Pasteur, est une science jeune, et le mot « microbe », proposé par le chirurgien français Sédillot, ne date que de 1878.

Page 57.

1. *Le mouvement de la vie même.* Dans quelle mesure Maupassant pense-t-il à lui-même ? Il partage avec Lamarthe les prétentions d'une particule douteuse et la réputation de fonctionner avec la précision d'un appareil photographique. Le manuscrit pousse plus explicitement au rapprochement : Lamarthe était « dédaigneux des écoles et des doctrines ». « Quand on lui reprochait d'être sans style définissable, sans profondeur, sans analyse, il répondait dédaigneusement : "Je suis comme le bon Dieu, j'éclaire mes personnages avec du jour et non pas avec des commentaires". » On pense à Goncourt pour qui une page de Maupassant n'est que de la copie, n'est pas signée. Jugement faux à notre sens : l'écriture légère de Maupassant, son vocabulaire moderne, le singularisent plus sûrement que telle écriture artiste.

Page 65.

1. *Cocote.* Mot qui nous renvoie au Maupassant le plus attendu. Mais c'est aussi le nom de la jument noire dans *Histoire vraie*, et surtout celui d'un chien, Mademoiselle Cocotte, dont l'histoire est une de ces « choses les plus simples, les plus humbles », « qui nous mordent le plus au cœur » (*Mademoiselle Cocotte*). Le mot a comme son équivalent masculin, péjoratif : « Ah, j'ai pris là un

joli coco ! », s'exclame l'épouse en colère *(L'Héritage)*, et c'est encore le nom d'un animal martyrisé, un cheval *(Coco)*. Enfin Maupassant parle de « grande cocoterie » ou de « cocoterie d'élite ». Le mot est attesté par Littré et Larousse avec la même et unique occurrence tirée de Daudet. Le *Trésor de la Langue française* cite également Daudet : « Chaque jeudi, la haute cocotterie passait par là » (*Fromont Jeune et Risler Aîné*, 1874).

Page 66.

1. *Table à thé.* « Je suis amoureux de l'air très grave que vous aviez en versant l'eau bouillante sur le thé », écrit Philippe de Luzy dès sa deuxième lettre à Denise Trémors *(Amitié amoureuse)*.

Page 69.

1. *Boîte.* Le *Nouveau Larousse illustré* (1905) signale cet emploi relativement récent de « boîte » pour désigner tout local où l'on se sent enfermé : « Pop. Logement où l'on est fort à l'étroit. Prison [...]. D'une façon générale, la boîte, c'est pour l'employé, le bureau ; pour l'ouvrier, l'atelier ; pour l'écolier, le lycée. » Continuons : pour le mondain, c'est le salon. La vie mondaine est elle aussi remplie d'obligations.

Page 73.

1. *Gamine.* Ce mot nous permet peut-être de souligner la dominante « parisienne » de la langue maupassantienne dans ce roman ; une langue qui frôle l'argot, équivoque. Ici d'autant plus que « gamine » a quelque chose d'« insexué » (p. 87), comme dit Maupassant.

Page 75.

1. *Une perle rare.* Mme de Mascaret est aussi un bijou, une perle « née pour être belle, admirée, fêtée et adorée ». Le mot « perle » permet de développer tout un complexe de variations sur l'authentique et le factice, à mettre en relation avec des nouvelles comme *La Parure* ou *Les Bijoux*. C'est aussi un nom propre, dans *Mademoiselle Perle*, ou dans *Pierre et Jean* (nom donné comme par antiphrase à la petite barque du père Roland, qui se prend pour un matelot). Pris au fonds le plus commun, ce mot appartient vraiment au glossaire maupassantien et sous son aspect ordinaire, révèle un travail proprement romanesque.

2. *Assommant.* On dit aussi « raseur » (p. 203) ou encore, chez Proust, « barbant ».

Page 80.

1. *Crâne.* Voir aussi « crânement » (p. 105) ou « crânerie » (p. 156), ou encore dans *Fort comme la mort*. On notera qu'au-

jourd'hui seul est usité le verbe « crâner », qui pourrait apparaître comme le propre même de l'être maupassantien. Mais ici cette constance dans la bravade est le fait de la femme.

Page 90.

1. *Digne d'un livre.* Ce livre, ce sera donc *Amitié amoureuse*, « roman » épistolaire dans lequel Philippe de Luzy, « vieille bête sensible » qui cache ses émotions, écrit : « Vraiment, si cette correspondance ne m'était pas adressée, si je pouvais en parler, surtout en penser avec une liberté que je n'ai pas, je crois que je ferais un chapitre intéressant avec les réflexions qu'elle me suggère. N'aurais-je pas bien des documents pour écrire un roman intitulé : *Amitié de femme.* » A quoi répond Denise : « Je voudrais vous voir faire ce livre. De grand cœur je vous abandonne mes lettres. [...] Ce serait une œuvre intéressante et pleine de nuances. Je comprends toute la fluidité, toute la complexité que votre âme y pourrait mettre. A cause de cela l'œuvre serait humaine. [...] Sérieusement, songez à cela, mon ami, vivez dans cette idée, remuez-là dans votre cerveau, attachez votre imagination à cette conception. Ainsi procédait Guy de Maupassant ; il gardait un livre en projet, je dirais presque *en espérance*, pendant des mois dans sa tête, et l'œuvre, tout à coup, se dressait faite et sortait de son esprit tout armée, comme Minerve. »

Hermine Lecomte de Noüy, dans un jeu fascinant d'abymes et de miroirs, inverse les rôles : c'est elle qui se sert des lettres de Maupassant, dont nous croyons reconnaître la manière si personnelle, quoi qu'en dise Goncourt. Et dans *Notre cœur* Maupassant annonce (sans le savoir ?) une œuvre dont il est le coauteur.

Page 93.

1. *Énervement.* Ici, le mot est à prendre dans son sens actuel d'impatience, de même qu'« énerver » (pp. 167-168). L'« énervement physique » (p. 165) évoque davantage la pathologie nerveuse tout en restant distinct du sens le plus courant de l'époque (sans nerf, déliquescent), tel qu'on le trouve dans *Fort comme la mort*, avec ces poètes « les plus récents qu'on appelle les "Énervés" ».

Page 98.

1. *Un air moyen age et paysan.* Cette évocation d'Avranches semble proposer le canevas d'une autre description, celle de Combray par Marcel Proust. Rapprochement qu'autorise la même conception d'une géographie cloisonnée, où chaque lieu est comme séparé des autres. De la fenêtre du train Mariolle ne voit que des domaines entourés de grands arbres, des « enclos, séparés et reliés par ces hautes murailles de feuilles » ; chaque lieu surgit, isolé, comme dans la *Recherche du temps perdu*, où

« l'espace réel [...] est l'exclusion mutuelle des lieux, dont cependant chacun existe par lui-même. Espace singulier, sorte de vide parsemé de sites, dont chacun existerait "dans l'ignorance de tous les autres", comme un archipel d'îles qu'aucun navire ne traverserait » (Georges Poulet, *L'Espace proustien*, Gallimard, 1963).

Page 133.

1. *Faïences de Deck.* Artiste céramiste et industriel, Deck (1823-1891) reproduisait avec une très grande exactitude les plus belles pièces de la Renaissance. Il créa des nuances comme le bleu turquoise, dit « bleu de Deck ». Il venait de publier un ouvrage intitulé *La Faïence.*

Page 138.

1. *Didon.* Sur le manuscrit, Maupassant avait par erreur écrit *Sapho.* Dans la marge, au crayon : Didon ? Brunetière avait posé la question à l'auteur, dont on a la lettre de réponse : « Mon cher ami, votre question m'étonne. C'est une Didon et pas une Sapho. J'ai écrit partout Didon, car je viens de voir mes épreuves. Je me sers de la fable de Virgile » (carte-télégramme du 23 mai 1890). Ce lapsus, on l'a souvent rapporté à l'attirance de Mme de Burne pour le saphisme. Mais *Sapho*, c'est aussi le titre d'un roman d'Alphonse Daudet, qui en avait tiré une pièce de théâtre jouée en 1885. Si le cadre et le milieu social où évoluent les personnages y sont très différents, on trouve dans *Sapho* une peinture de l'amour qui préfigure celle de *Notre cœur.* Jean Gaussin est victime d'un enchaînement qui le lie à sa maîtresse, Fanny Legrand, surnommée Sapho. Amour nourri non plus de l'estime ou de l'illusion, mais bien plutôt de la jalousie, qui en est son principe même.

Page 141.

1. *Modernité.* Un mot à la mode, qui vient de Baudelaire. Du dernier chapitre du *Salon de 1846*, « L'héroïsme de la vie moderne », au *Peintre de la vie moderne* (1860), Baudelaire n'a cessé d'approfondir cette notion qui doit un peu aux « objets » nouveaux (les foules, la ville moderne), et plus encore à la fascination du poète devant le choc de l'éternel et du circonstanciel, du naturel et du factice, observé chez le dandy ou dans le maquillage de la femme. Maupassant, qui cite souvent Baudelaire, laisse au mot sa signification ordinaire, gauchie vers le factice et le pervers, par opposition aux mœurs antiques.

Page 160.

1. *Potin.* On lit, barré sur le manuscrit, un potin plus épicé : une fête ayant été organisée à Saint-Germain par trois hommes avec des femmes du monde, survient un des maris « au moment le plus pathétique ». « Or, ce mari se trouvant en face de trois messieurs et ne sachant pas du tout auquel s'adresser spécialement alors qu'il croyait n'en trouver qu'un », avait parlé de tout briser, même les têtes. « Mais les trois fêteurs l'avaient saisi, lié, emporté et déposé dans un bois voisin en laissant leurs cartes dans sa poche »... Et le monde d'attendre qu'il se batte avec les trois.

Page 167.

1. *La grande débâcle.* Terme maupassantien par excellence, lié tant aux récits de guerre — la débâcle de 1870 — qu'au fantastique : la neige, la glace accumulée, que le printemps fait fondre, autorisant à nouveau la circulation. Le début de *L'Angélus* s'organisera autour de ces deux débâcles, qui donnent au mot toute sa valeur équivoque : disant le désastre, il est lié à quelque chose d'énergique ou plutôt d'énergétique, comme ici. Entre le système nerveux et celui des rivières, des canaux, des voies de communication, il y a quelque chose de commun. Avec la débâcle de *L'Angélus*, l'inspiration maupassantienne devait retrouver son souffle, se réouvrir...

Page 178.

1. *Prédolé.* Tout ce qui sera dit de Prédolé (pp. 187-188, 196 et suiv.) conduit à l'identifier comme le grand sculpteur Rodin.

Page 182.

1. *Épingles.* Un mot banal, comme « perle », mais qui fait le titre de deux nouvelles, *L'Épingle, Les Épingles.* Instrument, ou plutôt arme féminine, l'épingle tient du hameçon, du crochet auquel le cœur de l'homme peut se laisser prendre.

Page 197.

1. *Tanagra.* On venait de trouver, entre 1872 et 1880, dans une nécropole de Tanagra, en Grèce, une multitude de statuettes de terre cuite et coloriée, d'un travail très fin. Les plus belles représentent des jeunes filles. Dans *Amitié amoureuse*, Denise Trémors est plusieurs fois appelée du doux nom de Tanagrette.

Page 200.

1. *Ghiberti.* Maupassant était encore pénétré des impressions de son voyage en Italie. En 1889, après un mois en mer avec son valet et ses deux matelots, il avait visité Pise et Florence. Parlant

du baptistère de Saint-Jean dans la phrase suivante, il reprend l'analyse classique selon laquelle Ghiberti conserve dans la sculpture les procédés de l'orfèvrerie et compose ses bas-reliefs comme des tableaux. Le propos reste ici didactique.

Page 209.

1. *Troisième partie, I.* Sur le manuscrit, en haut à gauche, on lit « pour mardi matin, 20 mai 1890 ». A rapprocher d'un télégramme envoyé le 13 avril à la librairie Ollendorff : « Il me manque encore vingt pages de *Notre cœur.* Ce sont celles dont j'ai le plus besoin puisque j'en écris la suite immédiate. Pourrait-on mettre en pages dès que j'enverrai les placards corrigés ? » Maupassant travaille donc à partir des épreuves composées par Ollendorff, alors que le roman est en cours de publication dans *La Revue des Deux Mondes.*

Page 220.

1. *Ce jeune corps vigoureux.* Sur le manuscrit la description, extrêmement travaillée, insiste davantage sur « l'énergie animale du corps » qui inspire des réflexions plus crues : « Une graine de cocote, réclame vivante pour l'établissement. »

Page 223.

1. *Comme de l'argent vivant.* La même image se trouvait dans *Deux amis* et surtout dans *La Femme de Paul.* Ces poissons, « symboles fondamentaux de l'Église primitive », sont au centre de la lecture de *Deux amis* par Greimas, qui observe une symbolique chrétienne, retrouvant, recouvrant le texte « et invite à le lire comme une nouvelle parabole de *L'Évangile* » (*Maupassant. La sémiotique du texte : exercices pratiques*, Le Seuil, 1976). Ici la scène est particulièrement équivoque : l'eau à la fois barrée et fuyante, la pêche (« miraculeuse » comme dans *Les Deux amis* ?) dans un filet qui reprend la figure de l'enfermement, tout cela dit bien l'indécision. Si Maupassant recourt à la forme parabolique, c'est pour ne jamais tirer de vérité.

Page 224.

1. *Pauvre existence.* Retour ambigu à l'espèce de « zoologie humaine » qui caractérisait le naturalisme vu sous un angle à la fois artiste et publicitaire. Cette promenade est un pèlerinage : c'est le monde des contes normands qui revient.

Page 227.

1. *Bonne dans un bouillon.* Autre retour. Le bouillon est en quelque sorte l'enseigne de Huysmans dans un roman comme *A vau-l'eau.*

Page 238.

1. *Manon Lescaut.* Maupassant ne cesse de citer le roman de l'Abbé Prévost. En 1885 il avait rédigé une Préface pour une réédition chez Launette. Voir aussi la nouvelle *L'Épingle* (recueillie dans *Monsieur Parent*). Il est à la fois séduit par ce modèle de prose limpide et par le personnage de Manon. Dans *L'Ame étrangère*, l'histoire de Robert Mariolle et d'Henriette est, en quelques pages, une sorte de pastiche de *Manon Lescaut* : Maîtresse infidèle, Henriette est sans cesse renvoyée puis reprise par son amant, après des scènes de pleurs et de repentirs, assorties d'un peu plus de franchise : « Je vous aime, dit-elle. Si je vous ai trompé, c'est que je suis une fille. Vous le saviez bien d'ailleurs. Je veux dire par là que j'ai eu un entraînement. Qui n'en a pas ? M'avez-vous toujours été fidèle, vous, pendant que j'étais votre maîtresse ? [...] L'explication dura deux heures, sur le trottoir, en allant et revenant d'une rue à l'autre. Il se montra dur, emporté, véhément : elle fut humble, touchante, crispée. Elle pleura sans souci du public, sans s'essuyer les yeux, de vraies larmes, car elle l'aimait à sa façon. »

Page 244.

1. « Pourquoi ce souci qui ne s'en va pas ? » Cette question forgée sur le modèle du décasyllabe dit bien comment Maupassant assume sans fausse honte le modèle de la poésie, prise dans son sens le plus commun. *Notre cœur* se déroule dans la nostalgie du poétique et du lyrique, qu'on peut ici lire avec ironie ou attendrissement. C'est un livre « écrit », jusque dans la préciosité (voir, page 89, ces lettres de Mariolle qui sont chaque matin un « déjeuner de sentiment »).

Table

Composition réalisée par C.M.L., Montrouge

IMPRIMÉ EN FRANCE PAR BRODARD ET TAUPIN
Usine de La Flèche (Sarthe).
LIBRAIRIE GÉNÉRALE FRANÇAISE - 6, rue Pierre-Sarrazin - 75006 Paris.

ISBN : 2 - 253 - 06255 - 3 30/3435/2